Cesina schlug die Augen auf. Irgendetwas hatte sie geweckt. Sie schob die Daunendecke zur Seite und setzte sich auf. Angestrengt starrte sie in die Dunkelheit ihres Schlafzimmers und lauschte. Lange Zeit war es nur der eigene Atem und ihr Herzschlag, den sie hörte. Er pochte in ihrem Kopf und schien dort widerzuhallen. Fast glaubte sie, sich das ferne Geräusch nur eingebildet zu haben, aber dann ertönte es wieder. Ein Knirschen, gefolgt von einem Grollen. In einer fließenden Bewegung sprang sie aus dem Bett und lief zum Fenster. Sie riss den Vorhang zur Seite und blickte zu der alten Ruine, die entfernt auf einem Hügel lag. Bald würde Vollmond sein. Das Tal war im Licht des fast vollen Mondes deutlich zu erkennen, ebenso wie die gezackten Umrisse des halb zerfallenen Gemäuers. Cesina kniff die Augen zusammen. Sie kannte die Silhouette gut. Seit ihrer Kindheit stand ihr die Ruine Tag und Nacht vor Augen. Aber jetzt störte sie etwas an diesem Anblick, irgendetwas war … falsch.

Eine dunkle Ahnung machte sich breit und Cesina klammerte die Finger an das Fensterbrett. Sie stand so nah am Fensterglas, dass ihr Atem darauf beschlug. Hastig wischte sie ihn weg und musterte die Burgruine. Es war der oberste Burgturm – eine Veränderung daran ließ sie stutzen. Sie hielt den Atem an. Etwas bewegte sich auf dem Gemäuer. Etwas Großes.

Ein schwarzer Schemen hob und senkte sich, um sich schließlich zu entfalten. Ein riesiger Flügel, der sich vor dem blassen Mondlicht abhob. Ein zweiter folgte. Die Gestalt, zu der diese Schemen gehörten, kauerte sich auf dem Burgturm zusammen. Dann, mit einem mächtigen Satz, stieß sie sich ab und für den Bruchteil einer Sekunde erkannte Cesina die gewaltigen Ausmaße des Wesens, ehe es mit seinen Flügeln schlug und zwischen den nahen Berggipfeln verschwand.

Cesina verharrte einen Moment, gefangen in Schreck und Überraschung. Dann hastete sie zu ihrem Schrank und holte das Mobiltelefon heraus, das ausschließlich für diese Zwecke angeschafft worden war. Sie wählte eine Kurzwahltaste und starrte dabei noch immer in Richtung Fenster, als könnte der dunkle Schatten direkt davor wieder auftauchen. Es klingelte einmal und dann meldete sich eine tiefe Stimme.

„Ja?"

Cesina zögerte. Der dunkle Schatten schwang sich vor ihrem inneren Auge noch einmal in die Luft und schien mit nur einem Flügelschlag Unheil zu verkünden. „Er ist zurück", hauchte sie schließlich. „Der Drache ist in die rumänischen Karpaten zurückgekehrt."

Die Sonne brannte heiß. Obwohl erst Frühling war, spürte Elisa Jäger, wie sie ihr den Schweiß aus den Poren trieb. Dabei hatte sie sich diesmal extra wärmer angezogen, weil sie am Vortag gefroren hatte. Sie richtete sich auf und fuhr sich mit der Hand über die Stirn, an der einige vereinzelte Strähnen ihres Haares klebten.

Die Karpaten überraschten sie immer wieder aufs Neue, nicht nur des Wetters wegen. Elisa war erst seit drei Tagen hier und schon hatte diese raue, unwirtliche Gegend sie verzaubert. Auch jetzt, im Licht der Spätnachmittagssonne, erstrahlten die zerklüfteten Bergspitzen und ihre Hänge mit den dichten, undurchdringlichen Wäldern in einem ganz eigenen Schein. Elisas Blick glitt über die Berge zu dem Tal zu ihren Füßen. Sie stand auf der Mauer einer verfallenen Burg, in der sie seit ihrer Ankunft nach Hinweisen suchte.

„Begaffst du wieder Steine und Wasser?“, erkundigte sich eine weibliche Stimme hinter ihr. Ein Grinsen schwang darin mit.

Elisas spürte ein Lächeln auf den Lippen, noch bevor sie sich umgedreht hatte. „Natürlich. Warum sollte ich auch arbeiten?“, fragte sie Naruka und zwinkerte dabei.

Die zierliche Rumänin hatte ihr atemberaubendes, rotes Haar zu einem Knoten geschlungen und die Hände herausfordernd in die Hüften gestemmt. Die grünen Augen verliehen ihrem Gesicht, mit den hohen Wangenknochen und den vollen Lippen, etwas Katzenhaftes.

Als Elisa bei ihrer Ankunft auf ihre zukünftige Assistentin getroffen war, hatte sie sich einen kurzen Moment des Neids nicht verkneifen können. Narukas geschmeidige Gestalt und ihr lebhaftes Temperament zogen sofort alle Männerblicke auf sich. Elisa konnte mit ihren dunklen Locken und den blauen Augen nicht von sich behaupten, hässlich zu sein, aber sie war sicherlich nicht eine so exotische Schönheit wie die einen Kopf kleinere Rumänin.

Nichtsdestotrotz hatten sie sich schnell angefreundet. Naruka respektierte Elisas Interesse an Rumänien und vor allem an der Dracula-Sage und war ihr dankbar für ihre Übersetzungen und die Hilfe, die sie immer wieder bot. Naruka war es auch gewesen, die Elisa die versteckte Grotte gezeigt hatte, die angeblich einmal dem Besitz der Familie der Dracul, Draculas Vorfahren, angeschlossen war. Sie grenzte an eine kleine, fast zerfallene Burg, und Elisa vermutete, dass es sich dabei um die wahre Dracula-Burg handeln könnte. Sie beschäftigte sich als Archäologin und Volkskundlerin seit Jahren mit der Dracula-Sage und nun war es endlich so weit: Sie hatte von ihrer Universität in Deutschland die Erlaubnis erhalten, ihre Forschungen durch Feldarbeit auszuweiten. Eine rumänische Vereinigung, die sich Gesellschaft zum Erhalt karpatischer Sagen nannte, finanzierte ihre Arbeit. Ihre Auftraggeber hatte Elisa niemals zu Gesicht bekommen, aber in diversen E-Mails war ihr immer wieder zugesichert worden, wie sehr man an ihren Ergebnissen interessiert sei. Für Elisas verletzte Forscherseele waren diese Worte Balsam und ein großer Ansporn gewesen – sie verteidigte seit Jahren die These, dass sich hinter dem Dracula-Vampir-Mythos etwas ganz anderes verbarg, von dem abgelenkt werden sollte. Den Beweis fand sie in diversen Legenden und der Gestalt Vlad Tepes sowie seiner beiden Brüder. Sie hatte aber bisher keinerlei stichhaltiges Material vorweisen können, das ihre These untermauert hätte. Umso dankbarer war sie, endlich hier zu sein.

Elisa ließ sich auf einen herabgefallenen Stein sinken

und zog eine kleine Wasserflasche aus der Halterung am Gürtel. Das Wasser rann wohltuend über ihre Zunge, kühlte ihre Kehle.

„Hast du es schon gesehen?“ Naruka setzte sich neben sie und blickte zur Burg hinauf.

Elisa setzte die Flasche ab und schüttelte den Kopf. „Was denn?“

„In der Grotte muss es gestern Nacht eine Erschütterung gegeben haben. Der große Felshaufen, der den Durchgang versperrte, ist auseinandergebrochen. Der Weg ist frei.“

„Und das sagst du mir jetzt erst?“

„Ich dachte, du wüsstest es schon. Normalerweise drehst du doch jeden Morgen eine Kontrollrunde durch die Grotte.“

Elisa runzelte die Stirn und versuchte, den Eingang der Höhle zu fixieren, der sich als schwarzes, klaffendes Loch vom Felsen abhob. „Ich habe gestern Nacht ungewöhnlich tief geschlafen“, murmelte sie. „Heute Morgen kam ich fast nicht aus dem Bett.“

Naruka stand auf und zog Elisa mit sich. „Dann solltest du es dir jetzt ansehen, meinst du nicht?“ Die Rumänin schmunzelte.

Das Sonnenlicht ließ ihre Augen für einen Moment wie Saphire aufblitzen, und Elisa wurde das Gefühl nicht los, dass ihre Assistentin etwas ganz anderes mit ihren Worten gemeint hatte. Sie verwarf den Gedanken gleich wieder – bei dem Tempo, das Naruka vorlegte, musste sie sich auf den schmalen, mit Geröll übersäten Weg konzentrieren.

Vor dem Höhleneingang blieb sie stehen. Wie immer, wenn sie kurz davor war, einzutreten, hielt sie inne. In der Grotte hatten sie bereits einige verborgene Schätze der ehemaligen Burgbewohner gefunden: Kleidung, kleinere Schmuckstücke und Pergamentrollen. Nichts von großem Wert, aber für Elisa Hinweise, dass dieser Ort für die Bewohner der Burg wichtig gewesen war. Sie spürte förmlich die im Verborgenen schlummernde Geschichte, wenn sie vor dem Eingang stand. Sie schöpfte daraus Hoffnung, dass sie hier neue, einschneidende Erkenntnisse zur Dracula-Sage finden würde.

Kühle Luft wehte ihnen aus dem Inneren des Felsens entgegen und streichelte Elisas Gesicht. Sie trug Verheißung mit sich und ein wenig Moder. Über sich selbst lächelnd, betrat Elisa die Grotte. Naruka steuerte zielstrebig einen weiter innen liegenden Bereich an. Bereits zu Beginn der Forschung hatten sie generatorbetriebene Lampen verteilt. Das beständige Brummen erfüllte die Höhle. Ein beruhigendes Geräusch. Im fahlen Licht der 200 Watt Birnen wanderten sie zwischen Felsbrocken und kleineren Steinen herum. Als sie um eine Ecke bogen, verschwand der Umriss des Grotteneingangs. Die kühle Luft war so tief im Berg nur noch kalt. Elisa rieb sich über die Arme und folgte Naruka. Die Rumänin bewegte sich zu flink. Elisa verlor sie bald schon aus den Augen. Sie beeilte sich, ihr zu folgen, stutzte aber, als sie Stimmengewirr hörte. „Naruka?“, rief sie leise. Die Stimmen fuhren fort. Sie klangen aufgeregt, und wie es aussah, sprachen sie Rumänisch. Elisa beschleunigte ihren Schritt. Plötzlich schoss eine Hand aus dem Halbdunkel zwischen zwei Lampen hervor und hielt sie auf. Elisa erstarrte vor Angst – als hätte jemand eiskaltes Wasser über ihr ausgegossen. Vor Schreck stieß sie einen spitzen Schrei aus und strauchelte zurück. „Was treiben Sie hier?“

„Und Sie?“, stellte eine dunkle Stimme auf Englisch eine Gegenfrage. Ein Mann trat aus der Dunkelheit. Er trug eine Khakihose und ein kurzärmliges Hemd, das ebenso Blau war wie seine Augen. Zwischen seinen blonden Augenbrauen stand eine steile Falte. Sein Körper erinnerte an ein dünnes, geschmeidiges Fechtflorett. Er fixierte Elisa wie ein Insekt.

„Was geht Sie das an? Sie befinden sich hier auf meiner Forschungsstätte", hielt Elisa ihm scharf entgegen. Noch bevor der Mann antworten konnte, stieß sie seinen Arm zur Seite und lief weiter in die Richtung, aus der noch immer die Stimmen kamen. Der Fremde folgte ihr, aber bevor er sie einholen konnte, erreichte Elisa das Ende der Grotte und fand Naruka, offenbar im Streit mit einem weiteren Mann. Elisa verstand kein Wort. Beide sprachen schnell. Ihre Assistentin wirkte wütend, während der Mann Naruka kühl musterte und ihr knapp antwortete. Die kleine Rumänin deutete auf den Spalt, der in der Wand klaffte und einen kleinen, bisher verborgenen Raum freigab. Ihr Gegenüber würdigte diesen keines Blickes. Sein kurz geschnittenes, schwarzes Haar fiel ihm in die Stirn, als er entschieden den Kopf schüttelte. Naruka stieß einen frustrierten Laut aus, bemerkte sie endlich und wandte sich zu ihr um. „Elisa!"

Elisa trat näher und musterte den Mann. Er trug ebenfalls eine Khakihose, schwere Stiefel und einen Pullover mit einem kurzen Rollkragen. Seine Augen leuchteten ebenso grün wie Narukas, aber in seinen glaubte Elisa, goldene Splitter zu erkennen. Wo Narukas Blick Hitze und Wildheit in sich trug, glomm in seinem kaltes Feuer. Etwas darin jagte Elisa heiß-kalte Schauder über den Rücken und sie rang mit dem Wunsch, auf ihn zuzugehen und ihm diese winzige, widerspenstige Haarsträhne aus der Stirn zu streichen. Sie erschrak über die Wärme auf ihren Wangen – sie reagierte doch sonst nicht so offensiv auf wildfremde Männer, mochten sie noch so gut aussehen!.

Elisa schob das Kinn vor. „Mein Name ist Dr. Elisa

Jäger. Ich bin die Verantwortliche für diese Ausgrabungsstätte – was wollen Sie hier?", fragte sie auf Englisch. Narukas Gesprächspartner trat einen Schritt auf sie zu. Elisa musste achtgeben, dass sie nicht zurückwich. Dieser eine Schritt hatte keinen Mann näher gebracht, sondern ein Raubtier. Verwirrt blickte sie in sein Gesicht.

„Dr. Jäger also? Dann sollten Sie mich kennen", sagte er. „Ich bin Ihr Auftraggeber."

Sie versuchte, sich vom Anblick dieser seltsamen Augen und des leichten Bartschattens, der auf seinen Wangen lag, loszureißen. Wieso ließ sie sich so leicht ablenken? Sie rieb sich über die Nasenwurzel, um sich zu sammeln, und versuchte, sich auf seinen letzten Satz zu konzentrieren.

„Mein Auftraggeber ist die Gesellschaft zur Erhaltung der karpatischen Sagen."

„Genau diese Gesellschaft repräsentiere ich. Mein Name ist Victor Dracul – ich bin der Vorsitzende."

Elisa blieb beinahe der Mund offen stehen. „Können Sie das beweisen?", fragte sie schließlich.

Der Hauch eines Lächelns zeigte sich auf den fein geschwungenen Lippen, als Victor Dracul ihr ein zusammengefaltetes Blatt reichte. Eine Ausweiskopie. Das Foto und der Name wiesen ihn als Victor Dracul aus. Elisa erinnerte sich: Sie hatte den Namen tatsächlich auf den Verträgen und Unterlagen gesehen, die die Gesellschaft ihr damals geschickt hatte. Sie reichte ihm das Papier zurück und verschränkte die Arme vor der Brust. „Und was verschafft uns die Ehre Ihres Besuches, Mr. Dracul?"

Er deutete auf den neu aufgetauchten Raum. „Warum haben Sie uns nicht informiert?", fragte er scharf.

Elisa presste die Lippen aufeinander. „Weil wir selbst erst heute erfahren haben, dass der Felsverschluss aufgebrochen ist“, erwiderte sie im gleichen Tonfall. „Wir wollten ihn gerade untersuchen.“

„Sie sind verpflichtet, regelmäßig Bericht über Ihre Arbeiten abzulegen“, erwiderte Victor Dracul. „Bisher haben Sie Ihre Pflicht vernachlässigt und wir haben darüber hinweggesehen, aber eine Veränderung derartiger Tragweite muss umgehend berichtet werden.“

Elisa ballte die Fäuste. Was bildete sich dieser Kerl ein? „Meine Berichte wurden alle pünktlich an Ihre Zweigstelle in Bukarest geschickt“, zischte sie leise. „Wenn Ihre Mitarbeiter es nicht schaffen, sie Ihnen rechtzeitig zukommen zu lassen, machen Sie mich nicht verantwortlich. Und was diesen neuen Raum angeht, habe ich Ihnen bereits gesagt, dass wir gerade erst anfangen, ihn zu untersuchen.“

Sie hielt seinem Blick lange genug stand, dass ihre Aussage glaubwürdig wirkte. Sein Gesicht blieb jedoch unbewegt, auch noch, als er nickte. Elisa atmete leise auf „Es mag sein, dass Ihre Berichte mich noch nicht erreicht haben.“ Er fixierte abermals ihre Augen. „Um dem in Zukunft vorzubeugen, werden Sie mir persönlich Bericht erstatten, einmal in der Woche. Außerdem werden Darius und ich bei Ihren Untersuchungen des neu geöffneten Raumes dabei sein.“

Elisa wollte protestieren, aber er fuhr unerbittlich fort.

„Andernfalls werde ich dafür sorgen, dass Ihnen unverzüglich alle Mittel gestrichen und Sie vom Ausgrabungsort entfernt werden. Ist das deutlich?“

Die letzten Worte hatte er fast sanft ausgesprochen, aber Elisa spürte, dass er keine leeren Drohungen machte. Wenn sie sich als unkooperativ erwies, würde er sie einfach rauswerfen. Dann wäre alles, wofür sie bisher gearbeitet hatte, umsonst gewesen. Sie biss die Zähne zusammen und rang sich ein Nicken ab.

Auch Victor nickte. „In Ordnung. Es freut mich, dass

wir uns einig sind."

Elisa würdigte ihn keiner Antwort, sondern wandte sich an Naruka, die stumm neben Darius stand und sie beobachtete. „Wo sind die Taschenlampen?", fragte sie und die Rumänin beeilte sich, zu einer Kiste zu gehen, in der sie diverse Gerätschaften luftdicht verschlossen aufbewahrten. Sie kam mit zwei schweren Stabtaschenlampen zurück und reichte ihr eine. Darius wollte nach der zweiten greifen, aber Naruka zischte etwas auf Rumänisch, woraufhin sich der blonde Mann zurückzog.

Naruka hielt ihre Taschenlampe wie einen Dolch, grimmig wie eine Kriegerin kurz vor der Schlacht. Darius beobachtete Elisa mit unverhohlenem Misstrauen und Victor schien einfach abzuwarten, was sie tun würde. Elisa wandte sich um und schaltete die Taschenlampe an. Sie leuchtete über die Ränder des neuen Zugangs. „Seien Sie vorsichtig", sagte sie halblaut, während sie das Loch im Felsen begutachtete. Bisher hatten Steine es verborgen. Der Geröllhaufen war wahrscheinlich durch einen Einsturz dorthin gelangt. Ein zweiter Einsturz hatte das Loch wieder freigelegt, aber angesichts der Steine, die in kleinen Haufen in der Grotte verteilt lagen, zweifelte Elisa, ob wirklich reine Naturkraft den Durchgang geöffnet hatte. Vielmehr wirkte es, als hätte etwas von innen die Steinmauer weggesprengt. „Der Einsturz muss letzte Nacht geschehen sein, aber wer weiß, ob sich nicht doch noch Felsbrocken lösen."

Der kreisrunde Lichtschein der Lampe wanderte über Gestein und dann tiefer in den Raum. Elisa hielt den Atem an. Jeden Winkel, jeden noch so kleinen Flecken Fels bedeckten farbige Linien und Muster. Das unruhige Licht der Taschenlampe ließ sie flackern, schob die Formen zu Bildern zusammen, nur um sie einen Wimpernschlag später wieder auseinanderzureißen.

„Unglaublich“, murmelte Victor an ihrem Ohr. Elisa schrak zusammen – sie hatte ihn nicht näher kommen gehört und auch nicht bemerkt, dass er direkt hinter ihr stand. „Was ist das?“, fragte er und drehte sich um, um in den Raum zu sehen.

„Bilder“, murmelte Elisa und ließ den Lichtkreis an einer der Wände verharren. Er erleuchtete einige dunkle Linien, die eine riesenhafte Gestalt darzustellen schienen. „Ich muss näher ran, um etwas zu erkennen.“ Sie stieg über einen herabgefallenen Stein. Ihr Fuß berührte den Boden des Steinraums. Ein ohrenbetäubendes Brüllen ertönte. Elisa ließ die Leuchte fallen und riss die Hände in die Höhe, presste sie auf ihre Ohren. Das Brüllen hörte nicht auf, es verschlimmerte sich, und Elisa verstand, dass sie es nicht hörte. Das Brüllen erscholl in ihrem Kopf.

Sie schrie auf und brach ab, als sich Lederriemen um ihre Handgelenke schlangen. Elisa blickte auf – Helligkeit durchflutete den Raum. Es war kein elektrisches Licht, sondern das flackernde, unruhige Licht von Flammen. Fackeln.

Stimmen drangen an ihre Ohren; sie sprachen Rumänisch, aber diesmal verstand Elisa sie. „Hure“, brüllten sie und „Satansweib“. An den Lederriemen zerrte man sie nach vorn in die Mitte des Raumes und band ihre Arme weit über ihrem Kopf an das Ende eines Pfahls. Die unsichtbare Menge tobte. Raues Holz zerschürfte Elisas Wange. Ihre Schutzlosigkeit machte sie wahnsinnig – sie riss an den Riemen, bis ihre Handgelenke bluteten. Sie rief einen Namen, den sie nicht kannte. Eine Antwort folgte sofort, doch es war keine Stimme, die sprach, sondern das Sirren einer ledernen Peitsche. Sie durchschnitt die Luft und kurz darauf Elisas Kleidung. Ihr Hemd und ihre Hose hatten sich in ein kratzendes Leinenkleid verwandelt, das der

Peitsche keinen Widerstand bot. Schnell hing es in Fetzen an ihrem Körper herab. Elisas Haut hielt den nächsten Schlägen nicht viel länger stand. Abermals schrie sie gellend und übertönte so das Johlen der Menge, die bei jedem Peitschenhieb jubelte. Der Schmerz glich glühenden Kohlen, die man über ihren Rücken zog. Elisa fühlte Feuchtigkeit und wusste, ohne hinsehen zu können, dass es ihr Blut war, das ihr den Rücken hinabrann.

Als die Qual schier unerträglich wurde, verschwamm ihre Umgebung. Elisa spürte keinen Schmerz mehr, nur Wärme und seidenweiche Laken, die sie umhüllten. Sie lag nackt auf dem Rücken. Gerade, als sie sich aufsetzen wollte, nahm Lust die Stelle des Schmerzes ein, heftig und vollkommen, sodass sie den Kopf zurückwarf und laut aufstöhnte. Eine warme Zunge glitt über ihre Scham. Elisa tastete zwischen ihre Schenkel, ihre Finger fanden weiches Haar. Ein Mann kniete vor ihr und leckte sie, bis sie sich wand. Noch immer desorientiert von diesen seltsamen Ereignissen und benommen vor Lust, keuchte sie, schaffte es aber irgendwie, den Kopf wegzuschieben. Der Mann glitt höher. Auf seinem Weg zu ihren Lippen küsste er eine brennende Spur ihren Körper entlang. „Nicht“, murmelte Elisa schwach. „Was …“

Er lag nun zwischen ihren Beinen, koste ihren Hals. Seine Erektion rieb sich an ihrem Schoß. Sein heißer Atem floss über ihre Haut. Ihre Finger ertasteten harte Muskeln, die sich verkrampften, als sie darüberglitt. Der Mann, der sich an ihr rieb, schien gleichzeitig vor jeder aktiven Berührung ihrerseits zurückzuzucken. „Was?“, wiederholte Elisa und umfasste sein Gesicht. Mit Bestimmtheit zwang sie ihn, sie anzusehen. Ihr Herzschlag schien einen Moment auszusetzen, als sie das Gesicht ihres mysteriösen Liebhabers erkannte. Victor

Dracul. Ganz anders als noch in der Grotte zeigte sich seine Miene schmerzlich verzerrt. In seinem Blick lag eine unerklärliche Sehnsucht, die Elisa das Herz brach.

Sie kannte diesen Mann nicht, aber etwas in ihr wusste mit einer Bestimmtheit, die ihr Angst einjagte, dass diese Sehnsucht ihr galt.

„Du darfst ihm nicht trauen“, flüsterte er an ihren Lippen. „Was auch immer er sagt, was auch immer er dir verspricht, trau ihm niemals“, flehte er. Bevor Elisa fragen konnte, wen er meinte, zog er sie in seinen Kuss und drang in sie ein. Sie stöhnte in seinen Mund und schloss die Augen, als seine harten Stöße sie mit sich fortrissen. Er hielt sie fest an sich gedrückt, biss und leckte über ihren Hals, während er wieder und wieder in sie eindrang. Geschmeidig und heiß bewegte sich seine Härte in ihr, heißer als jemals ein anderer Mann. Elisa gab einfach auf. Sie kreuzte die Beine über seinem Po, krallte sich in seinen breiten Rücken und bettelte leise darum, dass er sie küsste. Es dauerte nicht lang und ihr Körper spannte sich. Elisa schaute ihn an. „Victor“, flüsterte sie, als der Orgasmus sie überrollte, fortriss und die Welt im Dunkel versinken ließ.

„Elisa.“ Eine fremde Stimme. Wer sprach sie an? Elisa hielt sich an diesem Gedanken fest. Er half ihr, langsam aufzuwachen. Was war geschehen? Sie stöhnte und schlug die Augen auf. Sie befand sich nicht mehr in der Grotte. Stattdessen hatte man sie in einen Raum mit einem breiten, bequemen Bett gebracht. Vor dem einzigen Fenster bauschte sich ein roter, durchscheinender Vorhang durch einen leichten Luftzug. Das Fenster stand halb offen. Die leuchtende Scheibe hinter dem Stoff erwies sich als Vollmond. Sie wollte sich aufsetzen, aber eine Hand drückte sie an der Schulter zurück. Jemand beugte sich über sie. Eigentlich hatte sie erwartet, Narukas Gesicht zu sehen, stattdessen beobachteten sie Victor Draculs goldgesprenkelte Augen. Prompt spürte sie wieder Röte auf ihrem Gesicht, diesmal unleugbar und für jeden deutlich sichtbar. Allein sein Anblick beschwor das Gefühl seines Körpers zwischen ihren gespreizten Schenkeln herauf, und das war sicher das Letzte, woran sie denken sollte, wenn ihr Brötchengeber bei ihr saß. Dass sie beide sich gerade in einem Bett befanden, half nicht.

„Wie geht es Ihnen?“, fuhr Victors Stimme fort. „Sie waren einen Tag lang nicht ansprechbar. Der Arzt sagte, dass Ihnen zumindest körperlich nichts fehlt.“

Elisa fuhr sich mit der Zungenspitze über die Unterlippe. „Helfen Sie mir, das Puzzle zusammenzufügen.“ Sie mied weiterhin seinen Blick. „Ich erinnere mich nur, dass ich diese Grotte betrat, und dann …“ Sie brach ab, zum einen, weil das, woran sie sich erinnerte, zu fantastisch klang, zum anderen, weil sie von Victor Dracul wissen wollte, was die anderen gesehen hatten.

„Sie sind einfach zusammengebrochen, kaum dass Sie den Raum betreten hatten.“ Elisa spürte eine große Hand, die über ihren Arm glitt und ihn sanft umfasste. „Wir haben Sie zu meinem Wohnsitz bringen lassen, damit mein Arzt Sie untersuchen konnte und Sie sich ausruhen.“

Ein Schauder rann über ihr Rückgrat, als Victors Finger über ihre Haut streichelten und sie wagte es, den Blick zu heben. Sofort nahmen sie diese grün-goldgesprenkelten Augen gefangen.

„Fühlen Sie sich besser?“ Seine Stimme klang weich, wie eine Spiegelung der Berührung seiner Hand auf ihrer Haut. Elisa senkte den Blick und entzog ihm ihre Hand. Victor Dracul war ihr Vorgesetzter und außerdem ein Unbekannter, mahnte sie sich. Er wirkte ohne Zweifel verführerisch mit seinem Bartschatten und der Art, wie sein Pullover sich an die Rundungen seiner Muskeln schmiegte. Das war sicher der Grund, warum sie so konfus von ihm geträumt hatte.

Elisa hob die Hand und fuhr sich über das Gesicht. „Es muss die Luft gewesen sein“, nuschelte sie durch ihre Finger hindurch. „Wer weiß, wie lange dieser Raum verschlossen war. Wer weiß, was sich darin befand – ich habe sicherlich einfach den geringen Sauerstoffgehalt unterschätzt.“

Victor hob eine Augenbraue. Es war deutlich, dass er diese Erklärung für unsinnig hielt, aber anscheinend wirkte sie elend und müde genug, dass er ihr nicht widersprach.

„Sie möchten sich sicherlich noch etwas ausruhen“, sagte er. Seine Stimme klang eine Spur kühler.

Darüber verwirrt, nickte sie nur.

Victor tat es ebenso und erhob sich. „Ich werde Ihnen Essen bringen lassen, und Sie sollten den Rest der Nacht nutzen, um noch etwas zu schlafen.“ Schon halb zur Tür hinaus, drehte er sich noch einmal um. „Morgen werde ich Sie bitten, darüber zu sprechen, was Sie zwischen dem Moment ihres Zusammenbruchs und Ihres Erwachens gesehen haben. Auch in Ihren Träumen.“

Die Tür schloss sich hinter ihm, und Elisa blieb mit ihren Gedanken allein.

„Endlich bist du wach!“ Naruka stürmte in das Zimmer und ergriff Elisas Hände. Die Rumänin wäre ihr sicherlich noch um den Hals gefallen, aber das üppig bestückte Frühstückstablett auf Elisas Schoß hinderte sie. Elisa verschluckte sich und hustete, als Naruka sie derart überfiel.

„Alles in Ordnung“, winkte sie zwischen zwei Hustern ab und trank rasch einen Schluck Orangensaft, um ihren Hals freizubekommen. Was auch immer Victor Dracul war – und Elisa schossen da diverse Attribute durch den Kopf, wobei verdammt verlockend nur eines davon war – er stellte zumindest keinen schlechten Gastgeber dar. Das Frühstück, das ihr am Morgen ein Angestellter serviert hatte, ließ keinerlei Wünsche offen.

„Ich wollte dich eigentlich früher wecken, aber der Arzt und die Männer der Gesellschaft haben mich abgehalten“, erwiderte Naruka.

Elisa zweifelte nicht, dass ihre Assistentin das tatsächlich getan hätte. Sie lächelte. „Ich sagte doch, es ist alles in Ordnung“, erwiderte sie und stellte das Tablett zur Seite. „Wisst ihr schon Näheres über diesen seltsamen Raum in der Grotte?“

Naruka schüttelte den Kopf. „Victor … also …“

Elisa schmunzelte. „Du kennst ihn schon länger?“

Die Rumänin fuhr sich durch ihr offenes Haar und zwinkerte. „Ich wurde dir direkt von deinen Arbeitgebern zugeteilt – was meinst du, wer das arrangiert hat?“

„Warum warst du dann so wütend, als er und dieser Darius in der Grotte aufgetaucht sind?“

Zum ersten Mal, seit sie sich kannten, spiegelte sich Unsicherheit in Narukas Mimik. Sie blinzelte, und der Augenblick brach.

„Ich wurde als deine persönliche Assistentin instruiert,

jede Art der Störung von dir fernzuhalten“, sagte sie ernst. „Deine Forschungen sind für unsere Gesellschaft enorm wichtig, aber ich kenne Victor. Sobald er, beziehungsweise die Vorsitzenden, sich einmischen, wirst du kaum zur Ruhe kommen und unmöglich ungestört arbeiten können. Soviel habe ich bisher gelernt: Du arbeitest gerne unabhängig und ich bin sicher, dass du nur so die gewünschten Ergebnisse erzielen wirst.“

„Er ist schon etwas ablenkend“, räumte Elisa ein. „Und ich kann nicht behaupten, dass mir seine Art in der Grotte sonderlich gefallen hat. Aber er ist der Geldgeber und wir müssen uns seinen Anweisungen beugen.“ Sie zögerte und dachte nach. „Zumindest bis zu einem gewissen Punkt.“

Naruka angelte sich eine übrig gebliebene Traube vom Tablett und aß sie grinsend. „Und welchen Punkt meinst du?“

„Diese Grotte und der Raum darin sind unsere Entdeckung. Und genau das werden sie bleiben, bis wir den Fund untersucht haben und wissen, worum es sich handelt.“ Elisa blickte aus dem Fenster, vor dem sich ein schier unendlicher Wald ausbreitete. „Irgendetwas stimmt mit diesem Raum nicht und ich fresse dieses Tablett, wenn es nicht mit dem Dracula-Clan zusammenhängt.“

„Was auch ein Grund dafür ist, warum meine Familie, die Gesellschaft und auch ich so sehr an Ihren Forschungsergebnissen interessiert sind“, erklang Victor Draculs Stimme. Er lehnte im offenen Türrahmen und seine Miene zeigte nicht, wie lange er schon zugehört hatte. Naruka gefror mitten in der Bewegung. Elisa spürte, wie ihre Augenbrauen tiefer rutschten. „Forschungsergebnisse, die ich Ihnen wie versprochen einmal in der Woche persönlich zukommen lassen werde.“

„Ab der kommenden Woche. Bis dahin bleiben Sie mein Gast.“

Elisa atmete tief ein. „Das heißt, ich soll bis zur nächsten Woche die Grotte nicht mehr betreten? Und was ist mit den Ergebnissen?“

Victor ignorierte ihren beißenden Unterton. Er trat ans Bett und beugte sich herunter, bis ihn nur wenige Zentimeter von ihr trennten. Naruka ließ er außer Acht, sein strenger Blick war allein auf Elisa gerichtet. „Die müssen warten, da Sie gestern beim Betreten des Raumes einen Ohnmachtsanfall erlitten haben und wir nicht wissen, ob es an Ihrer schwachen Konstitution lag oder mit dem Raum zusammenhängt. Bevor das nicht geklärt ist, werden Sie dieses Domizil nicht verlassen. Haben Sie das verstanden, Dr. Jäger?“, knurrte er.

Elisa stierte ihn wütend an, blieb aber stumm. Stattdessen nickte sie knapp. Victor Dracul schien damit zufrieden.

„Naruka, du solltest Dr. Jäger jetzt schlafen lassen. Wir wollen sie heute Abend eingehend befragen.“ Während er sprach, ließ er Elisa nicht aus den Augen. Sie erwiderte den Blick und wandte ihn erst ab, um Naruka, die eher zweifelnd aussah, zuzunicken, ehe sie den Raum verließ. Victor Dracul folgte ihr.

Elisa schob die Decke beiseite und stand auf. Irgendjemand hatte ihr ein leichtes Nachthemd angezogen, und sie verbot sich den Gedanken, wer das gewesen sein mochte. Ihre Kleidung lag zusammengefaltet auf einem Stuhl, die derben Wanderstiefel standen davor. Hastig zog sie sich an und ging zum Fenster. Am Abend wollte er sie noch einmal befragen. Elisa wusste nicht, wo sich sein Wohnsitz befand, aber je nachdem, wie weit die Grotte entfernt lag, hatte sie nun viel Zeit oder wenig. Elisa öffnete das

Fenster und lehnte sich hinaus, um so viel wie möglich von der Umgebung zu erfassen. Sie musste zur Grotte zurück – sie konnte niemandem Rede und Antwort stehen, wenn in ihrem Kopf ein solches Durcheinander herrschte. Sie wusste nicht, was es mit diesen Träumen, Visionen, oder wie immer man es nennen mochte, auf sich hatte, aber sie spürte instinktiv, dass sie in der Grotte Antworten finden würde.

Sie drehte den Kopf und wäre vor Begeisterung fast aus dem Fenster gefallen, als sie die Umrisse der Ruine hinter den Wipfeln eines kleinen Wäldchens entdeckte. Sie schaute hinunter – bei dem „Wohnsitz“ handelte es sich offenbar um ein altes Jagdschlösschen. Elisas Zimmer befand sich im zweiten Stock, mit Blick auf den Innenhof. Das Gebäude bildete ein großes U. Etwas Rasen, der in das angrenzende Wäldchen überging, markierte die offene Seite. Der Hof war menschenleer, aber ein solch großes Gebäude beherbergte sicherlich mehr Personen als nur Naruka, Victor und vielleicht noch den blonden Mann namens Darius.

Elisa schloss das Fenster und öffnete vorsichtig die einzige Tür des Raumes. Sie führte auf einen mit kostbaren Teppichen ausgelegten Flur. An den Wänden hingen ebenso teuer wirkende Wandbehänge, die allerdings keine Muster, sondern Jagdszenen oder Wappen zeigten. Auf jedem war entweder als Gegner oder als stilisiertes Tier ein Drache abgebildet. Elisa fiel unwillkürlich das Brüllen ein, das sie in der Grotte gehört hatte. Sie schauderte und beeilte sich, aus dem Zimmer zu schlüpfen und so schnell wie möglich den Flur hinunterzugehen. An dessen Ende befand sich eine Treppe.

Elisa betete im Stillen, dass sie zum Haupttor führte, und hatte Glück: Am Fuß der Treppe fand sie sich in einer Eingangshalle wieder. Auch hier wiederholten sich die Drachen, diesmal als nachgemalte Figuren auf dem weiß gekalkten Verputz. Elisa nahm sich vor, diese Bilder später genauer zu betrachten, jetzt drängte die Zeit. Mit einem Ächzen ließ sich die Haupttür aufschieben. Vorsichtig lugte Elisa durch den Spalt. Der Innenhof war noch immer leer.

Als sie über den knirschenden Kies schlich, erwartete sie, dass jemand aus Neugier aus dem Fenster sehen würde, aber keine Menschenseele zeigte sich. Elisa schob es auf ihr Glück und rannte, sobald ihre Füße den weichen Boden des Waldes betraten. Ihr Zusammenbruch in der Grotte hatte sie keine Kraft gekostet, im Gegenteil: Sie fühlte sich frisch wie nie zuvor und auch der Lauf zwischen den mächtigen Nadelbäumen kam ihr nicht anstrengender vor als ihr Jogging Pensum. Die Sonne schien und warf eigentümliche Schatten auf den mit abgefallenen Nadeln bedeckten Boden. Der Geruch von Harz, frisch geschlagenem Holz und Feuchtigkeit stieg ihr in die Nase. Manchmal stieß sie sich spielerisch mit der Hand an einem der Bäume ab und genoss das Gefühl der rauen Rinde unter ihrer Handfläche. Viel zu früh wandelte sich der Waldboden zu hartem Gestein und sie fand sich hinter der Burgruine wieder. Elisa kletterte auf einen herabgefallenen Felsbrocken. Oben angekommen ragte der Berg zu ihrer Linken auf. Rechts erhob sich das nahegelegene Dorf, in dem sich Elisas und Narukas Sachen befanden. Das Jagdschlösschen lag in ihrem Rücken. Die Burgruine, das Dorf und das Schlösschen bildeten ein unsichtbares Dreieck. Irgendetwas in Elisa regte sich bei dem Gedanken, aber sie konnte es nicht fassen. Sie strich ihre Locken zurück und kletterte auf der anderen Seite des Felsbrockens hinunter. Diesmal nahm sie direkt am Eingang eine Stabtaschenlampe und durchquerte die Grotte bis zu der freigelegten Höhle.

Nach der warmen Luft des Waldes und den milden Sonnenstrahlen brannte sich die Kälte im Inneren des Berges förmlich in ihre Haut, aber Elisa biss die Zähne zusammen.

Fast hatte sie erwartet, wieder dieses Brüllen zu hören oder diese Visionen zu sehen, aber nichts geschah. Der Raum blieb ein Raum. Der Ausdruck passte. Als Elisa näher in eine der Ecken trat, bemerkte sie rudimentäre Spuren von Werkzeugen. Diese Wände waren nicht natürlich entstanden. Jemand hatte diese Höhle künstlich erschaffen. Sie leuchtete mit der Stabtaschenlampe in die Höhe, um zu sehen, wie weit die mysteriösen Baumeister gekommen waren. Elisa schluckte, als sich das Licht der Lampe im Dunkel verlor. Auch wenn der Raum nicht größer sein konnte als vielleicht fünfzehn oder zwanzig Quadratmeter, schien seine Höhe grenzenlos. Elisa drehte sich im Kreis. Ihr Augenmerk fiel auf drei tiefe Furchen. Sie trat näher. Etwa drei Meter über ihrem Kopf hatte etwas oder jemand das Gestein zerrissen und drei lange, ausgezackte Furchen hinterlassen. Die Spuren wirkten, als stammten sie von Tierklauen – aber welches Tier konnte derartig tief in Stein schneiden und das in solcher Höhe?

Elisa schauderte und wich zurück, bis sie mit dem Rücken an die Wand stieß. Die Berührung brannte wie Feuer. Sie wirbelte herum. Die Taschenlampe folgte automatisch ihrer Bewegung. Das kreisrunde Licht fiel auf bemalten Stein. Sie kniff die Augen zusammen. Wie beim ersten Mal schienen die Linien zu Mustern zu finden, die sich ebenso schnell wieder verschoben. Diesmal fixierte sie einen bestimmten Punkt auf dem Felsen, und langsam klarten die Linien vor ihren Augen auf. Elisa erkannte auf dem Stein drei Gestalten. Es war eine grobe Zeichnung; der Künstler hatte sich auf die rudimentärsten Darstellungen konzentriert, aber sie reichten, um die Figuren erstaunlich ausdrucksstark zu gestalten.

Zwei Männer flankierten eine Frau. Das Bild war bunt bemalt, vor allem das leuchtende Rot auf den gezückten Schwertern beider Männer wirkte, als wäre es gerade erst aufgetragen worden. Im Schein der Lampe schien es sogar noch feucht zu glänzen.

Elisa musste sich vergewissern, dass die Farbe nicht wirklich neu war, dass sie sich irrte. Fast ehrfürchtig streckte sie die Hand aus und berührte den kalten Fels. Etwas geschah. Die Welt schien sich zu verschieben. Elisa konzentrierte sich. Sie wollte nicht noch einmal zusammenbrechen oder diese Bilder sehen, aber als sie die Augen wieder öffnete, war es bereits zu spät – sie befand sich nicht mehr in der Grotte. Wieder einmal hatte sich die Welt um sie herum verändert. Elisa schluckte und kämpfte das Bedürfnis nieder, schreien zu wollen. Wurde sie verrückt?

„Komm. Er wartet“, raunte jemand warm an ihrem Ohr. Elisa zuckte zusammen und wich einen hastigen Schritt zur Seite. Ihre Beine verfingen sich in einem langen, seidenen Rock. Irritiert blickte sie an sich hinunter. Sie trug ein zartes Kleid, und spürte eine kühle Windböe aus einem nahen Fenster über ihr tiefes Dekolleté und ihre hochgesteckten Haare streichen. Augenblicklich richteten sich ihre Brustwarzen unter dem dünnen Stoff auf. Elisa erschauderte. Fahrig machte sie sich ein Bild von ihrer Umgebung – sie befand sich anscheinend in der Burgruine neben der Grotte. Hinter dem glaslosen Fenster beleuchtete der Mond den Berg. Die Ruine war keine Ruine mehr. Fackeln steckten in Halterungen an der Wand, und wo man in dem verfallenen Gemäuer in den Himmel schauen konnte, wenn man nur leicht den Kopf hob, stieß hier der Blick auf massive Decken und Mauern.

Warme Hände strichen über ihren Nacken, und ebenso warme Lippen folgten, um die Haut zu küssen. „Geht es dir gut?“

Elisa wandte sich um und traf den Blick eines Mannes. Er überragte sie um knapp einen halben Kopf, und sein Haar hatte die Farbe von reifen Haselnüssen. Seine Augen waren ebenso dunkel, nur leicht tanzten silberfarbene Sprenkel darin. Seine scharfkantige Nase fing diesen weichen Eindruck ab. Sein Lächeln wirkte verführerisch, aber auch nicht ungefährlich. Etwas daran bereitete ihr eine Gänsehaut.

Er legte seinen nackten Arm um ihre Schultern und führte sie den Gang entlang zu einer zweiflügeligen Tür aus massivem Holz, geschmückt mit schmiedeeisernen Drachen. Der Mann schob die Tür auf und offenbarte einen nicht sehr großen Raum dahinter. Hunderte von Kerzen auf jedem vorstellbaren Sims spendeten Licht und Wärme. Ein Bett in der Mitte des Raums füllte diesen nahezu aus. Überspannt von einem Baldachin aus rotem Samt, getragen von vier gedrechselten Holzpfosten. Auf dem Bett lagen Decken und Pelze und dazwischen ein Mann. Elisa biss sich auf die Unterlippe, als sie ihn erkannte. Wieder war es Dracul, und sie fragte sich, wieso sich diese seltsamen Visionen immer um ihn drehten.

Er wirkte anders als im Jagdschloss. Sein Haar stand wirr vom Kopf ab und er trug nicht mehr als eine wild aussehende, geschnürte Hose aus dunklem Leder. Er blickte auf, als er Elisa und den brünetten Mann bemerkte und lächelte. „Hast du meine Braut gefunden, Vlad?“

Der Mann hinter Elisa lachte leise. Wieder spürte sie seine Lippen und diese winzige Berührung reizte jeden Nerv in ihrem Körper. Elisa schluckte, um nicht aufzuseufzen.

„Noch ist sie nicht deine Braut, Bruder“, erwiderte Vlad. „Noch ist es an dir, dich zu entscheiden, meine Schöne“, flüsterte er so leise und nah an ihrem Ohr, dass Elisa abermals schauderte.

„Was geht hier vor?“, wollte sie fragen, aber als sie die Worte aussprach, hörte sie sich sagen: „Und noch habe ich meine Wahl nicht getroffen, schöner Drachensohn.“ Elisa stockte. Sie kam nicht dazu, weiter darüber nachzudenken, denn Vlads Arm schlang sich um ihre Taille und der Mann biss in ihren bloßen Hals. Nicht sehr fest und nicht sehr tief, aber so unerwartet, dass Elisa aufschrie. Deutlich spürte sie, wie ihr Schrei ihn erregte – seine Erektion presste sich an ihren Po und rieb sich daran.

Wie schon in ihrer ersten Version kam die Lust. Plötzlich. Übermächtig. Diesmal keuchte Elisa, was Vlad als Zeichen nahm, tiefer zu gehen. Seine flach ausgestreckte, große Hand wanderte über ihren Bauch und schien eine Spur durch den Stoff hindurchzubrennen. Sie stoppte erst, als sie über Elisas Venushügel lag. Außer dem Kleid trug sie nichts, und ihr kam es fast vor, als würde sie nicht einmal der Stoff voneinander trennen.

„Hilft dir das vielleicht bei deiner Entscheidung?“, raunte Vlad und krümmte die Finger, schob sie zwischen ihre Schenkel.

„Nein“, hauchte sie und bog ihre Hüften einen Augenblick seinen Fingern entgegen, ehe sie sich mit einem Ruck losmachte. Mit einem herausfordernden Lächeln ging sie zum Bett. Victor hatte sie beide bisher stumm beobachtet. Auch jetzt folgten seine Augen jeder ihrer Bewegungen. Elisa genoss seine Aufmerksamkeit und begegnete seinem Blick unerschrocken. Geschmeidig glitt sie auf die Bettkante und spürte die weichen Stoffe und Pelze über ihre Hände gleiten. Ein aufreizendes Gefühl. Sie fuhr sich mit der Zunge über die trockenen Lippen und kroch auf allen Vieren weiter auf das Bett. Das Kleid störte sie. Kurzerhand streifte sie es ab und ließ es neben das Bett fallen, setzte nackt ihren Kriechgang fort. Neben Victors Blicken spürte sie auch Vlads auf sich, und das Gefühl berauschte sie.

Elisa stoppte, als sie über Victors Hüften kniete. Sie senkte den Kopf, näherte sich seinen leicht geöffneten Lippen, passierte sie und verharrte erst an seinem Hals. Seine Haut strömte an dieser Stelle einen seltsamen, aber ungemein anziehenden Duft aus. Erdig, ursprünglich, wie ein dichter Wald nach einem schweren Regenguss. Elisa ließ sich davon gefangen nehmen. Die Augen geschlossen, atmete sie tief ein. Ihre Lippen öffneten sich, und mit der Zungenspitze ertastete sie die Beschaffenheit seiner Haut. Victor knurrte leise. Elisa küsste seinen Hals und glitt langsam tiefer. In ihrem Inneren wusste sie, dass es richtig war, hier zu sein, dass es richtig war, bei Victor zu sein, ihn zu berühren und zu küssen. Aber dieses Wissen kam nicht von ihr.

Sie schob die störenden Gedanken beiseite und küsste Victors Brust. Sie war glatt wie bei einem Kind, aber der breite Brustkorb und die Muskeln hatten nichts Kindliches an sich. Sie gehörten zu einem Mann, der mit Bestimmtheit ihr Gesicht zwischen seine Hände nahm und es anhob. Seine goldgesprenkelten Augen musterten sie, ehe er sie höher zog und sich den Kuss nahm, den sie ihm bisher verweigert hatte.

Er zog sie ganz auf sich und sie stöhnte in seinen Mund, presste ihre Brüste gegen seine Brust. Er behielt sie bei sich und erkundete ihren Mund mit einer Gier, die sie überraschte. Er hatte so beherrscht gewirkt, aber aus seinem Kuss sprachen Hunger und die gleiche Sehnsucht, die sie in ihrer ersten Vision gespürt hatte. Seine Hände wanderten über ihren Rücken, lösten ungeduldig die Haarnadel aus ihrer Frisur, und die Locken ergossen sich über ihre Schultern und seine Hände.

Victor hielt kurz inne, um sie zu betrachten, zog sie dann wieder in seinen Kuss und ließ seine Hände noch tiefer gleiten, bis sie ihren herausgestreckten Po packten.

Elisa seufzte tief. Victors Geste presste ihren geöffneten Schoß weit auf die harte Ausbuchtung zwischen seinen Beinen und allein das Gefühl des erhitzten Leders auf ihren Schamlippen ließ sie nass werden. Sie klammerte sich an seine Schultern und bewegte ihre Hüften in kreisenden Bewegungen. Zufrieden hörte sie Victor stöhnen. Seine Hände packten fester zu, aber plötzlich berührte ein weiteres Händepaar ihre Locken, die Schultern und fuhr spielerisch neckend über ihren Anus.

Elisa schluckte und blinzelte über die Schulter. Vlad stand hinter ihr, ein Knie auf dem Bettrand abgestützt. Er lächelte. Kleine Grübchen erschienen auf seinen Wangen. Seine Kleidung – eine einfache Leinenhose und ein ebenso schlichtes Leinenhemd – hatte er ausgezogen. Der warme Schein der Kerzenflammen offenbarte seine steil zwischen den Beinen hervorragende Erektion. Ihr stockte der Atem bei diesem Anblick. Sie machte Anstalten, sich aufzurichten, aber Victors Finger, der sich unbemerkt zwischen sie geschoben hatte, strich spielerisch über ihren Kitzler. Elisa japste und sackte halb auf ihm zusammen.

Über Victors sinnlich geschwungene Lippen huschte ein Lächeln, das aber nicht lange blieb. Elisa wand sich auf ihm, als seine Finger sich tiefer schoben, immer wieder über ihre Perle und zwischen die feuchten Schamlippen glitten. Sie presste ihre Stirn an seine Schulter, wurde aber mit einem Ruck wieder nach oben gezogen. Vlad hatte ihre Brüste umfasst und drückte ihren Rücken gegen seinen Oberkörper.

„Du solltest mich nicht ganz vergessen, schöne Braut", sagte er mit rauer Stimme und seine Hände umschmeichelten ihre Brüste, glitten immer wieder über die aufgerichteten Brustwarzen.

„Wie könnte ich das?" Sie lächelte zittrig und tastete hinter sich, bis sie seine Hoden ebenso berührte wie er ihre Brüste. Sein ungläubiges Keuchen entlockte ihr ein Grinsen, und sie kraulte über die prallen Kugeln höher zu seinem aufragenden Schaft, der sich ihr in den Rücken bohrte. Ihr Griff wandelte sich von zärtlich zu herausfordernd, und wie als Antwort fasste auch er fester zu.

Victor streichelte noch immer ihren Schoß, und Elisa wand sich zwischen den Männern. Ihre Lust stieg an. Doch anscheinend war es Vlad zu viel. Er zog sie von Victor fort und drückte sie auf den Rücken. Sie bäumte sich auf. Etwas in ihr genoss diese fordernde Art, gleichzeitig wollte sie sich nicht einfach nehmen lassen wie eine billige Straßenhure. Außerdem war es zu aufregend, sich von zwei Männern streicheln und berühren zu lassen. Daher wehrte sie sich stärker, als Vlad ihre Beine spreizte.

Victors Finger strichen über ihre Hüften, und die Decken raschelten, als er sich an ihre Seite schob. „Sei nicht wütend, Rackli", murmelte er und schien seinen Bruder zu ignorieren, der für den Moment innehielt und augenscheinlich versuchte, zu verstehen, was Victor ihr zuflüsterte. Aber der Rumäne sprach zu leise. „Was er dir versprach, wirst du bekommen", fuhr Victor an ihrem Ohr fort. Seine Lippen küssten dabei immer wieder die weiche Haut hinter dem Ohrläppchen, und seine Hand dirigierte sie leise, aber bestimmt, auf die Seite, bis ihre nackte Kehrseite vor ihm lag. Ohne dass Elisa wusste, wie, hatte er sich seiner ledernen Hose entledigt, und seine Erektion schob sich zwischen ihre Schenkel.

Elisa seufzte auf. Er rieb sich hart an ihrer Scham. Unablässig strichen seine Hände über ihren Körper. „Victor“, entschlüpfte es ihr, und unter die Lust mischte sich etwas anderes. Elisa legte ihre Hand auf seine und presste die Beine zusammen, um seinem Reiben etwas Widerstand zu leisten. „Nein, Mircea“, erwiderte er und zog sich ein wenig zurück. Sein Glied rutschte zwischen ihren Schenkeln hervor, fand aber sofort einen neuen, aufregenden Platz, als es sich zwischen ihre Pobacken schob. Victors oder Mirceas Finger nahmen dafür wieder ihre Stelle zwischen ihren Beinen ein und befeuchteten sich dort. Elisa entfuhr ein Keuchen.

„Siehst du?“, lächelte er und küsste flüchtig ihre Schulter. „So entspannst du dich wieder.“ Elisa nickte und wandte ihm ihr Gesicht zu. Mirceas Lippen befanden sich nah vor ihr, und sie brauchte, sie wollte seinen Mund. Er schien ihr Verlangen zu spüren und kam näher, um ihr zu schenken, wonach sie begehrte.

Mircea zog ihre Aufmerksamkeit derart an, dass sie Vlads Eindringen erst bemerkte, als er sich schon fast in ihr befand. Sie drängte sich gegen Mircea, der sie festhielt und ihr Bein anhob, damit sein Bruder sich leichter in ihr versenken konnte.

Elisa spürte Vlad in sich und wand sich in süßer Qual. Er war groß, hart und unnatürlich heiß. So etwas hatte sie bisher nicht verspürt und sie glaubte, sie würde so etwas sicherlich nie wieder spüren, als sie eines Besseren belehrt wurde. Victor hatte mit ihrer Nässe seine Erektion eingeschmiert und drängte sich nun, Zentimeter für Zentimeter, in ihren Anus. Auch sein hartes Glied schien aus reiner Glut zu bestehen.

Elisa fand sich eingekeilt zwischen den beiden Männern, die begannen, in sie zu stoßen. So unterschiedlich sie waren, so unterschiedlich nahmen sie ihren Rhythmus auf. Vlad schien sie plündern zu wollen, seine Stöße nahmen ihr fast den Atem. Er schlief nicht mit ihr, er fickte sie regelrecht.

Mircea hingegen bewegte sich kaum. Er bot ihr Rückhalt, sodass sie Vlad standhalten konnte. Auf eigentümliche Weise erregte sie diese stumme Stütze mehr als Vlads wilde Stöße. Beides zu spüren ergab jedoch eine ganz besondere Spielart, und Elisa ließ sich vollkommen darin gehen, bewegte sich, so gut es ging, beiden Männern entgegen. Egal, wohin sie sich wand, immer drang einer der Brüder tiefer in sie.

Sie hatte ihr Bein über Vlads Hüfte gelegt und krallte sich in seinen Po, während Mircea ihre Brüste streichelte und sie immer wieder in die Nippel kniff. Die Hitze beider Glieder steigerte sich zu einem Feuer. Sie schrie, stöhnte, flehte und wand sich. Die Brüder nahmen sie immer gieriger und härter. Es wurde zu viel. Elisa griff mit einer Hand in Vlads Haar, mit der anderen zog sie abermals Mirceas Kopf zu sich und küsste ihn. Der Kuss währte nicht lange – ihr Orgasmus packte sie und schüttelte ihren Körper wie im Fieber. Sie riss den Mund auf und schrie ihre Lust hinaus. Vier starke Arme stützten sie, als ihr Körper sie im Stich ließ und ihre Kraft versiegte.

Elisa blinzelte. Ihre Knie drohten, unter ihr nachzugeben, und das war etwas, um das sie sich wirklich Sorgen machen musste, denn sie lag nicht in einem weichen Bett mit zwei atemberaubenden Männern, dass ihr allein bei dem Gedanken daran ganz flau wurde. Sie stand wieder in dem klammen Raum in der Grotte und glotzte noch immer das Bild der beiden Männer und der Frau zwischen ihnen an. Was war das gewesen? Vielleicht hatte man früher Halluzinogene in die Farben gemischt und diese hatten die intensiven

Träume oder Visionen ausgelöst. Aber warum wurde sie als Einzige davon befallen?

Elisa schluckte und spürte erst jetzt die Trockenheit ihrer Kehle. Sie rieb sich über den Nacken und stutzte. Vorsichtig strich sie mit den Fingerspitzen über ihren Hals. Ganz leicht zeichneten sich noch die geschwollenen Abdrücke von Vlads Biss ab.

Naruka wippte unruhig mit dem Fuß. Eine angespannte und nervöse Stimmung beherrschte Dunkelwald, das Jagdschloss Victor Draculs. Naruka spürte sie wie einen schmerzhaften Stachel im Fleisch. Sie hatte schon immer empfindlich auf Stimmungen reagiert, aber diesmal war es zu viel. Alle Bewohner des Hauses hatten Dr. Jägers Ankunft erwartet, und jetzt, wo sie endlich da war, schien jeder eigene Wünsche oder Vorstellungen in sie hineinzuprojizieren. Die Luft knisterte regelrecht vor Erwartung und trieb Naruka fast in den Wahnsinn. Sie hatte sich nicht viel vorgestellt und abgewartet, wie sich Elisa anstellen würde. Zu ihrer Überraschung hatte sie keine realitätsfremde Universitätsmaus kennengelernt, sondern eine attraktive Frau, die durchaus den Mund aufmachen konnte und mit einer Leidenschaft an ihre Arbeit heranging, die fast unheimlich war.

Nicht jeder in diesem Schloss trat der Archäologin so wohlgesinnt gegenüber wie Naruka, und allein, dass sie dies wusste, machte sie noch wachsamer und angespannter.

Sie hasste diesen Zustand und sprang aus ihrem Lehnstuhl auf. Sie musste an die frische Luft, um einen klaren Kopf zu bekommen. Naruka lief aus dem Zimmer in den Flur und betätigte einen versteckten Mechanismus an einem Kerzenhalter in der Wand. Einer der Wandteppiche glitt zur Seite und legte einen verborgenen Gang frei. Zu ihrer Überraschung hörte sie aus dem Inneren des Ganges Schritte und wich zurück. Bevor sie sich entscheiden konnte, ob sie in ihrem Zimmer verschwinden oder stehen bleiben sollte, wurde ihr die Entscheidung abgenommen. Zwei Männer traten aus dem Gang. Mit seiner zwar kräftigen, doch sehr schlanken Gestalt wirkte Darius neben Karad nahezu schmächtig. Karad grinste breit, als er Naruka bemerkte, und kam auf sie zu. Sein weizenblondes Haar, das er zu einem Zopf zusammengebunden hatte, rutschte über seine Schulter, als er sich zu Naruka herabbeugte. Er musste sich tief bücken – sie war viel kleiner als er und reichte ihm gerade einmal bis zur Brust.

„Wolltest du wieder streunen gehen, Kätzchen?", fragte er halblaut, während Darius mit verschränkten Armen in der offenen Gangtür lehnte und sie beobachtete.

Naruka entspannte sich bei Karads Grinsen. Sie kniff ihm in seine Wangen und küsste ihn laut schmatzend auf den Mund. „Wollte ich", bestätigte sie.

„Was dagegen, wenn ich dich begleite?"

„Hat das einen Grund?"

Karad zuckte mit den breiten Schultern, die nie in irgendein Kleidungsstück zu passen schienen. Darius antwortete für ihn: „Mircea …"

„Victor", warf Naruka automatisch ein.

„… möchte dich heute Abend dabeihaben, wenn Elisa dem Clan vorgestellt werden soll", fuhr Darius ungerührt fort. Er deutete auf die offene Zimmertür, durch die die letzten Sonnenstrahlen auf den Steinboden fielen. „Und so lange wird es nicht mehr dauern."

Naruka verdrehte die Augen und umfasste Karads Arm. Ebenso gut hätte sie einen jungen Baum umarmen können, es hätte sich ähnlich angefühlt. Der Unterschied bestand darin, dass junge Bäume einen nicht an sich zogen und in den Hintern kniffen. Naruka schnaubte und ließ ihre Hand mit einem laut vernehmbaren Klatschen auf Karads Hintern fallen.

„Wow, Kätzchen, ein bisschen sanfter", zog er sie auf.

Naruka schüttelte ihre Hand und verzog das Gesicht. „Manchmal hasse ich es, dass du so viel trainierst", knurrte sie, keinesfalls böse. In ihrer Stimme lag sogar unterschwelliger Stolz.

Darius seufzte theatralisch und machte übertrieben Platz. „Verschwindet bitte endlich, damit ich mir dieses Schmierentheater nicht länger ansehen muss“, brummte er.

Naruka lachte und Karad verbeugte sich leicht. „Nach dir, mein geliebtes Katzenweib.“

Sie schmunzelte noch immer, nickte Darius zu und stolzierte hoch erhobenen Hauptes an beiden Männern vorbei in den verborgenen Gang. Die Geheimtür wurde zugeschoben, und für einen Augenblick fand Naruka sich in vollkommener Dunkelheit wieder, bis ihre Augen sich an die Finsternis gewöhnt hatten. Sie sah im Dunkeln besser als gewöhnliche Menschen, ebenso wie Karad und Darius. Kaum, dass ihre Augen sich eingestellt hatten, lief Naruka weiter. Sie kannte jede ausgetretene Stelle im Steinboden, jede Stolperfalle und jede herausgebrochene Zacke. Früher war das hier ihr Reich gewesen – nicht einmal Karad und Darius hatten den Gang gekannt, bis sie ihn ihnen gezeigt hatte. Als sie und Karad sich nähergekommen waren, war der Gang zuweilen zu einem heimlichen Liebesnest geworden – in die halb verborgenen Nischen hatte Karad manchmal Decken und kleine Laternen geschafft, mit denen er Naruka überrascht hatte. Später weihten sie auch Darius, Karads engsten Vertrauten und besten Freund, ein, und seitdem nutzten die Männer den Gang, um unbemerkt aus dem Schloss zu schleichen oder ungesehen von einem Raum zum anderen zu kommen. Der Gang spaltete sich an verschiedenen Stellen und entfächerte sich zu einem Netzwerk aus größeren oder kleineren Fluren, die das Schloss wie einen Maulwurfbau durchzogen.

„Ich habe das Gefühl, ihr beide verbringt nur noch

Zeit alleine hier unten", sagte Naruka, während sie durch den Gang liefen. Sie wusste, dass Darius zuhörte, aber ihre Worte hatte sie eher an Karad gewandt. Er hatte ihre Hand umfasst, ihre Finger verschwanden in seiner Pranke. Der blonde Mann hingegen lief einfach stumm hinter ihnen her und sagte nichts.

„Schmollst du etwa?", fragte Karad und musterte sie gespielt prüfend. „Immerhin bist du diejenige, die sich seit Tagen mit dieser Archäologin herumtreibt."

„Du weißt, dass Victor mir aufgetragen hat, sie zu begleiten." Naruka stieß ihrem Freund in die Seite. „Und du solltest dich an sie gewöhnen – sie ist wirklich nett, und wenn die Zeichen stimmen …" Sie brach ab, als sie Karads Gesichtsausdruck bemerkte. Die Muskeln in dem breiten Kiefer zuckten, und Karad starrte ernst auf den ausgetretenen Boden.

„Wenn die Zeichen stimmen", sagte er mit rauer Stimme, „wird sich vieles hier ändern. Dann steht uns die schlimmste Zeit unseres Lebens bevor."

Naruka verfluchte im Stillen ihre lose Zunge und blieb stehen. Sie zog Karad an sich. Es musste ein seltsames Bild sein – ein breitschultriger Hüne, dessen Aussehen ihn ohne Weiteres für jeden Job als Türsteher oder Rausschmeißer qualifiziert hätte, ließ sich willenlos von einer kleinen, zierlichen Frau herumschieben. Aber Naruka wusste, was er bereit war, für sie zu tun, und dafür liebte sie ihn umso mehr.

Sie zog ihn am Kragen seines T-Shirts zu sich herunter und streichelte seine Wangen. Aus den Augenwinkeln erkannte sie Darius, der die Arme verschränkt hielt und den Kopf zur Seite gewandt hatte. Sie konzentrierte sich schnell wieder auf ihren Liebsten. Aufmerksam blickte sie ihm in die Augen. „Es wird alles gut werden", sagte sie leise. „Auch wenn sich alles verändern wird, ich bleibe bei dir. Und wenn die Welt im Dunkel versinkt, bin ich immer noch an deiner Seite."

Karad umfing ihre Taille mit seinen Armen und richtete sich auf. Er hob Naruka empor, und sie fand sich in einer innigen Umarmung wieder. Sie hielt sich an seinem Nacken fest und spielte mit seinen blonden Haarsträhnen.

„Danke", sagte er bewegt und küsste sie auf den Mund. Naruka erwiderte seinen Kuss und lächelte ihn sanft an, ehe sie ihn bat, sie hinunterzulassen.

„Dafür haben wir später noch Zeit", sagte sie neckend. „Ich will nicht voller Staub sein, wenn wir nachher zu Victor gehen."

Karad hielt sie noch einen Moment fest. „Wehe, du vergisst es später", raunte er und drückte sie enger an sich.

Naruka lachte leise. „Angst, dass ich dich hängen lasse?", kicherte sie.

Karad grinste unheilvoll. „Oh, hängen wird da sicherlich nichts, das kann ich dir versprechen."

Naruka wollte antworten, aber Darius unterbrach sie. „Es ist Zeit", sagte er. In seiner Miene flackerte Schmerz auf, als er sie beide betrachtete, aber der Ausdruck verschwand so schnell, wie er aufgetaucht war. Ohne eine Antwort abzuwarten, drehte er sich um und verschwand im Gang.

Naruka senkte den Blick. Sie hatte oft gesehen, dass Darius sie beide derart ansah, und im Gegensatz zu Karad, der das zu ignorieren schien, wusste sie, was es bedeutete. Eines Tages würde sie mit Karad darüber sprechen müssen, aber heute war nicht eines Tages. Heute war Jetzt.

Der Clan hatte sich im Kaminzimmer versammelt, dem ehemaligen Prunkraum des Schlosses. Nach einer erfolgreichen Jagd hatte sich die Gesellschaft hier zusammengefunden und am mannshohen Kamin gefeiert. Der Raum war rustikal, wie auch der Rest des Jagdschlosses. Die Wände bestanden aus grauem Granit, fast schwarz geworden durch den jahrelangen Rauch. Unterhalb der hohen Decke glotzten ausgestopfte Trophäen auf die Anwesenden herunter, und auf halber Höhe zwischen Boden und Decke hingen die Wappen der Besucher.

Narukas Herr, Victor, hatte den hohen, hölzernen Lehnstuhl nah am lodernden Kamin bezogen. Darius stand etwas hinter ihm und beobachtete den Raum und die einzige Tür. Naruka saß mit Karad auf einer Bank und genoss in der einsetzenden Abendkühle die Hitze des lodernden Feuers im Kamin. Hin und wieder warf Darius weitere armlange Scheite hinein. Außer ihnen war auch noch Valesko anwesend. Sein Haar hatte eine silbrig-graue Farbe, und sein linkes Auge zeigte sich milchig und trüb. Eine Narbe zog sich von seiner Stirn über das Lid bis zum Wangenknochen. Seine harten, ernsten Gesichtszüge entsprachen allerdings nicht denen eines alten Mannes, wie seine Haarfarbe vermuten lassen könnte. Er wirkte nicht viel älter als vierzig, und trotz seines blinden Auges entging ihm nichts.

Naruka wusste von Karad, dass das Gerücht umging, Valesko könnte mit dem blinden Auge vielleicht nicht mehr diese Welt sehen, dafür aber ihre Vergangenheit und Zukunft. Sie wusste nicht, ob es stimmte, aber es fröstelte sie, wann immer Valeskos Blick sie streifte.

Naruka beobachtete ihren Herrn. Er hatte einen Bediensteten geschickt, um Elisa abzuholen, und seine Körperhaltung verriet, wie angespannt er dieser Begegnung entgegensah. Seine Fingerspitzen malten Muster auf die Armlehne, seine aufgestützte Hand verbarg seinen Mund. Als Elisa endlich den Raum betrat, entspannten sich die anwesenden Männer merklich.

Niemandem außer Naruka schien aufzufallen, wie abgehetzt Elisa wirkte. Ihre Augen glänzten fiebrig, die Locken wirkten zerzaust, und ihre Brust hob und senkte sich rasch. Narukas Aufmerksamkeit wanderte von Elisa zu Victor. Wie bereits tags zuvor bemerkte sie eine Wandlung in ihrem Herren. Etwas an seiner Haltung wurde weicher, nachgiebiger, und das ließ sie verstohlen lächeln.

„Wie schön, dass Sie die Zeit gefunden haben", sagte Victor glatt und stand auf. Er trat Elisa entgegen und deutete mit einem Nicken auf die Anwesenden. „Ich möchte Ihnen gern den Vorstand der Gesellschaft vorstellen." Er verwies auf Naruka und Karad. „Ihre Assistentin Naruka kennen Sie sicherlich noch", sagte er, und Naruka nahm das zum Anlass, Elisa verschwörerisch zuzuzwinkern. Diese schmunzelte kaum wahrnehmbar und wurde wieder ernst, als Victor Karads Namen nannte. „Er betreut unsere verschiedenen Objekte in den Karpaten und auch in Bukarest."

Karad neigte den Kopf zu einem kurzen Nicken in Elisas Richtung. Naruka bemerkte den irritierten Zug um ihre vollen Lippen und musste schmunzeln.. Karads Äußeres ließ nur auf brutale Kraft schließen, nicht auf Fähigkeiten mit Immobilien.

„Dies ist Darius, mein persönlicher Assistent, den Sie bereits in der Grotte kennengelernt haben, und zu guter Letzt einer unserer Gründerväter, Mr. Valesko Dajusch."

Elisa begrüßte auch diese beiden. Darius nahm es auf, aber in Valeskos verbliebenem Auge blitzte Gier auf. Er hatte neben Victor am begierigsten auf Elisas Ankunft gewartet, aber noch wusste Naruka nicht, ob er sie positiv befand oder nicht.

Man bot Elisa einen Sessel an, in den sie sich dankbar sinken ließ. „Und jetzt möchte ich gern hören, was geschah, als Sie den Raum betraten. Aus Ihrem eigenen

Mund und mit Ihren eigenen Worten", forderte Victor sie auf, nachdem er sich gesetzt hatte.

Mit einer einfachen Handbewegung schob Elisa sich einige Locken aus der Stirn. Sie wirkte noch immer fahrig, und wann immer ihr Blick zu Victor glitt, sah sie hastig weg, als wäre es ihr peinlich, ihn auch nur anzusehen. Sie strich über ihre Seite und die Hosentasche. „Wie ich bereits sagte, ich kann mich an nichts erinnern. Sobald ich den Raum betreten hatte, spürte ich heftigen Schwindel und wurde ohnmächtig."

„Sie sagten etwas von Träumen."

Elisa atmete tief durch. „Soll das wirklich Gegenstand dieser Zusammenkunft sein?", fragte sie und sprach Victor direkt an.

„Alles, was sich in diesem Raum zugetragen hat, ist für uns von Bedeutung", ließ sich Valeskos raue Stimme vernehmen. Er erhob sich von seinem Sitz und ging auf Elisas Sessel zu. Zu Narukas und offenbar auch Elisas Überraschung kniete er sich nieder, um auf Augenhöhe mit der Archäologin zu sein. „Gerade Träume können uns viel Aufschluss geben – auch wenn Sie nicht wissen, was genau Sie mit diesen Informationen anfangen sollen. Für uns kann darin sehr viel Aufschlussreiches liegen."

In Elisa arbeitete es. Abermals huschten ihre blauen Augen zu Victor, ehe sie sich wieder Valesko widmete.

„Darf ich in dem Fall um etwas bitten?"

„Um was, Dr. Jäger?"

„Ich möchte es Ihnen erzählen. Ich hatte nicht damit gerechnet, dass es auch zu meinem Arbeitsvertrag gehört, meine Träume preiszugeben, und ehrlich gesagt erscheint es mir sehr intim. Sie scheinen Träumen gegenüber ein besonderes Verhältnis zu haben, deswegen möchte ich gerne nur Ihnen erzählen, was ich gesehen habe. Allein."

Victors Augenbraue schoss in die Höhe, und er

richtete sich mit einem Ruck auf. „Nein, das erlaube ich nicht."

Valesko drehte sich um. Er sagte nichts, aber beide Männer rangen für einen stummen Augenblick miteinander, ehe Valesko den Blick abwandte.

„Wenn es bedeutet, dass wir in dieser Sache weiterkommen, sollten wir es probieren", versuchte der ältere Mann es noch einmal.

In Victors Miene lagen deutlich unterdrückte Eifersucht und gleichzeitig all die Autorität und der kühle Verstand, die die Clanführer von jeher ausgezeichnet hatten. Beide Seiten versuchten, die Oberhand zu gewinnen, doch schlussendlich siegte die Vernunft. Seine verkrampften Schultern lösten sich, und er nickte. Valesko erhob sich und bot Elisa seine Hand, um ihr beim Aufstehen behilflich zu sein. Sie folgte der stummen Aufforderung und folgte Valesko hinaus.

Valeskos Zimmer hatte mehr von einer Bibliothek als von dem persönlichen Raum eines Menschen. Elisa ließ ihren Blick schweifen, als sie zwischen all den Regalen mit Folianten, Pergamentrollen und gebundenen Büchern stand. Auf den ersten Blick wirkte nichts davon wie eine Fälschung, und sie musste die Wissenschaftlerin in sich abhalten, wie ein neugieriges Kind im Süßwarenladen durch die Regale zu gehen und alles anzufassen.

„Bitte sehen Sie sich um", sagte Valesko, der ihre Ungeduld bemerkt zu haben schien.

Elisa konnte sich ein Lächeln nicht verkneifen. „Es stört Sie wirklich nicht?"

Valesko erwiderte das Lächeln, was seine Narbe zucken ließ. „Die meisten Besucher ziehen es vor, diesen Raum schnell wieder zu verlassen. Er erinnert sie entweder an eine Leichenhalle oder ein muffiges Klassenzimmer. Es ist eine Wohltat, jemanden hier zu haben, der meine Leidenschaft teilt."

Elisa drehte sich um und ging zu einem großen Einband. Sie zog ihn heraus und schlug den Deckel auf. Die Pergamentseite darunter zeigte sich in voller Farbenpracht. Ein lateinischer Text, geschmückt mit prächtigen, farbigen Darstellungen eines reitenden Ritters zeigte sich ihr. „Ist das ein Faksimile?", fragte sie.

Valeskos trat hinter sie. „Nein, das ist keine Reproduktion. Das ist ein Originaltext. Eine Kopie der lateinischen Version des Sachsenspiegels."

Elisa blieb der Mund offen stehen. „Er ist unglaublich gut erhalten", hauchte sie, was Valesko erheiterte.

„Ich sehe, ich sollte Sie in einen anderen Raum bringen, ehe ich Sie befragen kann."

Elisa räusperte sich und schloss den Einband

sorgfältig, um ihn zurück ins Regal zu stellen. „Verzeihen Sie bitte. Aber eine solche Ansammlung von Schätzen – ich konnte einfach nicht widerstehen."

„Sie sind eingeladen, diesen Raum so oft aufzusuchen, wie Sie wollen. Aber dies ist nur meine private Bibliothek. Wenn Sie möchten, zeige ich Ihnen gern die Bibliothek des Schlosses."

Elisa nickte rasch. „Vielen Dank, Mr. Dajusch."

„Da wir gleich so etwas, wie Sie sagten, Intimes wie Ihre Träume teilen werden, würde ich es begrüßen, wenn Sie mich Valesko nennen."

„Einverstanden", erwiderte Elisa und nannte ihren Vornamen. „Also, Valesko, wo soll ich beginnen?"

„Genau da, wo auch Victor beginnen wollte: beim Betreten des Raumes."

Elisa schloss die Augen. Sie hatte nicht gelogen, als sie gesagt hatte, dass es intim war, ihre Träume zu teilen, erst recht, weil es in besagten Träumen unter anderem um heißen Sex mit Victor Dracul ging. Aber da war etwas in Valeskos Stimme gewesen, als er sie im Kaminraum angesprochen hatte. Sie kannte ihn nicht, aber seine Art hatte ihr sofort Vertrauen eingeflößt.

„Als ich den Raum betrat", begann sie, „erklang ein Brüllen, als würde ein sehr großes Tier schreien. Die anderen haben es, glaube ich, nicht gehört. Nur ich."

„Gut", nickte Valesko und Elisa war froh, dass er sie nicht ansah wie eine Irre. In seiner Gestik lag nur Interesse, als er sie aufforderte, fortzufahren. Elisa verschränkte die Arme vor der Brust und beschwor die Bilder herauf, die in der Grotte auf sie eingestürmt waren. „Ich war mit einem Mal nicht mehr in der Höhle", erzählte sie, „sondern an einem anderen Ort. Ich war gefesselt und wurde ausgepeitscht, während mich eine wütende Menge beschimpfte." Unwillkürlich fuhr sie mit der Hand über ihre Schulter, als die

Erinnerung an die Peitsche aufzuckte. „Das Ganze veränderte sich, und plötzlich war ich mit einem Mann …“ Sie hüstelte. „Ich habe mit ihm geschlafen. Er hieß Mircea und sah aus wie Victor Dracul.“

Valesko brach nicht in Gelächter aus. Stattdessen wandte er sich einem Regal zu und griff nach einer Rolle. Bevor er sie herauszog, zuckte er zurück, als hätte er sich verbrannt. „Hast du noch etwas geträumt?“, fragte er, ihr den Rücken zugewandt.

„Nein“, log Elisa. „Das war alles.“

Valesko drehte sich zu ihr um und rang sich ein Lächeln ab. „Dann danke ich dir. Falls so etwas noch einmal vorkommt oder du das Gefühl hast, über die Grotte reden zu wollen, komm einfach zu mir.“

Elisa nickte. Sie verabschiedete sich und trat in den Flur hinaus. Ein wenig ziellos ging sie zwischen den Wandteppichen umher und versuchte, ihre Gedanken zu ordnen. Sie betrachtete nachdenklich einen der Teppiche, der eine Höhle zeigte. Sie hatte Valesko nicht von ihrem Ausflug erzählt und hatte das Gefühl, dass es richtig war. Elisa vertraute ihren Instinkten schon ihr Leben lang, und hier in den Karpaten schien sie mehr denn je auf ihre Intuition angewiesen zu sein.

Sie wollte gerade weitergehen, als sie ein leises Geräusch hörte. Alarmiert lief sie den Flur hinunter, in die Richtung, aus der das Geräusch kam. Sie stoppte an einer einen Spaltbreit geöffneten Tür, aus der weiches Licht drang. Der Laut wiederholte sich, entpuppte sich als Stöhnen und brach ab, als hätte jemand es erstickt. Elisa zögerte. Das zweite Stöhnen klang nicht nach Schmerzen, und wenn die Person in diesem Zimmer aus einem anderen Grund stöhnte, sollte Elisa sich nicht hier aufhalten. Die Neugier war zu groß, und sie schielte durch den Türspalt.

Als sie bemerkte, wer diesen lustvollen Laut von sich

gegeben hatte, blieb ihr der Mund offen stehen. Karad lehnte nackt an einem Bett mit hohen Pfosten. Den Kopf hatte er in den Nacken gelegt und seine Finger in das rote Haar einer Frau vergraben, die vor ihm kniete und ihn mit dem Mund verwöhnte. Offensichtlich machte sie ihre Sache gut, denn auf Karads Gesicht lag reine Lust.

Naruka trug noch ihr leichtes Sommerkleid und schien vollkommen auf ihre Aufgabe konzentriert. Mit den Händen hielt sie sich an Karads Oberschenkeln fest, und hin und wieder drang ein schmatzender Laut zu Elisa herüber. Sie schauderte, konnte den Blick aber nicht abwenden.

Karad murmelte etwas auf Rumänisch, woraufhin Naruka sich erhob und aufrichtete. Sie reichte ihrem Liebhaber gerade einmal bis zur Brust, aber ihre Hände, die ihn weiter streichelten und umfassten, ließen keinen Zweifel, wer in diesem Moment wen in der Hand hielt.

Naruka trat einen Schritt zur Seite, um sich das Kleid auszuziehen, und Elisa erhielt Gelegenheit, einen Blick auf Karads Glied zu werfen. Der Anblick ließ ihr den Atem stocken – Karad überragte jeden Mann, den sie bisher gesehen hatte. Sein Penis musste über zwanzig Zentimeter lang sein. Unglaublich dick ragte er zwischen seinen Beinen hervor. Allein die Vorstellung, dass ein derart riesiges Ding in die zierliche Naruka eindringen sollte, erschien absurd. Dennoch spürte Elisa, wie es zwischen ihren Schenkeln zu kribbeln begann. Von ihrer Position aus erkannte sie sogar die sich leicht abzeichnende, pochende Ader am Schaftansatz, die zwischen goldenen, gelockten Schamhaaren verschwand. Wie es wohl sein musste, wenn man von einem solchen Ding genommen wurde? Es füllte eine Frau mit Sicherheit vollkommen aus und reizte mit jedem Stoß alle empfindlichen Stellen in ihrer Scham.

Elisa blickte sich hastig um, aber dieser Teil des Flurs lag abgelegen und niemand schien in der Nähe zu sein. Verstohlen schob sie eine Hand in ihre Hose und fixierte wieder das ungleiche Paar. Der Gedanke an Karads großen Schwanz zwischen ihren Schenkeln erregte sie, und es schaffte ein wenig Abhilfe, dass sie sich streichelte.

Auch die Erregung im Zimmer steigerte sich – Naruka griff spielerisch nach Karads Glied und zog ihn lachend daran zum Bett. Karad verdrehte die Augen, grinste aber und ließ sich gehorsam führen, bis er neben der nackten Naruka lag. Die kniete sich über ihn und küsste ihren Liebhaber. Seine großen Hände packten ihre Hüften und versuchten, sie über seine Erektion zu ziehen, aber Naruka schlug ihm schimpfend auf die Finger. Sie richtete sich auf und drückte mit einer Hand Karads Brust auf das Bett. Mit der anderen griff sie zwischen sie beide und umfasste ihn erneut. Karad zuckte keuchend zusammen und auf Narukas Gesicht erschien ein triumphierendes Lächeln. Sie rutschte ein wenig tiefer und dirigierte ihre Hüften zu seiner Erektion. Elisa las in Karads Gesicht die Erwartung, dass seine Freundin sich endlich auf ihn senken würde, aber Naruka hatte anderes vor. Sie schob nur die Spitze seiner Eichel zwischen ihre Schamlippen und bewegte ihre Hüften vor und zurück, als würde sie tanzen. Die Qual musste süß sein. Karads Augen weiteten sich ungläubig, und er stieß mit seinen Lenden hoch, um sich tiefer in Naruka zu bringen. Die wich ihm ohne Mühe aus und sagte streng etwas. Karad knurrte unterdrückt, legte sich aber wieder gehorsam hin und überließ Naruka die Führung. Zufrieden umfasste ihn die Rumänin abermals und senkte sich etwas tiefer. Der gesamte, rot angeschwollene Peniskopf verschwand zwischen ihren Schamlippen. Karad zuckte zusammen und murmelte Narukas Namen. Er hob die Arme, hielt sich diesmal aber am Matratzenende über seinem Kopf fest, anstatt die Hüften seiner Freundin zu ergreifen. Die Muskeln seiner Oberarme wölbten sich beeindruckend unter der Haut. Er packte fester zu, als Naruka sich auf ihn sinken ließ und die gesamte Länge seines mächtigen Schwanzes in ihr verschwand. Die Rumänin stieß einen leisen spitzen Schrei aus und warf den Kopf in den Nacken.

Elisa biss sich auf die Unterlippe, um ihr eigenes Stöhnen nicht nach außen dringen zu lassen. Ihre Hand zwischen den Schenkeln bewegte sich im gleichen Rhythmus, in dem Naruka sich auf Karad bewegte. Dass eventuell jemand sie entdecken könnte, versetzte Elisa in einen wilden Rausch. Sie beobachtete das Paar, das sich auf dem Bett zu einem gemeinsamen Orgasmus trieb. Auch ihr eigener Höhepunkt baute sich langsam auf. Zu sehen, wie Naruka sich in Karads breite Brust krallte und sie ihren Mund in Ekstase öffnete, als wollte sie ihre Lust hinausschreien, ließ Elisa taumeln. Sie rieb schneller über ihren Kitzler und lehnte dabei an der Wand. Naruka und Karad zeigten die vertrauten Anzeichen – die zierliche Frau trieb sich in immer kürzeren Abständen auf Karad, und dessen Fingerknöchel traten vor Anspannung weiß hervor.

Elisa kam. Für einen Augenblick tauchte Victors Bild vor ihrem inneren Auge auf und sie biss die Zähne zusammen. Im Zimmer erreichte auch das ungleiche Paar seinen Höhepunkt. Elisa blinzelte. Während noch das Bild des Rumänen vor ihren Augen tanzte, überkam sie das Gefühl, wieder in der Grotte zu sein. Die Welt verschob sich, nahm etwas Unwirkliches an, und wie es aussah, war sie nicht die Einzige, die sich dort befand. Karads und Narukas Silhouetten verzogen sich. Elisa glaubte, weiches, kurzes Fell, Reißzähne und glänzende Schuppen zu sehen. Bevor sie sich jedoch ein genaueres

Bild machen konnte, hörte sie Schritte auf dem Flur. Sie zog hastig ihre Hand zurück, drehte sich auf dem Absatz um und floh.

Elisa fand sich auf dem Hof wieder. Ihr Atem ging schwer vom Rennen, mehr noch, weil der Anblick des sich liebenden Pärchens sie berührt hatte. Erhitzt lehnte sie an der Außenmauer des Schlosses und sah hinauf in den nächtlichen Himmel. Auch wenn aus einigen Schlossfenstern Licht fiel, umgab sie doch nicht die nächtliche Helligkeit der Stadt. Sie lächelte unwillkürlich – viel mehr Sterne als zu Hause in Deutschland leuchteten am Himmel. Ein regelrechtes Sternenmeer, in dem wenige Wolken und der Mond wie leuchtende Boote entlangfuhren.

„Sie sollten hier nicht zu leicht bekleidet sein", sagte Victor Dracul neben ihr.

Elisa schreckte auf. „Und Sie sollten sich nicht so an mich heranschleichen. Das könnte gefährlich für Sie enden."

Der Gedanke schien ihn zu amüsieren, denn er schmunzelte. „So?"

„Oh ja", erwiderte Elisa und musste lächeln. „Ich habe nämlich einen schwarzen Gürtel, wissen Sie?"

Der Rumäne lachte leise und winzige Falten bildeten sich um seine Augen, in denen die Goldsplitter tanzten. „Ich verstehe, Sie sind also eine gefährliche Frau, Dr. Jäger."

Elisa schlang die Arme um sich und rieb sie leicht. Victor trat nah vor sie, und seine Hände legten sich auf ihre, wärmten die ausgekühlte Haut. Seine Nähe beschwor die Bilder aus der Grotte wieder herauf, und Elisa spürte, wie ihr Körper darauf reagierte. Direkt vor ihren Augen schwebten Victors Lippen – sie sahen weich aus, und Elisa sehnte sich danach, sie mit ihren zu berühren.

Er beugte sich tiefer zu ihr, und herbe Düfte aus Leder und seinem Körper fingen sie ein. Sie glaubte, verrückt zu werden: Dieses Verlangen nach Victor überkam sie mit einem Mal mit einer Übermacht, dass sie sich gegen ihn lehnte und seinen Lippen entgegenkam.

Victor beugte sich ihr etwas entgegen. Er hielt sie fester, zog sie von der Mauer weg, nur um sie sofort wieder loszulassen.

Elisa hatte erwartet, dass er sie ebenfalls küssen wollte und taumelte, als seine Hände plötzlich fehlten. Victor streifte gerade seine Jacke ab und legte sie um ihre Schultern.

„Genießen Sie die karpatischen Nächte noch ein wenig“, sagte er freundlich, „aber achten Sie auf Ihre Gesundheit. Mir zuliebe.“ Er nickte ihr zu und verschwand im Innern des Schlosses.

Diese verdammten Straßen wurden einfach nicht besser, fuhr es Elisa durch den Sinn, als der Jeep über eine Bodenwelle fuhr und sowohl sie als auch Naruka hochgeschleudert wurden und mit dem Kopf gegen die Decke stießen. Diesmal konnte Elisa keinem Fahrer die Schuld geben, denn jetzt fuhr Naruka.

„Du musstest dir nicht den Fahrstil von diesem Pisten-Rowdy abgucken“, stieß sie zwischen zusammengebissenen Zähnen hervor und rieb sich den Kopf. Hoffentlich gab das keine Beule.

„Du wolltest doch so schnell wie möglich zu deinen Unterlagen“, hielt Naruka ihr fröhlich entgegen, als würde sie die Unebenheit der Straße nicht im Geringsten stören. Elisa vermutete, dass es sich genau so verhielt, denn im Gegensatz zu ihr stieß die kleine Naruka viel seltener gegen das Wagendach.

„Aber doch nicht, wenn ich dafür grün und blau geschlagen werde“, erwiderte Elisa und fluchte, als sie abermals gegen die Decke knallte.

„Hör auf zu jammern, du hast es ja gleich geschafft.“

Tatsächlich zeigten sich durch die trübe Frontscheibe des Jeeps die ersten Häuser des Dorfes, in dem sie Quartier bezogen hatten. Victor bestand noch immer darauf, dass Elisa zumindest für die nächsten Tage zu ihm aufs Jagdschloss zog, und angesichts der offenen Fragen und auch des Komforts, hatte sie schließlich eingewilligt. Naruka hatte sich den altersschwachen Jeep des Gärtners ausgeliehen, und damit hatten sie sich auf den Weg gemacht, um ihr Gepäck und vor allem Elisas Unterlagen zu holen.

Naruka fuhr durch die engen Straßen des Dorfes, immer beäugt von den Einwohnern. Schlussendlich lenkte sie den Jeep vor das Gasthaus, in dem sie abgestiegen waren, und hielt. Der Motor erstarb mit einem unguten Röcheln, bei dem Elisa hoffte, dass es nicht das letzte Geräusch gewesen war, das dieser Wagen von sich gegeben hatte.

Sie wollte gerade die Tür des Gasthofes öffnen, als diese von innen aufgestoßen wurde und ihnen die Tochter der Wirtin entgegenlief. „Frau Jaga! Sie endlich da! Frau Jaga!"

Elisa hielt die vollkommen aufgelöste Frau, die ständig Brocken von Deutsch und Rumänisch von sich gab, auf. Sie warf Naruka einen Hilfe suchenden Blick zu, die etwas auf Rumänisch zu der jungen Frau sagte. Daraufhin ergoss sich ein Redeschwall über sie beide, bis Naruka ihn mit einer abrupten Handbewegung zum Erliegen brachte. Sie war blass geworden, und Elisa spürte eine kalte Faust in ihrem Magen. „Was ist passiert?", fragte sie.

„Jemand ist in unser Zimmer eingebrochen", erwiderte Naruka. Elisa reagierte sofort. Ohne auf die protestierenden Rufe der Wirtstochter zu achten, lief sie an ihr vorbei in den Gasthof und rannte die Treppe hinauf, direkt zu ihrem Zimmer. Sie riss die unverschlossene Tür auf. Wahrscheinlich hatte der Einbruch in der letzten Nacht stattgefunden. Man hatte nicht gewagt, aufzuräumen – im Zimmer herrschte ein einziges Chaos. Papier, Kleidung, Werkzeuge, alles war aus den diversen Schubladen und Koffern gerissen und verstreut worden. Elisa stutzte, als sie einige sehr teure Geräte bemerkte, die in einer Ecke lagen. Als sie das Chaos näher untersuchte, bemerkte sie, dass ihre persönliche Geldkassette zwar aufgebrochen, aber Geld und Ausweispapiere noch da waren. Die Einbrecher hatten etwas Bestimmtes gesucht. Die Frage war nur, was und ob sie es gefunden hatten.

Naruka kam auch endlich im Zimmer an, gefolgt von

der Wirtstochter. „Verdammt“, murmelte Elisas Assistentin, während sie das Zimmer in Augenschein nahm.

„Ja, so etwas in der Richtung ging mir auch durch den Kopf“, murmelte Elisa halblaut. Sie hockte sich nieder und schob einige Papiere zusammen. Naruka tat es ihr nach. Als die Wirtstochter ihnen helfen wollte, schüttelte Elisa den Kopf. „Danke, wir machen das schon.“

Die junge Frau blickte verständnislos drein und sagte etwas auf Rumänisch zu Naruka. „Sollten wir nicht die Polizei verständigen? Möchte die Doktorin Anzeige erheben?“

„Nein, keine Anzeige. So wie es aussieht, fehlt nichts“, erwiderte Elisa automatisch und stockte, als sie die erstaunten Blicke der beiden Frauen auf sich spürte. Sowohl Naruka als auch die Wirtstochter sahen aus, als würden sie ihre Münder nicht mehr schließen können. Elisa brauchte einen Moment, ehe sie begriff, warum die beiden sie derart begafften: Sie hatte auf eine rumänische Frage geantwortet, ohne dass irgendwer sie übersetzt hätte. Sie hatte jedes Wort verstanden.

Naruka erholte sich als Erste von ihrer Überraschung. Sie schob die Wirtstochter hinaus und schloss rasch die Tür, nachdem das heftig protestierende Mädchen verschwunden war. „Was war das denn?“, polterte sie los. „Mir erzählst du, du kannst kein Rumänisch, und plötzlich …“

Elisa hob abwehrend die Hände. „Beruhige dich.“ Sie atmete tief durch und fuhr sich durch die Locken. „Es ist wahr, ich kann kein Rumänisch. Ich weiß auch nicht, was da gerade passiert ist, und ich werde auf die Schnelle keine Erklärung dafür finden. Was wir also tun werden, ist, dieses Chaos zu beseitigen und alles ins Auto zu schaffen, um es zu Draculs Behausung zu bringen. Ich fühle mich hier nicht sicher, und ich brauche Ruhe, um das alles zu überdenken. Einverstanden?"

Für einen Moment schien es, als würde Naruka widersprechen wollen, aber sie entschied sich dagegen und fuhr stumm fort, die herumgeworfenen Gerätschaften und Papiere einzusammeln.

Elisa tat es leid, dass sie derart harsch mit ihrer Assistentin umgesprungen war, aber es stimmte. In den vergangenen zwei Tagen waren mehr als genug seltsame Dinge passiert, und sie brauchte Zeit, um das alles zu sortieren. Außerdem wollte sie ihre Unterlagen so schnell wie möglich durchsehen, um herauszufinden, ob wirklich nichts fehlte, und sie dann fortschaffen. Draculs Schloss war wenigstens gut bewacht.

Etwa eine Dreiviertelstunde später hatten sie alles gesichtet und in die dazugehörigen Kartons und Koffer gepackt. So wie es aussah, war nichts gestohlen worden. Naruka sprach nicht, auch nicht, als sie die Sachen verluden und zum Jagdschloss zurückfuhren. Erst, als sie anhielten und die Kisten in Elisas Zimmer trugen, lockerte sie etwas auf. „Verdammt, wer hat eigentlich gesagt, dass wir diesen ganzen schweren Kram brauchen?", fragte sie, während sie sich zu zweit mit einer großen Kiste abmühten.

Elisa lächelte schief. „Ich befürchte, dafür wirst du mich anblaffen müssen."

„Meine Damen, das sollten Sie wirklich nicht allein tragen", ertönte Karads Stimme. Der Hüne kam gerade dazu, als sie die Eingangshalle durchquerten, und nahm ihnen anscheinend mühelos die Kiste ab. „Wo soll das hin?"

„Rauf in Elisas Zimmer. Ich zeig es dir", wies Naruka ihren Freund an und lief vor ihm die Treppe hinauf. Karad folgte ihr, und Elisa wandte sich wieder ab, um die nächste Kiste aus dem Auto zu holen. Dort stand Victor Dracul und zog gerade eine der größeren Kisten heraus. Elisa beeilte sich, zu ihm zu laufen und ihm beim Tragen zu helfen. „Vorsicht, das ist sehr schwer", warnte sie und erntete ein abfälliges Schnauben. „Ich bin froh, dass Sie sich entschieden haben, ganz nach Dunkelwald überzusiedeln."

„Mir bleibt keine andere Wahl – in mein Pensionszimmer wurde eingebrochen."

Victor verharrte. Durch die gemeinsam getragene Kiste musste auch Elisa stehen bleiben. „Was wurde gestohlen?", fragte er alarmiert.

Elisa zuckte, so gut es ging, mit den Achseln. „Nichts. Das ist das Irritierende. Irgendjemand hat das Zimmer auf den Kopf gestellt, aber nichts wurde gestohlen, nicht einmal meine Spiegelreflexkamera."

Victor zog nachdenklich die Augenbrauen zusammen, setzte sich aber wieder in Bewegung. Elisa folgte ihm. Mithilfe von Karad hatten sie bald alle Kisten entladen und in ihrem Zimmer verstaut. Sie wollte sich von den Dreien verabschieden, um in Ruhe auszupacken, aber Victor hielt sie noch einmal zurück. „Es tut mir leid, dass Ihnen so etwas Unangenehmes zugestoßen ist."

„Es ist in Ordnung. Sie können ja nichts dafür."

„Ich würde mich trotz allem gerne revanchieren. Auch, weil wir anscheinend einen recht seltsamen Anfang hatten." Er lächelte und Elisa erahnte zum ersten Mal, was sich hinter der steifen Fassade des Rumänen verbarg. „Lassen Sie uns heute Abend darüber reden. Ich lade Sie zum Essen ein."

Elisa stutzte. „Ein Rendezvous?", fragte sie ein wenig ungläubig.

Victor hüstelte. „Nicht direkt. Eher eine kleine Aussöhnung mit den Karpaten", erwiderte er, und Elisa hätte schwören können, dass er verlegen wurde.

Sie lächelte. „In dem Fall nehme ich gerne an."

„Dann würde ich Sie bitten, heute Abend um acht Uhr

im Schlosshof zu sein“, sagte er und ging, ehe Elisa noch etwas sagen konnte.

Eine weitere Stunde später hatte sie ausgepackt und einige Dinge zusammengesucht. Ein Ordner lag vor ihr auf dem Tisch, daneben ein großer Notizblock, ein Stift und eine kleine Schatulle. Die Schatulle bestand aus Holz, und allerlei seltsame Zeichen schmückten die Außenseiten. Elisas Blick lag darauf – sie hatte sie bei ihrem letzten Besuch in der Grotte gefunden und bisher niemandem davon erzählt. Angesichts der aktuellen Ereignisse musste sie aber in Betracht ziehen, dass irgendjemand doch etwas von der Schatulle wusste oder zumindest ahnte, dass sie diese besaß. Was sonst konnte der Einbrecher gewollt haben? Bisher hatte sie noch keine Gelegenheit gefunden, das Kästchen zu öffnen. In der Grotte hatte sie es nicht öffnen wollen, und im Dunkelwald hatte sich bisher keine Möglichkeit aufgetan.

Elisa griff nach dem Holzkästchen und untersuchte den Verschluss. Es handelte sich um ein einfaches Schnappschloss, das sich nach einem kleinen Druck auf den Hebel aufschieben ließ. Trotz des offensichtlichen Alters der Schatulle ließ sie sich mühelos öffnen. In ihrem Inneren war sie mit rotem Samt ausgeschlagen und darin lag, ein wenig angelaufen, eine Halskette mit einem Anhänger. Elisa nahm behutsam die Kette aus der Schatulle und begutachtete sie. Sie bestand aus dunklem, fast rotem Gold, ebenso wie der Anhänger. Elisa legte ihn auf ihre flache Hand und erkannte einen vierbeinigen Drachen, der sich auf die Hinterbeine gestellt hatte. Elisa hatte schon andere Exemplare auf Urkunden und anderen Darstellungen gesehen, aber hier hatte sich der Künstler für die bekannteste Darstellungsform entschieden. Ein mächtiges Flügelpaar breitete sich von seinen Schultern aus, das Maul schien wie zu einem

Brüllen geöffnet. Mit winzigen Einschlägen hatte der Künstler sogar ein Schuppenmuster auf den Leib des Fabeltieres gezaubert.

Elisa ließ den Anhänger samt Kette wieder in der Schatulle verschwinden. Drachen, immer drehte sich alles um Drachen. Seit sie in den Karpaten angekommen war, begegneten ihr die Feuer speienden Wesen auf Schritt und Tritt. Sie berührte den Ordner. Eigentlich sollte es sie nicht wundern – immerhin war die Grundlage ihrer Untersuchungen ein Geschlecht, das sich der Kraft und dem Mut des Drachen verschrieben hatte.

Elisa merkte, dass sie die Kette wieder aus der Schatulle geholt hatte und abwesend damit spielte. Ertappt legte sie diese zurück und zog den Ordner zu sich heran. Er enthielt ihre Rechercheunterlagen, die sie bereits in Deutschland gesammelt hatte. Es ging um Vlad den Dritten, rekapitulierte sie und notierte seinen Namen auf einem Block. Den Mann, den die Rumänen als Schlächter fürchteten und gleichzeitig als Retter ihres Landes feierten.

Elisa betrachtete ihre Schrift. Sie hatte Mirceas und Radus Namen neben Vlads geschrieben. Stokers Dracula-Sage bezog sich auf Vlad, aber für Elisa waren alle drei Brüder von Interesse. Mehr noch, weil sie von Zweien in der Grotte geträumt hatte. Sie zeichnete zwei Pfeile, ausgehend von Vlad und Mircea, und schrieb dann das Wort Grotte darunter. Elisa schloss für einen Moment die Augen, als sie an ihre Vision dachte. Fast spürte sie die Hände beider Männer auf ihrem Körper, deren heiße, feste Muskeln, die sie umfingen …

Elisa knurrte unterdrückt und schlug die Augen wieder auf. Das war nicht der richtige Zeitpunkt. Sie notierte über den drei Namen das Wort Drachen. Die Dracul trugen den Drachen wörtlich im Namen und hatten ihn als Symbol anerkannt. Sowohl Vlads Vater als auch seine drei Söhne waren Mitglieder im kirchlichen Drachenorden gewesen. Victors Jagdschloss, Dunkelwald, gab ein deutliches Zeugnis ab, dass die Nachfahren dieses Symbol nach wie vor in Ehren hielten. Überall schmückten Drachen das Schloss. Und dann gab es da noch den Anhänger. Elisa nahm ihn wieder zur Hand. Konnte es sein, dass die Einbrecher danach gesucht hatten? Aber das würde bedeuten, dass sie jemand beobachtet hatte, als sie in der Grotte war. Warum wusste dieser Beobachter dann nicht, dass sie sich zurzeit nicht in der Pension, sondern im Jagdschloss aufhielt? War er ihr vielleicht nicht bis hierhin gefolgt? Aber das ergab doch keinen Sinn!

Elisa fuhr sich über das Gesicht und schrieb rasch – Einbruch, was wurde gesucht? Amulett? – auf den Block. Sie beschloss, die Kette weiterhin bei sich zu tragen und die Schatulle zu verstecken. Unter der Matratze im Bettgestell fand sie ein kleines Brettchen, das sich gut zur Seite schieben ließ. Darin verstaute sie die Schatulle. Von außen betrachtet wirkte es, als wäre nichts verändert worden. Sie legte die Matratze wieder darüber und besah sich noch einmal ihre Notizen. Drachen, die drei Brüder, die Grotte – irgendwie hing alles zusammen. Elisa hatte nur noch nicht herausgefunden, wie.

Sie verstaute den Block in ihrer Reisetasche und hielt inne, als ihre Finger etwas Weiches berührten. Für einen Moment wusste sie nicht, was sie betastete, aber dann fiel es ihr wieder ein. Zum Glück hatte sie ihn gut genug versteckt, dass die Einbrecher ihn nicht gefunden hatten. Schmunzelnd zog sie einen Latexvibrator aus der eingenähten Seitentasche. Das rosa-grau eingefärbte Spielzeug erinnerte in seiner Form an einen Delfin. Sie stupste mit der Fingerkuppe gegen die abgerundete Schnauze. Warum eigentlich nicht? Elisa hatte ihren kleinen Freudenspender aus genau dem Grund mitgenommen; wenn sie angespannt war oder unter Stress stand, schien er genau das Richtige, um sich ein wenig Ablenkung und Entspannung zu verschaffen. Und ihren momentanen Zustand empfand Elisa eindeutig als angespannt. Bei diesem Gedanken lächelte sie und ging zu ihrer Tür, um sie abzuschließen. Bis zum Treffen mit Victor hatte sie noch ein wenig Zeit und beschloss, diese zu nutzen.

Elisa hatte nicht damit gerechnet, dass sie in Rumänien zum Essen eingeladen werden würde. Sie hatte versucht, ihre einzige saubere Jeans so gut es ging zu bügeln, und ein Hemd übergezogen, das noch halbwegs faltenfrei war. Es sah passabel aus – wenn man vorhatte, den Abend mit der Entrümpelung des großmütterlichen Dachbodens zu verbringen. Elisa stieß einen lauten Fluch aus, als sie das Ergebnis im Spiegel betrachtete. Es klopfte und sie knurrte ein „Herein".

„Kleidungsprobleme?", Naruka grinste.

Sie brummte nur eine Antwort.

Narukas Grinsen wurde noch breiter, und sie trat ganz ins Zimmer. „Darf ich dir eine Lösung vorschlagen, oder bist du zu stolz dafür?"

„Naruka", erwiderte Elisa gequält und die Rumänin hielt ihr lachend eine Tüte entgegen.

„Es gehört eigentlich mir, aber ich denke, für diesen Anlass kann ich es dir überlassen."

Ein wenig skeptisch nahm Elisa die Tüte entgegen und griff hinein. Sie zog ein schwarzes, kurzes Kleid heraus und schmunzelte leise. „Wo hast du das denn her?"

Naruka winkte ab. „Habe ich irgendwo aus den Untiefen meines Schrankes gezogen – jetzt probier es schon an!"

Das Kleid wirkte schlicht, aber nicht billig. Im

Gegenteil. Elisa zögerte kurz, aber da Naruka sich anscheinend nichts dabei dachte, zog sie sich einfach direkt im Zimmer um. Als sie den Reißverschluss zugezogen hatte, klatschte Naruka in die Hände. „Perfekt!“

Elisa trat vor den Spiegel am Wandschrank. Perfekt war nicht ganz das Wort, das Elisa als Erstes eingefallen wäre. Verhindert traf es schon eher. Das Kleid war perfekt für Narukas Maße, aber Elisa war größer und ihre Oberweite weitaus üppiger. Was in Narukas Fall ein hübsches kleines Dekolleté ergeben hätte, erwies sich bei Elisa als ein Ausblick, den sie selbst so noch nie gesehen hatte. Das Kleid endete weit oberhalb des Knies und lenkte die Aufmerksamkeit desjenigen, der sich vom Anblick ihres Dekolletés losreißen konnten, auf Elisas Beine. Sie seufzte. So ein Kleid zog man zum ersten Date mit einem potenziellen Liebhaber an – aber doch nicht zu einem Abendessen mit ihrem Chef! Obwohl … die vergangene Nacht kam ihr wieder in den Sinn und dieser winzige Moment, in dem Victor viel mehr als ihr Chef gewesen zu sein schien. Wenn sie Glück hatte, würde sich solch ein Moment vielleicht an diesem Abend wiederholen. Sie hätte auf jeden Fall nichts dagegen.

Elisa betrachtete wieder das Kleid und wollte sich gerade bei Naruka beschweren, als sie sah, dass die Rumänin verschwunden war. Elisa zögerte und überlegte noch, ob sie sich umziehen sollte, als ihr Blick auf ihr Handgelenk fiel. Es war bereits kurz nach acht! Sie verkniff sich ein deftiges Schimpfwort und bückte sich nach ihren Schuhen. Elisa stieß gegen das Bett und etwas fiel hinunter. Sie sah es neben ihren schwarzen Ballerinas liegen und hob die Kette auf; es war der Drachenanhänger. Sie überlegte nicht, sondern steckte die Kette in die schmale Tasche des Kleides. Nachdem sie die Schuhe übergestreift hatte, hastete sie die Treppe hinunter.

Victor lehnte im Hof an einem neu aussehenden Geländewagen. Er trug einen Rollkragenpullover unter einem leichten Parka. Angesichts Elisas Aufmachung hob er eine Braue und sein leichtes Schmunzeln zeigte sich auf seinem Gesicht. „Ich fürchte, Sie bringen mich in Verlegenheit – ich bin nicht angemessen angezogen“, erwiderte er mit deutlichem Schalk im Blick.

Elisa stieg Röte ins Gesicht. „Das Kleid war Narukas Idee“, murmelte sie und zuckte zusammen, als etwas Flauschiges ihren nackten Knöchel streifte. Zu ihren Füßen hatte sich eine braun-rote Katze niedergelassen und rieb ihr Köpfchen an Elisas Bein. Sie bemerkte, dass Victor beim Anblick der Katze flüchtig die Stirn runzelte, aber er sagte nichts. Stattdessen nahm sein Gesicht wieder die unverbindlich freundlichen Züge an, die Elisa schon den ganzen Tag an ihm beobachtet hatte.

„Ich kann nicht behaupten, dass Naruka Sie schlecht beraten hat“, erwiderte Victor lächelnd und öffnete ihr die Beifahrertür des Geländewagens.

Elisa stieg ein, so gut es ging, und musste sich doch wundern. Victor schien wesentlich entspannter und gelöster geworden zu sein. Sie mochte diese Seite an ihm. Als er neben ihr saß und losfuhr, lachte sie sogar leise.

„Stimmt etwas nicht?“, fragte er.

Sie schüttelte den Kopf. „Ich muss vollkommen lächerlich aussehen“, grinste sie. „Aber anscheinend vertritt Naruka die Meinung, dass Sie heute Abend einiges mit mir vorhaben, Mr. Dracul.“

Geschickt lenkte Victor das Auto über die holprigen Straßen. „Sie sehen mit Sicherheit nicht lächerlich aus“, erwiderte er und warf einen kurzen Blick auf Elisa. „Aber mir wäre es lieber, wenn wir den Abend weniger förmlich beginnen könnten. Nenn mich doch Victor.“

„Gerne“, erwiderte Elisa. „Verrätst du mir dann auch,

was genau du mit mir vorhast, Victor?" Sie testete aus, wie es war, seinen Namen auszusprechen. Kein schlechtes Gefühl.

„Ich sagte dir doch schon, ich möchte dich gerne mit den Karpaten aussöhnen." Er lenkte den Geländewagen durch einen Wald und verließ die Straße. Victor fuhr auf einen schmalen, stark ansteigenden Pfad. „Unsere erste Begegnung war ein wenig … harsch und das mit dem Einbruch tut mir leid."

Elisa verschränkte ihre bloßen Beine. „Dieser Einbruch", begann sie nachdenklich, „es wurde nichts gestohlen, und es ist auch nichts mit Absicht beschädigt worden. Das heißt, der Dieb hat nach etwas gesucht."

„Kannst du dir vorstellen, was?", fragte Victor und wich beinahe nachlässig einigen auf den Pfad hinausragenden Zweigen aus. Elisa war für einen Augenblick versucht, ihm von dem Amulett zu erzählen und ihrem Verdacht, dass der oder die Einbrecher es darauf abgesehen hatten, aber dann schwieg sie doch. Victor reagierte mit einem fragenden Blick, drängte sie aber nicht weiter.

Mittlerweile war es fast dunkel. Nur wenige vereinzelte Sonnenstrahlen drängten sich zwischen den dichten Baumstämmen hindurch und vergoldeten die Stämme und Blätter. Victor schaltete die Scheinwerfer an und folgte dem runden Lichtstrahl.

Sie fuhren eine geraume Weile und sprachen nicht, aber Elisa kam die Zeit nicht lang vor. Das Schweigen hatte etwas Angenehmes, Vertrautes. Sie konnte nicht verhindern, dass ihre Gedanken wieder zu ihren Visionen wanderten, zu Victors Nähe. Sie musste unwillkürlich lächeln. Ein wenig peinlich war es schon, aber der Rumäne konnte ja nichts von ihren Vorstellungen wissen.

Der Wald lichtete sich und gab ein Plateau frei. Victor

lenkte den Wagen hinauf und hielt vor einer Blockhütte am Rand. Darunter fiel das Gelände steil ab.

Elisa ließ sich aus dem Wagen helfen und fröstelte, als der kalte Wind sie traf.

Victors legte einen Arm um ihre Schultern. „Es wird gleich wärmer werden. Komm“, sagte er sanft und Elisa trat an seiner Seite ins Innere der Hütte.

Sie schien nicht mehr als einen Raum zu besitzen, in dem der Besitzer kochte, lebte und auch schlief. Die Einrichtung wirkte altmodisch, mit ihrem antiken Ofen und dem überbreiten, hölzernen Bett, aber nicht abgenutzt oder schäbig. Das Ganze strahlte einen gemütlichen und romantischen Charme aus.

Im Gegensatz zu draußen war es hier warm. Victor ließ seinen Arm sinken und ging zum Ofen. Rote Flammen loderten ihm entgegen, als er die Klappe öffnete. Jemand hatte vorgeheizt. Victor schien sichergehen zu wollen, denn er warf zwei Scheite nach, und zog dann seine Jacke aus. „Setz dich doch“, forderte er Elisa auf und deutete auf einen klobigen Tisch mit zwei Stühlen. Sie schmunzelte, als er aus einem Schrank einen Laib Käse, dunkles, duftendes Brot, Schinken und eine Flasche mit rotem Wein holte und auf den Tisch stellte. Zwei einfache, glatt geschliffene Holzscheiben dienten als Teller. „Ich hoffe, du hast nichts zu Ausgefallenes erwartet“, sagte er, als er sich zu ihr setzte und Scheiben vom Brot herunterschnitt. „Aber ich wollte, dass du die Karpaten mit all ihren Facetten kennenlernst.“ Er lächelte.

Elisa spürte eine leichte Gänsehaut. Sie trank einen Schluck Wein und musterte Victor. „Nur die Karpaten?“, fragte sie und der Rumäne lachte. Es war ein offenes, ehrliches Lachen und ließ Elisa unwillkürlich lächeln. Sie kostete von dem Käse und dem Schinken und war überrascht über den feinen, würzigen

Geschmack.

„Der Käse reift in besonderen Höhlen an den Hängen der Berge“, erklärte Victor und nahm ein Stück des hellen, fast weißen Käses. Er führte ihn an Elisas Lippen und strich sanft darüber. Elisa öffnete den Mund und leckte über die weiche Masse, ließ den Geschmack von Milch und Salz über ihre Zunge tanzen, ehe sie abbiss. Victor lächelte, als sie das tat, fütterte sie aber nicht weiter, sondern ließ sie in Ruhe essen.

Nach einer Weile schob Elisa ihren leeren Teller von sich. „Keinen Bissen bekomme ich mehr hinunter“, seufzte sie.

Victor schien mit dieser Antwort sehr zufrieden zu sein. Er schenkte ihr noch etwas Wein nach und betrachtete sie, als sie trank. „Denkst du, du kannst dich trotzdem noch etwas bewegen?“ Er stand auf.

Elisa tat es ihm verwundert nach. „Einen 100-Meter-Lauf schaffe ich  nicht mehr“, warnte sie ihn vor. Victor kommentierte das nicht weiter, sondern umfasste ihre Hand und führte sie hinaus. Seine Hand schloss sich warm um ihre, und Elisa kam es vor wie ein kleiner Stromstoß, als er sie berührte. Der kühle Wind hatte sich jetzt, da die Sonne untergegangen war, in beißende Böen verwandelt. Elisa zuckte zurück, aber Victors Hand hielt sie fest. „Komm her“, sagte er sanft und zog sie zu sich. Elisa blieb keine Wahl, und wenn sie ehrlich war, wollte sie auch nichts anderes wählen. Sie drückte sich an Victors Seite und er legte den Arm um ihre Schultern, um sie zu wärmen. Sein Duft vermischte sich mit den Düften aus dem Wald, die der Wind mit sich brachte.

Er führte sie um die Hütte herum zu einem aus Holz gebauten, sehr einfachen Pavillon, fast nicht mehr als ein Verschlag. Er befand sich an der äußersten Grenze des Plateaus, und als Elisa darauf stand, starrte sie direkt in den Abgrund zu ihren Füßen. Das Plateau erhob sich weit über einer Schlucht. Auf deren Grund bewegten sich flackernde Lichter und erhellten vereinzelte Büsche, Felsen und jede Menge Schafe. Victor ließ den Arm von ihrer Schulter gleiten und umfasste mit einer Hand Elisas Taille. Er stand neben ihr, und sein Körper drückte sich warm an ihre Seite. Abermals spürte sie seine Berührung, neu und elektrisierend. Sie hatte bisher nicht daran gedacht, Victor auf diese Weise näher zu kommen, aber das machte das köstlich schaudernde Gefühl, welches seine Berührungen und seine Nähe auslösten, umso aufregender.

„Sieh hinauf", wisperte er an ihrem Ohr und sie tat es. Der Anblick raubte ihr den Atem. Die Lichter in der Schlucht schienen eine schwache Antwort auf die funkelnden Lichter über ihnen zu sein. Der schwarze Himmel, bestückt mit Milliarden glitzernder Funken, erstreckte sich in endlose Weite. Nichts darunter schien unmöglich, nichts verboten oder schlecht.

„Das sind die Träume der Karpaten", flüsterte Victor an ihrem Hals. „Sie träumen anders, ihre Träume sind wie alter, schwerer Wein. Man kann sich darin verlieren."

Elisa spürte Victors Atem an ihrer Wange. Sie schloss die Augen und lehnte sich näher an ihn. „Willst du mit mir träumen, Elisa?"

Sie konnte nicht anders, drehte sich um und sah dem Rumänen in die Augen. Sie funkelten herausfordernd, aber gleichzeitig erkannte sie eine Sehnsucht darin, die sie erschaudern ließ. Elisa antwortete mit einem Kuss, so sanft, dass sie sich nicht einmal sicher war, ob er stattgefunden hatte.

Victor genügte er. Er presste sie an sich und teilte ihre Lippen mit seiner Zungenspitze. Elisa öffnete sich ihm bereitwillig, verschränkte ihre Hände um seinen Nacken, um irgendeinen Halt zu finden. Ihr war längst nicht mehr kalt – Victors Hitze übertrug sich auf sie, und gierig drängte sie ihr Becken gegen seinen Unterleib. Zwischen ihnen spürte sie ihn hart an ihrem Bauch. Ihre Erregung erwachte schlagartig, und Wünsche vermischten sich mit den Bildern der Visionen. Aber dies hier war keine Vision oder eine Wunschvorstellung, dies war die Realität.

Victor löste sich von dem Kuss und Elisa gab einen unwilligen Laut von sich. „Sei nicht so ungeduldig, Rackli", flüsterte er, und Elisa zögerte.

Rackli? Dieses Wort hatte sie bereits einmal gehört. Sie blinzelte und versuchte, sich zu konzentrieren, aber die Lust wischte alles fort. Gehorsam folgte sie ihm, als er abermals ihre Hand umfasste und sie zurück ins Innere der Hütte führte. Die Wärme bildete einen krassen Kontrast zum beißenden Wind und sorgte für neue Gänsehaut. Victor schmunzelte, als er das bemerkte. Er strich mit seinen großen Händen über ihre nackten Oberarme. Elisa seufzte und legte den Kopf in den Nacken. In ihrem Kopf vermischten sich Vision und Wirklichkeit, aber das machte diese Erfahrung nur süßer. Victor murmelte etwas, doch Elisa verstand ihn nicht. Er sprach zu leise, und immer wieder legten sich seine Lippen auf ihre Haut.

„Ich muss Naruka dankbar sein." Er schmunzelte und küsste eine brennende Spur über Elisas Hals.

„Warum?", hauchte Elisa und musste achtgeben, dass ihre Knie nicht nachgaben. Stück für Stück nahm sich Victor jeden ihrer Sinne, und sie gab sie ihm bereitwillig.

„Weil sie dir dieses Kleid gegeben hat. Du siehst zum Anbeißen aus."

Elisa musste trotz ihrer Lust lachen. „Hat dir das Abendessen nicht gereicht?"

Er knabberte an ihrem Hals – ganz leicht, aber es reichte, um Elisa schaudern zu lassen. „Machst du dich etwa über mich lustig?"

Sie kicherte und strich über seinen Kiefer, um seinen Mund wieder zu ihrem zu lenken. Aber Victor hatte anderes vor. Seine Zähne fanden wieder den Weg an ihren Hals und ritzten die Haut ein. Elisa zuckte zusammen und sog zischend Luft ein. Sie grub ihre Fingernägel in seine Schultern, aber Victor schien es kaum zu bemerken. Viel zu sehr konzentrierte er sich darauf, die winzigen Blutstropfen aufzulecken, die aus dem Kratzer rannen. Die heiße Zunge und das sachte Saugen ließen jedes Härchen ihres Körpers emporstehen, und Elisa spürte eine ganz neue Art von Erregung ihr Rückgrat hinaufkriechen.

Victor packte sie mit einem Mal fester und riss sie geradezu an sich. Das Saugen war stärker geworden, gieriger und Elisa legte den Kopf zur Seite, um Victor besseren Zugang zu ihrem Hals zu verschaffen. In absolutem Einklang bewegten sie sich in Richtung des breiten Bettes an der Wand. Victor bedeutete ihr nicht, sich hinzulegen, sondern legte die Hände unter ihren Po und hob sie hoch. Er hielt sie mühelos und bedeutete ihr, die Beine um ihn zu schlingen. Sie tat es und spürte bald darauf die Wand in ihrem Rücken. Der heftige Aufprall würde morgen sicherlich blaue Flecken nach sich ziehen, aber das war egal. Nichts zählte mehr außer Victors Hitze, seinen Hüften, die sich immer wieder zwischen ihren weit geöffneten Beinen rieben und seine Zähne, die nicht mehr nur knabberten, sondern wieder und wieder Elisas Haut zum Bluten brachten. Ihr Blut schien ihn immer wilder zu machen, er saugte, leckte und weckte in Elisa den Wunsch, dass er seine geschickte Zunge an einer ganz anderen Stelle spielen lassen sollte.

Der Schmerz grub sich wie feine Haarnadeln in ihre Haut und rang regelrecht mit ihrer Lust. Für den Bruchteil einer Sekunde huschte das Bild von langen Eckzähnen, die sich in Frauenhälse gruben, vor ihrem inneren Auge vorbei, aber es verschwand ebenso schnell wieder. Sie musste sogar unwillkürlich lächeln, als sie daran dachte, dass vielleicht schon Victors berühmter Ahne Frauen auf diese Weise gereizt hatte. Seltsamerweise verspürte sie keine Angst – die Berührungen ihres Liebhabers weckten ein Vertrauen in ihr, das direkt aus ihrem Inneren kam. Victor würde nichts tun, was sie ernsthaft verletzen würde. Elisa wusste nicht, woher dieses Wissen kam, aber sie wollte und konnte in diesem Moment auch nicht mehr fragen. Ihre Lust und das Sehnen in ihrem Schoß waren zu groß.

Als hätte er ihren Wunsch, sie mit der Zunge in ihrer Scham zu reizen, geahnt, löste Victor seinen Mund. Aus verschleierten Augen sah er in ihr Gesicht, und Elisa ahnte, was er dort erblickte – ihr Gesicht, vor Lust verzerrt und gezeichnet von Gier nach ihm. Er griff in ihre Locken und zog ihren Kopf zu sich, um seine Zunge zwischen ihre Lippen zu stoßen und sich dort zu rauben, was sie zu geben hatte.

„Mehr, Victor", flüsterte sie atemlos, als er sich abermals löste. Binnen eines Lidschlags fand sie sich auf dem Rücken liegend wieder, unter sich die weichen Decken des Bettes, über sich Victor, der auf sie herabblickte. Sie streckte die Hand aus, wollte ihm das Hemd öffnen, aber er war schneller. Bestimmend hielt er ihre Hand fest und zog mit der anderen ihr Kleid tiefer. Elisa trug keinen BH, da das zu enge Kleidungsstück genug gestützt hatte, und so zeigten sich ihre Brüste sofort Victors hungrigem Blick. Die zu kleinen Nippeln verhärteten Brustwarzen luden dazu ein, an ihnen zu beißen und zu saugen.

Victor kam dieser stummen Aufforderung nach, und Elisa stöhnte glücklich, als sie seine Zähne auch hier spürte. Er hielt sich nicht lange an diesem Punkt auf – seine Hände widmeten sich weiter ihren Brüsten, aber sein Mund wollte mehr. Er fuhr über ihren Bauch, ließ Elisa leise seufzen und sich winden. Seine Berührungen und Küsse wurden trügerisch sanft und er verweilte an ihrem Bauch.

„Victor … nein", wimmerte sie und wand sich bettelnd. „Warum hörst du auf? Mach weiter, bitte, leck mich endlich, beiß mich, bitte."

Er sah auf. „Willst du das wirklich?", fragte er. Elisa hörte etwas Lauerndes darin, etwas, das älter zu sein schien als Victor selbst, aber in diesem Augenblick war es ihr egal. Sie wollte ihn, sie wollte ihn so sehr! „Ja", hauchte sie, und der Stoff des Kleides riss mit einem lauten Geräusch. Nur noch mit ihrem Slip und den Ballerinas bekleidet, lag sie auf dem Bett, das Haar zerzaust und ihr Körper so voller Sehnsucht, dass sie glaubte, zu brennen.

Victor kniete zwischen ihren gespreizten Beinen und hielt ihren Blick fest. Elisa rekelte sich unter seinen Augen, fuhr sich über die Brüste und kniff sich immer wieder in die Nippel, die sich weiter versteiften. Mühsam beherrscht spreizte sie ihre Beine, wollte Victor locken, sich herunterzubeugen und ihr zu geben, was sie so verzweifelt ersehnte.

Doch der Rumäne hielt sie hin, ließ es sich gefallen, dass sie derart um seine Dienste bettelte. Er lächelte sogar, während Elisa immer weiter in ihrer Lust und der brennenden Sehnsucht nach ihm versank. Sie spürte ihr Blut aus den Kratzern auf ihrem Körper rinnen, aber es kümmerte sie nicht. Mehr noch, die Hitze war ihr willkommen. Unruhig fuhr sie sich über den Hals und malte unbeabsichtigt eine rote Spur ihren Körper hinab, bis zu dem Schatz zwischen ihren Schenkeln. Elisa wusste nicht zu sagen, ob es das Blut war, das sie so feucht auf ihren Schamlippen spürte, oder ihre Nässe, aber es zählte nichts mehr. Ihr Verlangen war übermächtig, und sie begann, mit sich selbst zu spielen. Fahrig fuhren ihre Fingerkuppen über den angeschwollenen Kitzler und drangen ungestüm in ihre Hitze ein.

Victor hatte sich das besehen, riss aber nun ihre Hand fort. „Oh nein, das gehört mir“, knurrte er guttural, beugte sich nieder und fuhr mit seiner Zunge zwischen die Schamlippen.

Elisa schrie auf und vergrub ihre Hände in seinen Haaren. Diese wundervolle Süße. Victor tat ihr gut, tat ihr weh, tat alles, damit sie vollkommen aufgelöst nach mehr bettelte und schrie. Seine Zunge wand sich geschickt zwischen den feuchten Falten ihres Schoßes, und seine Zähne ritzten ihre Lenden an, um immer neues Blut hervortreten zu lassen. Für Elisa verschmolzen die Schmerzen mit der Ekstase, die sie gefangen nahm.

Victor hatte nun begonnen, rhythmisch mit der Zunge in sie zu stoßen, und er hielt nur inne, um an ihrer Perle zu saugen oder an der Haut zu knabbern. Elisa konnte ihre eigene Ekstase nicht mehr bändigen. Sie bäumte sich ihm und seinem wissenden Mund entgegen und warf den Kopf zurück. „Mircea!“, schluchzte sie auf und kam. Ihr Körper spannte sich wie eine straffe Bogensehne, und ihr Schrei verstummte abrupt. Erschöpft fiel sie in die Kissen zurück und versuchte, ihre Atmung unter Kontrolle zu bekommen. Die Welt drehte sich rasend schnell, und es dauerte, ehe sie zum Stillstand kam. Warme Hände streichelten ihre nackten Schenkel, und sie spürte immer wieder Victors Lippen, die ihr die letzten Spuren des Blutes vom Leib küssten. Für einen seligen Moment ließ Elisa sich in dem Gefühl des Nachglühens treiben, bis ein Gedanke sich Gehör verschaffte, der sich seit Victors Kuss beharrlich in ihrem Kopf festgeklammert hatte und nun nach vorne drängte. Rackli – sie wusste, wo sie dieses Wort schon einmal gehört hatte. Mircea hatte sie in ihrer Vision so genannt. Und Elisa hatte ihren Liebhaber nur Sekunden zuvor Mircea genannt. Sie schlug die Augen auf.

„Victor?“, fragte sie, aber bevor der Mann zwischen ihren Beinen antworten konnte, erscholl aus der Schlucht ein unmenschliches Brüllen.

Naruka lehnte nachdenklich an der Außenmauer von Dunkelwald. Ihr Blick glitt zu den fernen Bergkuppen. Irgendwo auf halber Höhe befanden sich Elisa und Victor. Der Gedanke ließ sie lächeln. Sie begleitete den Herrn von Dunkelwald noch nicht so lange wie die anderen Bewohner, aber in der kurzen Zeit hatte sie ihn sehr gut kennen- und schätzen gelernt. Elisa würde ihm guttun und bald würde sich sicherlich sein schweres Gemüt aufheitern. Davon war Naruka überzeugt.

Sie streckte ihren Körper und gähnte. In den vergangenen Tagen hatte sie sich nicht ganz so austoben können, wie sie es brauchte, weil sie immer fürchten musste, dass Elisa sie überraschte. Aber die Archäologin hielt sich auf dem Berg auf, und sicherlich würde sie vor dem Morgen nicht zurückkehren. Naruka spürte einen Anflug von Trotz – sie hatte sich am Abend bereits einen kleinen Freigang erlaubt, und auch wenn Victor das deutlich nicht gefallen hatte, war es doch eine Wohltat gewesen. Sie beschloss, alle Vorsicht fallen zu lassen und trat in das Licht des Mondes, der langsam abnahm. Doch er leuchtete hell genug, um Narukas Gestalt in weißes Licht zu tauchen. Sie schloss die Augen und ließ sich von den silberfarbenen Strahlen einhüllen, streckte die Arme empor, als wollte sie dem Mond entgegeneilen. Langsam und dann immer schneller lösten sich erst Narukas Fingerspitzen in den silbrigen Strahlen auf, dann ihre Hände, die Arme und schließlich der restliche Körper. Flirrende Lichter tanzten durch die Luft an der Stelle, an der Naruka sich befunden hatte. Sie wirbelten umeinander, als wollten sie sich gegenseitig fangen, bis sie langsamer wurden und schließlich in der Luft erstarrten. Wie auf ein geheimes Zeichen hin dehnten sie sich ruckartig aus, zogen sich zu einem funkelnden Ball zusammen und verschmolzen, bis sie die Gestalt einer kleinen, braun-rot gefärbten Katze annahmen.

Naruka dehnte sich ausgiebig, um ihre Gestalt wieder in Besitz zu nehmen und streckte sich bis in die Schwanzspitze. Es war eine Wonne, sich wieder auf vier Beinen bewegen zu können, und Naruka ließ sich von ihren Instinkten hinreißen, einige der blassen Mondstrahlen fangen zu wollen, bis ihr das Spiel langweilig wurde.

Auch wenn das Leben auf zwei Beinen leichter war, konnte Naruka ohne ihre zweite Gestalt nicht existieren. Die Katze in ihr würde auf Dauer wahnsinnig werden, wenn sie sich nicht wenigstens hin und wieder verwandelte. Das war das Schicksal der Chrivat, den katzenäugigen Schattengängern. Sie gehörten zu den Bergen, seit eine von Narukas Vorfahren einen Pakt mit den Herren dieses Landes geschlossen hatte. Die Chrivat waren aus ihrer alten Heimat, im tiefen Afrika, vertrieben worden und hatten ein Zuhause gesucht. Die Dracul boten ihnen eins und knüpften so eine Verbindung, die noch heute, in Narukas Dienst Victor gegenüber, bestand.

Ohne noch einen Blick auf Dunkelwald zu werfen, lief sie los in Richtung des Waldes. Als Katze fiel es ihr leicht, sehr schnell in dessen Herz vorzudringen. Wo Menschen zwischen Ranken, verfilzten Büschen und zusammenhängenden Ästen stecken blieben, schlüpfte Naruka elegant hindurch. Je tiefer sie vordrang, desto dunkler wurde es. Der dichte Blätterwald hielt das Mondlicht fern. Naruka sah auch bei Nacht gut, und sobald ihre Augen weniger Licht bekamen, schärften sich automatisch auch ihre anderen Sinne. Die dreieckigen Ohren nach vorne gerichtet, schaute sie sich um.

Dunkelwald hatte sie hinter sich gelassen, und die Geräusche der Menschen lagen weit zurück. Dieser Teil des Waldes gehörte den Wölfen und den Bären – sie musste vorsichtig sein.

Naruka schlich weiter. Eine Spitzmaus hatte sich unachtsamerweise aus ihrem Bau gewagt und steckte nur eine Pfotenlänge entfernt die lange Nase in die Luft. Zu Narukas Glück wehte der Wind nicht aus ihrem Rücken. Ihr dunkles Fell und der eng an den Boden gepresste Körper machten sie nahezu unsichtbar. Sie schob sich mit den Hinterläufen langsam näher an die Maus heran, die noch immer nichts ahnte und mit der allabendlichen Futtersuche begann. Naruka leckte sich über die Schnauze und spürte, wie Spannung ihren Körper umfasste. Sie fuhr die Krallen aus, spannte die Hinterläufe und setzte zum Sprung an.

Ein schwarzer Schatten erschien wie aus dem Nichts. Er flatterte und verdeckte die Spitzmaus, die erschrocken aufquiekte. Es knackte leise, und der Schatten verschwand wieder in der Baumkrone. Von der Maus fehlte jede Spur.

Naruka fauchte und sträubte das Nackenfell. Über ihr blitzten zwei helle Punkte auf. Die Eule schien Naruka auszulachen und zwinkerte mit einem Auge, ehe sie den Kopf wegdrehte. Naruka schüttelte sich und fauchte noch einmal, ehe sie mit hoch erhobenem Schwanz davonstolzierte. Als sie glaubte, sich außer Sichtweite zu befinden, begann sie zu laufen. Sie war weder als Mensch noch als Katze sonderlich groß, und diese Eule war ein riesiges Exemplar. Sie konnte ihr durchaus noch gefährlich werden.

Der Geruch von Rauch weckte ihre Aufmerksamkeit. Geschmeidig schob sie ihren Körper durch wild wucherndes Buschwerk hindurch und folgte dem schweren Duft. Es dauerte nicht lang und zum

Rauchgeruch gesellte sich das passende Feuer. Naruka spitzte die Ohren, sie witterte Menschen. Vorsichtig schob sie die Nase zwischen den Bäumen hervor und erfasste das Lagerfeuer auf einer Lichtung. Ein paar Leute gingen umher oder saßen vor dem Feuer, einige trugen Tarnanzüge und alle sahen ernst aus.

Zwei sprachen drängend auf einen Mann ein, der sehr nah am Feuer saß. Sein Gesicht zeichnete etwas Bitteres, als hätte er viel Qual und Leid gesehen und wäre daran fast zerbrochen. Etwas bewegte sich hinter ihm. Naruka erkannte erst jetzt, dass dort eine Frau stand. Sie trug, anders als die übrigen Männer und Frauen, keine Tarnkleidung, sondern eine weich wirkende Leinenhose und eine dunkle Bluse. Ihr blondes Haar hatte sie zu einem Knoten am Hinterkopf gesteckt, und sie lauschte den beiden Sprechern, die so eindringlich auf den Mann einredeten.

Dem schien es zu viel zu sein, denn er stand auf und schüttelte unwirsch den Kopf, als die beiden fortfahren wollten. Naruka drückte sich auf den Boden und kroch näher.

„Das reicht“, brummte der Mann. „Ich will nichts weiter hören.“

„Du vergeudest wertvolle Zeit!“, fuhr einer der Redner lauter als zuvor fort. „Sie sind es, die versagt haben. Vielleicht haben sie ihm sogar geholfen – es ist alles möglich.“

Der Mann wirbelte mit einer Geschwindigkeit herum, die Naruka unterdrückt fauchen ließ. Sie hatte kaum gesehen, wie er sich bewegt hatte noch wie seine Hand vorgeschossen war. Dennoch hielt er den Redner am Kragen gepackt und ließ ihn anscheinend mühelos einige Zentimeter höher schweben. „Achte auf deine Worte“, zischte er leise, nah am Gesicht des anderen. „Denk daran, dass du noch immer von meinem Bruder und auch von einem Mitglied der Herrscherfamilie sprichst", knurrte er.

Der Redner wand sich und versuchte, freizukommen, aber der Griff um seinen Hals lockerte sich erst, als er schwach nickte.

„Also wirst du Mircea noch einmal so verleugnen?"

Der Mann rieb sich den Hals und schüttelte den Kopf. „ Nie… niemals wieder, Radu."

Naruka entfuhr ein entsetztes Fauchen, als sie den Namen hörte. Radu, der lang verschollene Bruder Mirceas, ihres Clansherren, war hier! Im nächsten Moment verfluchte sie sich, denn ihr Fauchen war gehört worden. Die Frau, die bisher stumm dagestanden hatte, wandte den Kopf in ihre Richtung.

Naruka wartete nicht darauf, dass sie irgendetwas tat, sondern machte eine Kehrtwende und rannte so schnell ihre Füße sie trugen. Sie kam nicht weit – über ihr rauschte es, und ehe sie sich versah, zuckte ein heißer Schmerz durch ihren Nacken, und sie verlor den Boden unter den Pfoten. Obwohl sie wie wild zappelte und versuchte, mit den Krallen ihren Angreifer zu erreichen, kam sie nicht frei. Ein kurzer Blick zeigte ihr, warum sie gerade durch die Luft segelte: Die Eule, die ihr die Spitzmaus vor der Nase weggeschnappt hatte, trug sie in ihren schweren Klauen durch die Luft. Der Flug dauerte nicht lange. Die Eule flog zur Lichtung, ließ Naruka in die großen Hände einer der Männer fallen, und ließ sich auf der Schulter der seltsamen Frau nieder. Diese kraulte ihr leicht durch das Gefieder. „Ich danke dir", sagte sie leise, und die Eule erhob sich wieder in die Luft.

Der Mann, der Naruka festhielt, packte sie am Nackenfell und hob sie auf Augenhöhe. Er hielt sie etwas weg, als ihre ausgefahrenen Krallen ihm beinahe die Wange aufrissen.

„Nichts weiter als eine kleine Wildkatze", lachte er.

Das Lachen verging ihm, als Naruka sich zurückverwandelte und er plötzlich eine wütende Frau im Nacken festhielt. Naruka holte aus und trat zu. Unter anderen Umständen hätte sie den Mann wahrscheinlich nicht verletzen können, aber sie hatte die Überraschung auf ihrer Seite. Es knackte laut, und Blut schoss aus seiner Nase. Vor Schmerz aufheulend, ließ er Naruka los. Andere aus dem Lager sprangen auf. Brüllend versuchten die Männer, Naruka einzufangen, aber sie rannte los, rannte, und blickte nicht zurück.

Elisa öffnete die Augen. Irgendetwas an ihrem Körper tat entsetzlich weh, aber aus irgendeinem Grund konnte sie nicht genau sagen, was.

Sie war nicht sicher, ob sie einen Schlag auf den Kopf bekommen hatte – vor ihren Augen tanzten Sterne. Es dauerte, bis sie bemerkte, dass sie wirklich Sterne sah. Sie lag auf dem Rücken, und über ihr breitete sich der Sternenhimmel aus. Jetzt bemerkte sie den kalten Wind. Elisa versuchte, sich aufzusetzen; es misslang. Ein Holzbalken lag über ihren Beinen – sie schob ihn beiseite und zuckte zusammen. Der Balken war umgestürzt und ein Splitter hatte einen langen, blutenden Schnitt auf ihrem Oberschenkel hinterlassen. Elisa sog beim Betrachten der Wunde scharf die Luft ein und erstarrte, als sie ein Brüllen hörte. Plötzlich erinnerte sie sich an die vergangenen Minuten: Sie hatte mit Victor auf dem Bett gelegen und einen animalischen Schrei aus der Schlucht gehört. Bevor sie die Fähigkeit aufbrachte, zu reagieren, war die Außenwand der Hütte regelrecht pulverisiert worden und ein riesiges Maul schob sich durch das Loch. Elisa hatte Victor aus den Augen verloren, als sie von diesem Maul zur Seite geschleudert wurde und das Bewusstsein verloren hatte.

Sie zwang sich zur Ruhe und versuchte, aufzustehen. Dieses … Ding war noch immer da, und wo zur Hölle steckte Victor? Mit wackeligen Knien stand Elisa schließlich aufrecht und stützte sich an einem Felsen ab. Die Hütte lag vor ihr; vollkommen zerstört. Elisa wankte vorwärts und rief nach Victor. Ihr Kopf tat höllisch weh, an ihrem Bein klebte Blut und sie wusste nicht, wo ihr Liebhaber war – aber Elisa war entschlossen, ihn zu finden.

Sie zitterte. Die nächtliche Kühle streifte ihren nackten

Körper und verdoppelte Elisas Schutzlosigkeit. Hastig sah sie sich um und entdeckte die Reste der Decke, die auf dem Bett gelegen hatte, unter den Trümmern der Hütte. Mit einiger Mühe zog sie sie unter den Holzresten hervor und wickelte sie so gut es ging um sich.

Elisa näherte sich dem Rand des Plateaus. Das Schauspiel, das in der Schlucht tobte, verschlug ihr den Atem. Die Fackeln waren zum Teil herausgerissen und erloschen, aber die wenigen, die noch leuchteten, warfen zwei riesige Schatten an die Felswände. Elisa kannte diese Silhouetten, aber sie musste erst gefährlich nah an den Rand der Schlucht stolpern, um es wirklich zu begreifen.

Drachen.

Dort unten in der Schlucht hieben zwei riesige Drachen immer wieder mit ihren Klauen aufeinander ein, versuchten, mit dolchartigen Zähnen die Kehle des anderen zu erreichen. Die Schuppen des größeren wiesen einen metallischen Bronzeton auf, der im Licht der Fackeln schimmerte. Er schien für den Moment überlegen zu sein, denn immer wieder drängte er den kleineren Drachen, dessen Schuppen schwarz und rot glänzten, in die Enge. Die Steinwand im Rücken, fauchte dieser seinen Gegner an, aber es klang mehr nach Verzweiflung denn Triumph.. Der braune Drache stellte sich auf seine Hinterbeine, die mächtigen Flügel drohend gespreizt. Sein Maul klaffte auf und entblößte die scharfen Zähne. Sein Körper spannte sich an, er würde jeden Augenblick vorstoßen und dem kleineren Drachen die Kehle zerfetzen.

Der braune Körper bewegte sich schnell, der Hals stieß vor, aber in diesem Augenblick duckte sich der schwarze Drache und brachte seinen Angreifer aus dem Gleichgewicht. Er versuchte, zuzubeißen, aber der braune Drache ließ sich im letzten Moment zur Seite kippen, und die spitzen Zähne streiften die ungeschützte Haut am Hals nur, anstatt sie zu zerfetzen.

Rasch drängte er an dem größeren Tier vorbei und stürzte sich auf seinen Gegner, der den Angriff halb abwehrte und halb erwiderte, bis beide wieder zu einem unübersehbaren Knäuel aus Flügeln, Schuppen und Klauen verschmolzen, das um jeden Meter der Schlucht rang.

Elisa wich zurück. Das durfte, das konnte einfach nicht wahr sein! Absolut unmöglich – es gab keine Drachen! Sie musste träumen, vielleicht fieberte sie auch. Was auch immer dort unten vorging, sie musste es sich einbilden. Ihre Augen spielten ihr einen Streich.

Elisa schüttelte heftig den Kopf und fiel hintenüber, als sie so schnell wie möglich von diesem irrealen Anblick fortwollte.

Noch gefangen in diesem Bild, landete sie schmerzhaft mit ihrem Po auf dem Waldboden. Der Schmerz zuckte auch in ihrem verletzten Bein auf, und Elisa biss die Zähne zusammen, um nicht aufzuschreien. Der Schmerz weckte die Erkenntnis und ließ sie wie Eis in ihren Verstand sickern. Der Schmerz war real, also war sie wach. Sie fieberte nicht, und ihre Augen spielten ihr keinen Streich. Diese Drachen dort unten waren echt!

Einige Steine lösten sich, stürzten in die Schlucht hinab und trafen unglücklicherweise den bronzenen Drachen am Kopf. Er hielt inne und riss das mächtige Haupt mit den Hörnern empor.

Elisa erstarrte. Als er sie erblickte, bleckte er triumphierend die Zähne und brüllte seinem Gegner ins Gesicht. Mit einem Rauschen entfaltete er ein Paar mächtige Schwingen und stieß sich mit seinen vier Tatzen am Boden ab. Die ledernen Flughäute knarrten. Mit einem einzigen Flügelschlag erhob er sich an den Rand der Klippe.

Elisa schrie auf. Panische Furcht peitschte Adrenalin durch ihre Adern. Sie wollte wegrennen, aber ihr Bein gab unter ihrem Gewicht nach. Sie stürzte. Die Decke fing kaum etwas von ihrem Sturz ab.

Die Erde bebte, als der massige Leib des Drachen aufsetzte. Er keilte Elisa zwischen seinen Vordertatzen ein. Heißer, nach Blut stinkender Atem schlug ihr ins Gesicht. Sie versuchte, auf dem Hinterteil rückwärts zu rutschen, doch die Klauen hielten sie in erbarmungsloser Umklammerung. Wie nadelspitze Dolche stachen die Krallen in ihre Haut. Elisas Blick flog wild hin und her. Die Übermacht des Ungeheuers raubte ihr den letzten Funken Hoffnung. Der Drache musste mindestens so groß wie die Hütte sein – ein Albtraum, der sich geradewegs über ihr erhob und ihr allein durch seinen Anblick den Atem raubte. Wie hätte sie selbst mit einer Waffe in der Hand gegen ein solches Ungetüm angehen sollen? Dennoch flog ihr Blick hastig hin und her, auf der Suche nach irgendetwas, mit dem sie sich wehren könnte, mit dem sie nicht so verflucht hilflos dastehen würde. Eine Tränenflut ergoss sich über ihre Wangen, als sie nichts fand. Panik und Aussichtslosigkeit ließen die Tränen als eiskalte Perlen an ihrer Kehle zusammenlaufen.

Es donnerte, als mit einem Mal Schuppen auf Schuppen prallten. Der rot-schwarze Drache war seinem Gegenstück gefolgt und warf diesen mit seinem ganzen Gewicht zur Seite. Elisa keuchte auf und rollte sich herum. Ein Aufspringen war unmöglich, ihre Glieder schienen noch immer wie gelähmt. Ungläubig nahm sie mit verschwommenem Blick wahr, wie der kleinere Drache sich schützend vor sie stellte und den bronzenen Drachen herausfordernd anbrüllte. Der fauchte und setzte zum Angriff an, doch dann wandte er den Kopf in Richtung Dunkelwald. Ein gefährliches Knurren drang aus seinem Maul, und jäh erhob er sich in die Lüfte und verschwand in der Nacht.

Elisa richtete sich auf. Mit pochendem Herzen starrte sie ihren Retter an. Er atmete schwer und erst jetzt fiel ihr auf, dass der Kampf ihn gehörig mitgenommen hatte. Einige Schuppen waren gebrochen und er blutete. Die lange Schnauze wandte sich Elisa zu und glitt über ihre Seite, dann brach er zusammen.

Elisa richtete sich abermals auf und wusste nicht, ob sie weglaufen oder bleiben sollte, als sich die Konturen des Drachen langsam verschoben. Sie gewannen an Weichheit, verschwammen und formten sich zu einem wesentlich kleineren Körper – zu Victors Körper.

„Was …?“, brachte Elisa zustande, ehe sie sich bewusst wurde, dass niemand sie hören und ihr Antworten auf all die Fragen geben konnte, die sich hinter diesem Ausruf verbargen. Sie humpelte zu Victor und kniete sich zu ihm. Er war nackt, blutüberströmt und offensichtlich bewusstlos. „Victor? Victor, bitte wach auf“, murmelte sie, aber außer einem langen Atemzug gab der Rumäne keinen Laut von sich.

Elisa fluchte im Stillen und ließ ihren Blick schweifen. Sie musste Victor so schnell wie möglich irgendwo hinbringen, wo sie ihn verarzten konnte. Genau konnte sie die Schwere seiner Verletzungen nicht beurteilen, aber das viele Blut und seine Ohnmacht besorgten sie. Drache hin oder Drache her, Victor musste versorgt werden.

Ihr Blick fiel auf den abseits geparkten Jeep. Er hatte den Angriff unbeschadet überstanden. Mühsam schaffte sie es, den bewusstlosen Mann auf den Beifahrersitz des Jeeps zu hieven und auf den Fahrersitz zu klettern. Elisa atmete tief ein, als ihre tastenden Hände den Autoschlüssel im Schloss fanden. Der Motor lief brüllend an, und erschrocken sah sie sich um, ob dieses

Geräusch das braune Ungetüm anlockte, aber alles blieb still.

Elisa rammte den Gang in die Schaltung und fuhr los. Der Wagen schlingerte, als sie abrupt Gas gab.

Das Licht der Scheinwerfer erhellte den unebenen Weg kaum. Elisa musste ihre Panik unterdrücken und sich auf die Fahrspur konzentrieren. Neben ihr murmelte Victor etwas, und Elisa warf ihm einen besorgten Blick zu. Sie bemerkte den entgegenkommenden Geländewagen zu spät, schrie auf und riss das Lenkrad herum. Metall kreischte ohrenbetäubend und hallte noch in ihren Ohren nach, als der Wagen endlich zum Stehen kam.

Das war zu viel. Elisa zitterte und lehnte die Stirn gegen das Lenkrad. Noch ehe sie wirklich darüber nachdachte, hatte sie den Mund aufgerissen und schrie auf. Nicht einmal einen Herzschlag später presste sich eine raue, schwielige Hand auf ihren Mund. „Still, oder du lockst ihn an“, zischte eine heisere Stimme.

Elisa wand sich und kämpfte sich schließlich frei. „Es reicht jetzt, ich …“

„Herr, es ist Mircea!“, unterbrach sie eine andere Stimme, die zu einem weiteren Mann gehörte, der neben dem Jeep kniete. Er begutachtete Victors Wunden.

„Was ist hier passiert?“, knurrte der Mann, der ihr die Hand auf den Mund gepresst hatte. Sein Aussehen besaß etwas Schroffes.

Elisa schob ihn fort und schüttelte den Kopf. „Das würdest du ohnehin nicht glauben“, murmelte sie und bemerkte, dass der Schock einsetzte. Sie begann zu frieren.

Abermals kam jemand zu ihr – diesmal war es eine Frau, die aus dem Geländewagen stieg. Wortlos zog sie ihre Jacke aus und legte sie Elisa um die Schultern.

„Lass ihr einen Moment, Radu“, sagte sie. „Mircea

geht es schlecht und sie sieht ebenso mitgenommen aus. Bringen wir sie nach Dunkelwald."

Radu knirschte hörbar mit den Zähnen, nickte aber schließlich. Seine Begleiterin führte Elisa zu deren Geländewagen, und der namenlose Mann nahm den Platz am Steuer ihres Wagens ein.

Sie fuhren schnell. Elisas Zittern verklang langsam, aber jetzt übermannte die Müdigkeit sie. Erschöpfung und der dumpf pochende Schmerz in ihrem Bein ließen sie die Zähne zusammenbeißen.

„Du hast die Drachensöhne gesehen", sagte die Frau neben ihr unvermittelt.

Mühsam schlug Elisa die Augen wieder auf. „Was meinst du?"

„Mirceas Verletzungen – er hat gekämpft, nicht wahr? Und du hast zugesehen."

Elisa musterte diese seltsame, kühle Frau, die sich zu dem Jeep hinter ihnen umblickte. „Wird es ihm wieder besser gehen?", fragte Elisa. Die Frau antwortete nicht, sondern starrte nun entsetzt nach vorn. Auch Radu atmete harsch ein. Sie hatten den Rand der Lichtung erreicht, auf der sich Dunkelwald befand, aber was sie antrafen, war ein Inferno. Das Schloss stand in Flammen.

Elisa erwachte zum zweiten Mal in dieser Nacht. Diesmal musste sie ihre Erinnerungen nicht mühsam aufklauben, sondern wusste sofort, was passiert war. Nachdem sie gesehen hatten, dass Dunkelwald brannte, sprangen Radu und seine Begleiter aus den Autos und versuchten, den Brand zu löschen. Aus der Ferne beobachtete Elisa noch andere schwarze Gestalten und hoffte inständig, dass es sich um die Bewohner Dunkelwalds handelte. Sie war bei Victor geblieben – wegen ihrer Verletzung konnte sie nicht helfen, und außerdem sträubte sich alles in ihr dagegen, Victor … nein, Mircea allein zu lassen. Irgendwann hatte die Erschöpfung sie übermannt, und sie war einfach eingeschlafen.

Jetzt lag sie im Dunklen, in einem weichen Bett, unter einer überdimensionalen Bettdecke. Elisa schob sie vorsichtig zur Seite, aber eine Hand hielt sie zurück.

„Du bist erschöpft und zum Glück nackt – lass die Decke, wo sie ist“, murmelte Mircea neben ihr.

Elisa zuckte zusammen und versuchte, sein Gesicht auszumachen. „Du hast mich erschreckt.“

Das Bettzeug raschelte leise, und es wurde wärmer, als Mirceas nackter Körper sich an sie presste. Elisa seufzte leise. Sein Arm schlang sich um ihren Bauch.

„Geht es dir besser?“ Sie tastete sich vorsichtig an all die Fragen heran, die ihr auf der Zunge brannten.

„Ich war nicht stark verletzt“, wiegelte er ab. „Nur erschöpft. Und Wunden heilen bei unsereinem rasch. Aber dich hat er verwundet.“ Im letzten Satz schwang deutlich Besorgnis mit. Mit seiner großen Hand streichelte er ihren Bauch.

„Wer ist er?“, flüsterte sie und versuchte, sich zusammenzureißen.

Die Hand hielt nicht inne, im Gegenteil. Mirceas Fingerkuppen hinterließen verworrene Muster auf ihrer Haut. Elisa schloss seufzend die Augen.

„Mircea, sag es mir. Wer ist er? Und wieso wurdest du zu einem Drachen?“

Mirceas suchende Finger hielten inne. „Willst du es wirklich wissen?“ Seine Stimme klang ruhig – er schien sich auch nicht im Mindesten über den Namen zu wundern, mit dem Elisa ihn ansprach.

Sie wünschte sich verzweifelt Licht, um in sein Gesicht blicken zu können. Seine Nähe raubte ihr den Atem, aber sie wollte endlich Antworten. Daher antwortete sie mit einem Ja.

Er atmete tief durch. Abermals raschelte das Bettzeug. Er umfasste ihre Hand und führte sie an seine Wange. Elisa spürte einen tiefen Kratzer, raue Bartstoppeln und Mirceas suchende Lippen, die ihre Handfläche küssten.

„Ich bin ein Sohn aus einem sehr alten Geschlecht von Drachen“, begann er langsam. „Meine Brüder und ich wurden als Söhne des Herrschers der Karpaten geboren und aufgezogen. Mein Name ist nicht Victor, sondern Mircea Dracul, aber das weißt du längst.“ Er verzog seine Lippen zu einem Lächeln, Elisa spürte es deutlich an ihrer Hand. „Die Aufgabe meiner Brüder und mir war es, das Land vor jeder Art von Gefahren zu schützen – und das ist es, was wir auch heute noch tun.“

„Was soll das heißen?“, presste Elisa atemlos hervor. Das klang absolut verrückt, auch wenn sie mit eigenen Augen gesehen hatte, wie sich dieser riesige Drachenkörper zu Mirceas Gestalt geformt hatte.

Mirceas antwortete nicht, zumindest nicht mit Worten. Er hatte ihre Hand zu seiner Brust gleiten lassen und Elisa spürte, wie sie sich veränderte. Die Haut kräuselte sich unter ihren Fingern, Schuppen bildeten sich aus, wölbten sich und drückten sich als harte Hornplatten gegen ihre Hand.

Elisa atmete scharf ein. Mirceas Brust veränderte sich abermals, und die Schuppen wichen der weichen Haut des Rumänen. „Aber … wie?“, war alles, was sie hervorbringen konnte. Mircea beugte sich über sie. Etwas berührte ihre Hüfte und Elisa zuckte zusammen, prallte gegen Mircea, der sie sanft aufhielt.

„Keine Angst“, wisperte er an ihrem Ohr. „Ich möchte dir nur zeigen, was ich bin.“ Das Etwas wanderte über Elisas Schamhügel, verharrte kurz und suchte sich dann einen Weg zwischen ihre Schenkel. Es hatte etwas von einer Schlange: lang, geschmeidig und von weichen

Schuppen bedeckt. Wissend glitt die Spitze über Elisas Schoß.

„Und du wirst sehen, dass ich dir damit sehr angenehme Stunden verschaffen kann“, fuhr Mircea fort und küsste ihren Hals. Für einen Moment wirkten seine Augen traurig. „Verschaff meinem Herzen ein wenig Vergessen“, sagte er leise und küsste sie. „Nur für einige Augenblicke.“

Elisa zuckte zusammen. Sie drückte Mircea an der Brust etwas zurück. „Warte“, bat sie. „Was ist das?“

Er hielt tatsächlich inne und das schlangenartige Etwas zog sich zurück. Mircea sagte nichts, aber langsam stahl sich unter der Decke ein rot-schwarz geschuppter Schwanz hervor, der im Licht glänzte. Elisa wich zurück. Auch wenn Mircea nur kurz davor zugegeben hatte, dass er ein Drache war, begriff sie es erst jetzt wirklich, als sie den Schwanz bemerkte, der so offensichtlich zu dem Rumänen gehörte. „Es stimmt“, murmelte sie fassungslos. „Du bist wirklich ein Drache.“

Mircea lachte leise und zog sie wieder an sich. Sein Duft nahm sie gefangen, und einmal mehr schmolz seine Nähe jede Art von Bedenken einfach weg. Eine gefährliche Wirkung, die er auf sie besaß, aber im Augenblick war Elisa dankbar dafür. Es gab ihr Halt.

Mircea machte dort weiter, wo er aufgehört hatte, als er merkte, dass Elisa sich wieder ein wenig entspannte. Seine Lippen fanden ihren Mund, und der geschuppte Schwanz kroch unter die Decke zurück – nur einen Atemzug später fühlte sie, wie er über die Innenseite ihrer Schenkel wanderte.

Elisa hätte Ekel spüren müssen, aber sie tat es nicht. Sie erkannte, dass dies alles zu Mircea gehörte. Die Klauen, die Zähne und vor allem dieser Schwanz, der in sie eindrang, dies alles war Teil von dem Mann, nach dem sie sich regelrecht verzehrte. Lust nahm sie gefangen und wie von selbst schienen sich ihre Beine zu spreizen. Sie tastete zu ihrem Schoß, aber Mircea hielt sie sanft auf.

„Ich verspreche dir, Rackli, dass ich dir all deine Fragen beantworten werde. Aber im Augenblick möchte ich erst, dass du mich besser kennenlernst."

Elisa schwankte zwischen Neugierde und Verlangen, aber dieses seltsame Etwas löschte alle Fragen, als es ihre Schamlippen teilte und in sie drang. Sie wollte nicht mehr fragen, sie wollte nur einmal mehr genießen, wie Mirceas Berührungen ausreichten, um sie vollkommen willenlos zu machen. Der Effekt des allerersten Mals, als er ihre Hand umfasste, war nicht verblasst. Noch immer spürte sie jeden einzelnen Moment, in dem Haut auf Haut traf, wie einen elektrischen Stoß, der direkt in ihren Schoß wanderte.

Mirceas Hände ruhten derweil nicht. Sie erforschten aufmerksam Elisas Brüste, kneteten sie sanft und widmeten sich den Brustwarzen, bis diese steif aufragten. Mirceas senkte den Kopf und biss sanft in die harten Nippel, sodass Elisa aufschrie. Tief in ihr krümmte und wand sich diese schuppige Schlange, berührte immer wieder besonders empfindliche Stellen ihrer Scham. Elisa keuchte. Sie klammerte sich an Mirceas Körper und stöhnte. Nun wollte sie ihn berühren und ihm von der Lust zurückgeben, die er ihr schenkte.

Die Muskeln seines Rückens bewegten sich unter ihren Händen. Elisa murmelte wieder und wieder Mirceas Namen. Als ihre Hände tiefer glitten, hielt sie inne. Auf Mirceas Steiß fühlte sie wieder Schuppen, glatt wie Perlen. Anfangs ertastete sie nur vereinzelte, zum Po hin wurden sie jedoch zahlreicher und liefen in einen Fortsatz zusammen. Das Wissen, womit Mircea in sie eingedrungen war, sorgte weder für Ekel noch für Angst. Dafür waren die Gefühle, die diese biegsame, flinke

Schwanzspitze in ihr auslösten zu köstlich. Sie berührte wissend jeden empfindlichen Punkt, jeden noch so kleinen Winkel in ihr. Elisa wand sich und schlang ihre Beine um Mirceas Hüften. Kurz zuckte sie zusammen, als sich ihre Verletzung mit aufflammendem Schmerz meldete, aber er verschwand ebenso schnell, wie er gekommen war.

„Reicht dir das etwa?“, murmelte Mircea schwer, als er Elisas Reaktion bemerkte.

„Nein, ich will dich ganz“, erwiderte sie fahrig, aber ihr Körper strafte ihre Worte Lügen, als sie keine Anstalten machte, sich zu lösen, um ihm die Möglichkeit zu geben, sich mit seiner steil abstehenden Erektion in ihr zu versenken.

„Gieriges Weibsbild“, lachte er und rutschte zwischen ihre Schenkel. Bevor Elisa protestieren konnte, hatte er seine Schwanzspitze zurückgezogen. Ein nahezu schmerzhaftes Sehnen erfüllte sie, aber es hielt nicht lange an, denn fast sofort drang etwas wesentlich Härteres und Dickeres in sie ein. Die Schuppen auf Mirceas Steiß verschwanden ebenso wie der Schwanz.

Mircea stieß zu und Elisa stöhnte auf. Sie krallte sich, wie in der Hütte schon, in seine Haut und verletzte ihn unabsichtlich. Sie fuhr mit den blutigen Fingerkuppen über Mirceas Lippen und spürte, wie etwas an ihm sich veränderte. Aus seiner Kehle drang ein gutturales Knurren, und er packte ihre Hüften, um unerwartet hart und tief zuzustoßen. Elisa warf den Kopf in den Nacken und schrie auf.

Mirceas Keuchen drang an ihre Ohren, und ein Knurren folgte ihm. Elisa stöhnte seinen Namen und kreuzte die Schenkel um seine Hüften. Sie biss sich auf die Lippe, als ihr Körper sich anspannte, zu einer harten Bogensehne straffte und den Höhepunkt willkommen hieß. Ihre Lust entlud sich in einem heiseren Schrei, und

Sekunden später spürte sie, wie auch er kam.

Es dauerte, bis Elisas Atemlosigkeit nachließ. Es war noch immer dunkel, aber für sie war es belanglos. Die Dunkelheit half ihr, Mircea mit allen anderen Sinnen intensiver wahrzunehmen. Sein Körper lag noch immer auf ihr, sie roch ihrer beider abklingende Lust, hörte seinen Atem und seine Stimme, die ihren Namen flüsterte, schmeckte den salzigen Geschmack seiner Haut, als sie seine Schulter küsste.

Elisa öffnete langsam ihre Schenkel und spürte, wie er aus ihr glitt. Für einen winzigen Moment war alles perfekt – ihre Fragen, ihre Unsicherheit und die Angst vor den unbekannten Dingen, die sie gesehen und erlebt hatte, das alles zählte für den Augenblick nicht. Alles, was zählte, war seine Nähe.

Nach einer Weile hob er den Kopf, den er bisher an ihrer Halsbeuge verborgen hatte. „Willst du immer noch Antworten?“, fragte er.

„Ja.“

„Dann komm.“

Er stand auf, und kurz darauf leuchtete eine Streichholzflamme auf. Mircea entzündete nach und nach die Kerzen auf einem fünfarmigen Leuchter. Jede Flamme enthüllte mehr von ihm und Elisa genoss es, ihn zu betrachten. Im Widerschein der Kerzen leuchtete seine Haut golden. Elisa blinzelte, als sie Schuppen an seiner Hüfte und dem Oberschenkel wahrnahm. Sie sahen genau so aus, wie sie es sich vorgestellt hatte: Wie schwarze Perlen glänzten sie im Licht, ehe sie verschwanden. Mircea bemerkte, was ihren Blick fesselte, und er schmunzelte. Wortlos kam er zum Bett zurück und blieb davor stehen. Elisa hatte noch immer auf seine Hüfte gesehen, aber als er näher trat, zog der Anblick ihre Augen unweigerlich auf sein Geschlecht. Sie spürte noch immer das Nachglühen in ihrem Schoß, und die

Erinnerung, was er bis vor ein paar Minuten mit diesem wunderbaren Spielzeug aus Fleisch und Blut angestellt hatte, ließ sie erröten und gleichzeitig lächeln.

Mirceas Hand glitt zu ihrem Kinn und dirigierte es sanft höher. Elisa hauchte einen Kuss auf sein Glied und schaute auf. Mircea lächelte wissend und berührte ihre Lippen mit seinen Fingern. „Später, Rackli", sagte er sanft. „Sonst wirfst du mir vor, ich würde dich von deinen heiß ersehnten Antworten abhalten. Komm, steh auf."

Er hatte recht, und Elisa spürte Schuld in sich aufsteigen. Sie hatte für einige Zeit vergessen können, was geschehen war. Die Tatsache, dass Mircea, der Mann, den sie erst so kurz kannte, und der doch so viel Vertrauen in ihr geweckt hatte, sich selbst als Drache bezeichnete, war eine Sache. Doch sie wusste noch immer nicht, was Mircea von ihr wollte. Die Gesellschaft hatte sie eingestellt, um den Dracula Mythos zu erforschen, aber wie es aussah, wusste sie absolut gar nichts.

Elisa blickte Mircea nach, der weitere Kerzen suchte. Ihr Liebhaber wusste viel mehr über all das als sie. Vielleicht wäre sie nicht einmal überrascht gewesen, wenn Mircea ihr offenbart hätte, dass er und seine Brüder Vampire wären, die nachts umherflogen und jungen Frauen das Blut aussaugten. Aber es ging nicht um Vampire – es ging um Drachen. Und Elisa wusste über all das nichts. Warum also war sie hier? Und was war mit Dunkelwald geschehen? Als sie an das zerstörte Schloss dachte, legte sich eine kalte Hand um ihr Herz und drückte zu. Sie glitt schnell aus dem Bett. Auf einem Stuhl daneben lag ein einfaches Leinenkleid. Elisa streifte es wortlos über, ebenso wie die flachen offenen Schuhe, die davor standen. „Wo sind wir hier?", fragte sie, während sie den Verschluss des Kleides zuknöpfte.

Mircea hatte eine Hose aus dem gleichen Stoff übergestreift, die ebenfalls auf dem Stuhl lag.

„Das sind die alten Höhlen“, erwiderte Mircea. „Sie erstrecken sich weit in den Berg – in Dunkelwald gab es einen Geheimgang, der zu diesem Höhlensystem führte. Ich weiß nicht, ob …“

Mircea brach ab. Seine Augen färbten sich dunkler. Elisa erkannte, dass er an sein Zuhause und die Bewohner dachte. Sie trat zu ihm und strich ihm über die Wange.

„Weißt du schon, ob sich die anderen vor dem Feuer in Sicherheit bringen konnten?“, stellte sie die Frage, die ihr nun so drängend auf der Zunge lag. Sie hoffte es inständig.

Mircea schüttelte den Kopf. „Nein. Aber Naruka kennt den Gang. Sie hat meinen Clan sicherlich hingeführt.“ Er atmete tief durch. „Ich habe von Radu gehört, dass keinerlei Überreste gefunden wurden. Natürlich hatten seine Männer und er noch nicht genug Zeit, um alles gründlich zu durchsuchen, aber dass sie bisher nichts gefunden haben, lässt mich hoffen, dass Naruka schnell genug war.“ Er blickte zu einem Punkt an der Wand, an dem sich nichts abzeichnete.

Mircea schien dort aber etwas zu sehen, das Elisa verborgen blieb.

„Außerdem würde es zu ihm passen. Er verbreitet immer erst Angst und Schrecken, anstatt direkt zu töten“, sagte er, mehr zu sich selbst.

„Von wem redest du?“

Er schüttelte abwehrend den Kopf. „So oder so, wir werden es erfahren. Früher oder später kommt jeder, der sich hier unten aufhält, zur Königshalle.“

„Wir hätten nicht warten sollen“, sagte Elisa. „Wir hätten sie gleich suchen sollen und …“

Mircea hob die Hand und legte sie um Elisas Gesicht.

Er lehnte seine Stirn an ihre und sein Atem streifte ihre Lippen. „Nein“, sagte er. „Wir können nichts tun – entweder sind sie bereits auf dem Weg hierher oder sie verstecken sich irgendwo. Alles, was wir tun konnten und können, ist warten.“ Er schlug die Augen auf. „Das Warten ist furchtbar, aber du hast mir für einige Zeit Vergessen geschenkt. Genau, wie ich dich gebeten hatte. Dafür danke ich dir, Rackli.“ Er küsste sie flüchtig auf die Lippen und zog sich viel zu früh wieder zurück. Sein Kuss vibrierte noch immer auf ihrem Mund.

Sie schlug die Augen auf, als er sich von ihr löste. „Dann lass uns zur Königshalle gehen und dort warten. In der Zwischenzeit kannst du mir endlich erzählen, was ich wissen will“, sagte sie.

„Was genau willst du denn wissen?“, fragte er, während er den Kerzenleuchter aufnahm und sie zu einer Tür führte. Das grob behauene Holz wirkte, als sei es mehrere Hundert Jahre alt. Der Türrahmen war in eine Felswand eingelassen. Mircea führte sie durch einen dunklen Gang.

Elisa wartete mit ihrer Frage, bis sie sich an den unebenen Boden gewöhnt hatte und nicht mehr bei jeder Gelegenheit stolperte. „Du sagtest, dass du und deine Brüder dieses Land schützen“, begann sie vorsichtig, „Was meintest du damit? Und wer sind deine Brüder? Ich meine, wenn dein Name Mircea ist, vielleicht ist es Zufall, aber …“

Mircea sah weiter nach vorn. Ohne auch nur einmal zu zögern, führte er sie an verschiedenen Abzweigungen vorbei. Elisa hatte schon lange die Orientierung verloren.

„Die Namen meiner Brüder lauten Radu und Vlad. Vlad bekam später einen anderen Namen – nach dieser … dieser Sache wurde er wahnsinnig. Sie nannten ihn nur noch den Pfähler.“ Mircea schwieg für einen Moment und Elisa fehlten die Worte. Dracula. Die

Person, von der Mircea sprach, war Dracula!

„Das Geschlecht der Dracul hat überlebt, als all die anderen Drachenclans untergingen. Wir lernten, uns anzupassen. Mein Vater lehrte uns früh, dass wir zwar mit Macht und einem nahezu unendlichen Leben gesegnet sind, aber uns als Herrscher auch unserer Verantwortung zu stellen haben: Wir müssen dieses Land und seine Leute vor jeder Gefahr schützen, egal, ob von innen oder von außen."

„Warum habt ihr mich dann hergeholt?", fragte Elisa nach. „Wenn du wirklich der Bruder von Dracula bist, weißt du doch mehr über ihn, als ich jemals herausfinden könnte. Ihr braucht meine Forschungen nicht."

Plötzlich strich Mirceas Atem über ihr Gesicht, er glitt heiß über ihre Wangen. Sie hob die Hand. Ihre Fingerspitzen berührten seine Lippen, und trotz der Dunkelheit des Ganges offenbarte sich ihr, wie sehr Mircea seine Antwort schmerzte:„Wir brauchen deine Hilfe mehr als alles andere, Elisa", sagte er. „Aber dafür musst du noch einiges wissen. Du hast ja sicherlich Bram Stokers Original-Dracula gelesen, nicht wahr?"

Elisa schnaubte, was ihr Mirceas Hand auf ihrem Po einbrachte, die leicht und tadelnd zudrückte.

„Die Liebesgeschichte um meinen Bruder und diese Frau namens Elisabeth ist nur ein Teil der Wahrheit. Es gab tatsächlich eine Frau namens Elisabeth, die mein Bruder haben wollte." Mircea verlangsamte seine Schritte, und jegliches Lächeln verschwand aus seinem Gesicht. „Es gab seit Jahrhunderten keinen weiblichen Drachen mehr, und deshalb nehmen wir uns menschliche Frauen. Die Dracul haben sich immer mit den adligen Töchtern des Landes vermählt und so auch bestimmt, wer König des Landes und Clansherr über die verbliebenen Drachen wird. Elisabeth war die Tochter des damals mächtigsten Adligen. Sie war nicht nur schön, sondern auch außergewöhnlich klug und hatte eine Art, die Welt zu sehen, die mich immer wieder aufs Neue beeindruckte."

Elisa lauschte dem Klang Mirceas' Stimme. Trauer schwang darin mit, und Bedauern. „Du hast sie geliebt, nicht wahr?"

Er schien aus einem Traum hochzuschrecken. Langsam nickte er. „Und sie liebte mich. Mein Bruder Vlad hatte jedoch immer darauf spekuliert, dass er Anführer und König wird. Er ertrug es nicht, dass Elisabeth mich wählte und nicht ihn." Mircea schwieg für einen Augenblick, ehe er fortfuhr: „Unsere Art ist sehr anfällig für Wahnsinn. Wenn man einer Lebensspanne von mehreren Jahrhunderten entgegensieht und sich mit Menschen einlässt, kann der kleinste Verlust einen den Verstand kosten. Vlad nahm mir die Krone mit Gewalt, wütete unter Invasoren und später auch gegen die eigenen Leute. Radu und ich zögerten lange, weil er zum einen sehr stark und zum anderen unser Bruder ist. Man sperrt ein Familienmitglied nicht einfach ein wie ein wildes Tier."

Elisa runzelte die Stirn und blieb stehen. Der verschüttete Raum in der Höhle, die tiefen Klauenspuren … „Aber genau das habt ihr getan, nicht wahr?", fragte sie tonlos. „Ihr habt ihn eingesperrt und fühltet euch sicher, bis er ausgebrochen ist. Er war es, gegen den du auf dem Berg gekämpft hast, und er hat Dunkelwald angegriffen. Ist es nicht so?"

Mircea nickte. „Es ging nicht mehr anders. Du kennst die Gräueltaten, die Vlad im Namen Rumäniens begangen hat. Selbst heute sind die Leute sich nicht sicher, ob sie ihn als Retter oder als Teufel ansehen sollen. Mein eigener Bruder wurde zu einem Rachedämon, dem sich nichts in den Weg stellen konnte. Er war schon früher der Stärkste von uns Dreien und jetzt, wo er wieder zurückgekehrt ist, wissen wir nicht, wie wir ihn wieder bannen sollen."

„Aber ihr habt es schon einmal geschafft!"

„Wir hatten Hilfe", erwiderte Mircea sanft.

„Was für Hilfe?"

„Stoker", meldete sich eine tiefe Stimme zu Wort, noch bevor Mircea antworten konnte. Elisa stockte und bemerkte jetzt erst, dass ihr Weg in einer riesenhaften Höhle geendet hatte. Es brannten einige Fackeln, aber ihr Licht reichte nicht, um die gesamten Ausmaße der Höhle auszuleuchten. Elisa spürte, wie die Wände sich in die Höhe erstreckten.

Im Licht eines kleinen Feuers erkannte sie Radu und die blonde Frau. Von dem zweiten Mann war nichts zu sehen.

Mirceas Miene verdüsterte sich angesichts der Unterbrechung, aber er widersprach nicht.

„Sie haben uns gerettet", überging Elisa die angespannte Stille und wandte sich an Radu und die Frau. „Danke."

Radu schnaubte abfällig. „Mein Bruder hätte sich allein verteidigen müssen", grollte er. „Was er nicht konnte oder nicht wollte. Ich weiß nicht, ob es an dir liegt, Mensch, oder daran, dass er mit Vlad …" Radu kam nicht dazu, den Satz zu beenden.

Noch bevor Elisa hätte blinzeln können, presste Mircea Radu gegen den Boden und hielt ihn mit der Hand an der Kehle gepackt. „Ich habe Vlad all die Jahrhunderte über bewacht", knurrte er mit einer Stimme, die keinem sterblichen Wesen gehören konnte. „Und auch wenn ich deinen kindischen Trotz während dieser Zeit toleriert habe, werde ich dem jetzt ein Ende setzen." Er beugte sich tiefer, bis sein Gesicht fast Radus berührte, der Mirceas kaltem Blick mit glühender Wut begegnete. „Also merke dir gut, kleiner Bruder: Ich habe damals die Verantwortung für Vlad übernommen, und ich trage sie auch weiterhin. Ist das verständlich für dich?“

Radu knurrte. Mircea erwiderte es unbeeindruckt, und für einen Moment schien es, als würde keiner der ungleichen Brüder aufgeben. Schlussendlich war es Radu, der die Lider senkte. Mircea ließ ihn los und stand auf. Er mied Elisas Blick, und sie wusste nicht, ob sie glücklich oder unglücklich darüber sein sollte.

Radu rappelte sich vom Boden auf. Er rieb sich den Hals und funkelte Mircea an. „Vlad ist frei“, sagte Radu nach einer Weile. „Das Siegel ist gebrochen, Dunkelwald zerstört. Stoker ist tot – wir haben keinerlei Hinweise, wie wir unseren Bruder wieder einsperren können.“

Mirceas Hand legte sich warm auf Elisas Rücken. „Sie kann uns helfen.“

„Sie?“

„Ich?“

Mircea gab sich unbeeindruckt von dem Erstaunen. „Es gibt niemanden, der die Legenden um Dracula besser kennt als Elisa. Sie hat alles erforscht, was es zu erforschen gibt, und kennt sich ebenfalls mit Stokers Text sehr gut aus. Ich habe ihre Arbeit schon lange beobachtet und ließ sie herkommen, weil ich fürchtete, Dracula würde eines Tages ausbrechen wollen. Unser Bruder war schneller als ich: er befreite sich, bevor ich Elisa einweihen konnte. Außerdem – ist dir nicht die Ähnlichkeit aufgefallen?“

Elisa spürte, wie Radus Blick von Mircea auf sie glitt und die dunklen Augen groß wurden. „Elisabeth!“

Das reichte. Elisas ohnehin strapazierte Geduld und ihre Aufnahmefähigkeit für seltsame Phänomene und Geschichten hatten ihre Grenze erreicht. Sie war müde, ihr Bein schmerzte, und während der vergangenen zehn Minuten sprach man über sie, als sei sie eine Dreijährige, die nichts verstand.

Sie hob die Hände auf Schulterhöhe und donnerte: „Stopp!“ Mit einiger Genugtuung registrierte sie, wie alle Augen nun auf ihr ruhten. „Nur noch einmal für mich, für den Fall, dass ich etwas missverstanden habe“, sagte sie leise und fixierte die drei anderen. Mircea sah sie eher verwundert an, Radu beobachtete sie argwöhnisch, und die blonde Frau musterte sie mit einem derart kühlen Blick, dass Elisas Entschlossenheit für einen Moment ins Wanken geriet. Doch der Augenblick verging. „Ihr seid zwei der Dracula Brüder und eigentlich Drachen, die sich um Rumänien kümmern. Vor Jahren wurde euer Bruder, den die Welt dank Bram Stoker für einen Vampir hält, wahnsinnig und fing an, wahllos Leute niederzumetzeln.“ Elisa konnte nicht verhindern, dass ihre Stimme vor Sarkasmus troff. Aber sie fuhr fort: „Daraufhin habt ihr ihn mithilfe von diesem Stoker eingesperrt, was ihm natürlich gar nicht gefiel, und jetzt kürzlich brach er aus. Nun soll ich als Dracula-Forscherin euren Mist aufräumen, weil ihr vergessen habt, wie man euren Bruder wieder unschädlich macht. Oh, und was natürlich die Krönung ist, ist die Tatsache, dass ich rein zufällig aussehe wie Draculas und Mirceas verstorbene Jugendliebe, dass ich ebenso rein zufällig fast denselben Namen trage, was Mircea als Grund nimmt, mit mir ins Bett zu gehen. Habe ich das in etwa gut zusammengefasst?“ Die letzte Frage richtete sie laut und eindeutig an Mircea, der sie anstarrte.

Die Stille sagte ihr mehr als genug – sie wusste nicht, welches Gefühl in ihr vorherrschte, Zuneigung zu Mircea oder Misstrauen, aber das Chaos machte es ihr schwer, sich darauf zu konzentrieren. Alles, was sie wollte, waren Ruhe und Zeit, um nachzudenken – der Wunsch war mit einem Mal übermächtig und Elisa merkte, wie die Welt um sie verschwand. Wie in einer ihrer Visionen. Sie öffnete den Mund, um etwas zu sagen – doch dort war niemand mehr, mit dem sie hätte reden können.

Elisa blinzelte. Sie befand sich nicht mehr in der Höhle. Wärme befand sich unter ihren Füßen, und sie roch Asche und Rauch. Um sie herum ragten eingestürzte Mauern in die Höhe. Sie stand in der Ruine von Dunkelwald. Das Feuer hatte ganze Arbeit geleistet: Kaum ein Stein lag noch auf dem anderen. Nur mit viel Glück hatten die Flammen den nahen Wald verschont, aber dafür umso heftiger in dem Jagdschloss gewütet.

Fassungslos sank Elisa auf die Knie, ohne darauf zu achten, dass sie ihr helles Kleid beschmutzte. Was war hier geschehen?! Wieso befand sie sich in einem Moment noch in der Halle und im nächsten hier? Was war hier nur los? Elisa fuhr sich mit zitternden Händen über das Gesicht und versuchte, sich zu beruhigen. Sie war Wissenschaftlerin, verdammt, für das alles musste es eine logische Erklärung geben. Was war als Letztes passiert? In ihrer Erinnerung spürte sie nur die Wut und die grenzenlose Enttäuschung, die sie verspürt hatte. Mircea hatte sie nur geholt, damit sie für ihn einen Weg fand, seinen Bruder aufzuspüren und wieder einzusperren. Als kleinen Bonus hatte er gleich noch jemanden gefunden, mit dem er sich im Bett amüsieren konnte.

Elisa schluckte. Sie hatte sich Hals über Kopf verliebt und stand nun mit ihren Gefühlen vollkommen allein da, hatte sich etwas vorgemacht und das schmerzte noch mehr als die Enttäuschung und ihre betrogenen Gefühle. Sie atmete schmerzhaft hart ein, aber es brauchte einige Zeit, bis ihr Atem sich beruhigte und Elisa nicht mehr das Bedürfnis verspürte, ungehalten zu schreien.

Sie starrte auf ihre verschmutzten Hände, die Linien auf den Innenflächen. Das war real, das war wahr. Daran musste sie sich festhalten. Also gut, was genau war passiert? Sie war einfach aus der Halle verschwunden, weil es ihr Wunsch gewesen war. Das musste in irgendeiner Weise mit Elisabeths Kräften zusammenhängen. Seit sie sich mit der Rumänin vereinigt hatte, hatte Elisa sich verändert. Auch dieses plötzliche Verschwinden hatte mit Sicherheit damit zu tun. Sie hatte dabei ein ähnliches Gefühl wie in ihren Visionen gehabt. Vielleicht konnte sie durch die Visionen einfach verschwinden? Oder war sie noch in einer gefangen?

Der nächtliche Wind wirbelte Ascheflocken auf. Einige streiften hauchzart ihre Wangen und holten sie aus den Gedanken zurück. Abermals musste sie auf die Ruinen des Schlosses sehen, und ihr Herz schnürte sich zusammen. Das hier war keine Vision. Sie hatte in ihren Visionen bisher nur Elisabeths Vergangenheit gesehen, außer dem einen Mal, das Dracula ihr aufgezwungen hatte. Dies hier war die Wirklichkeit, da war sie sicher, während eine weitere Böe mehr Asche aufwirbelte. *Und wenn dies nun Narukas Asche war?*, schoss es ihr durch den Kopf, und sie spürte, wie ein heiseres Stöhnen ihre Kehle hinaufdrängte. Mircea hatte gesagt, dass keine Leichen gefunden wurden, aber allein der Gedanke, dass ihrer Freundin etwas zugestoßen sein könnte, war in diesem Augenblick zu viel. Elisa weinte, bis in ihrer Brust ein Knoten zu sitzen schien, der sich nicht auflösen wollte. Sie hielt sich nicht zurück, sie schluchzte und weinte heiser um die Freunde, die sie vielleicht verloren hatte, und um eine Liebe, von der sie nicht sicher wusste, ob sie überhaupt eine war.

Stein schabte über Stein. Elisa reagierte anfangs nicht darauf, weil sie dachte, dass sich eine Ratte aus dem Schutt wühlte, aber als sich das Schaben lauter wiederholte, sah sie doch auf. Ein größerer Steinhaufen bewegte sich, und eine Menge Schutt geriet ins Rutschen. Ein verrußter Kopf tauchte auf, und schließlich kämpfte sich Naruka aus der Erde hervor. Kurz darauf folgte ihr Karad.

Elisa starrte sie wie leibhaftig gewordene Gespenster an. Noch hatte Naruka sie nicht entdeckt. Sie wischte sich Steinstaub und Asche aus den Augen und blinzelte. Als sie Elisa erkannte, lachte sie und winkte, als wäre nichts geschehen.

Elisa konnte noch immer nichts sagen. Erst als sich Naruka näherte und sie an sich zog, kam Leben in sie. Sie erwiderte die Umarmung der Rumänin heftig und lachte und weinte gleichzeitig.

Naruka drückte Elisa an sich. „Geht es dir gut? Ist dir nichts geschehen?“

Elisa nickte und schaute erst Naruka und dann Karad an. „Und was ist mit euch? Wo sind die anderen?“

„Auf unterirdischem Weg in ein Versteck geflüchtet“, erklärte Karad, der noch schlimmer aussah als Naruka. Sein Gesicht bedeckten schwarze Ruß- und helle Ascheflecken, und über der rechten Augenbraue prangte eine hässliche Platzwunde. Sein Hemd war zerrissen, die beeindruckenden Muskeln darunter waren ebenfalls nicht verschont geblieben. Karad hatte offenbar keine schweren, dafür aber sehr viele blutende Wunden davongetragen.

„Die Königshalle“, murmelte Elisa, und Karad sah sie verblüfft an.

„Woher weißt du davon?“

„Ich komme gerade von dort. Ich …“ Auf die verständnislosen Blicke der beiden hin schüttelte sie den Kopf. „Ich muss noch vieles herausfinden. Es hat etwas mit Elisabeth und den Visionen zu tun, aber ganz sicher bin ich noch nicht.“ Müde rieb sie sich über die Augen. „Entschuldigt, ich bin nur gerade so ratlos. Bitte erzählt mir, was passiert ist, vielleicht hilft es mir, ein paar Antworten zu finden.“

Karad und Naruka wechselten einen Blick. Naruka nahm Elisas Hand.

„Einverstanden. Aber lass uns erst einmal von hier fortgehen. Nicht, dass er vielleicht wiederkommt …“

Die Rumänin führte sie in den nahen Wald und ihr Blick glitt immer wieder nach oben. Als sie glaubte, dass es tief genug war, ließ Naruka sich auf einen umgestürzten Baumstamm fallen. Elisa setzte sich neben sie, Karad auf einen Baumstumpf vor ihnen. Sein Haarband hatte sich gelöst, und die blonden Strähnen fielen ihm wirr ins Gesicht. Er wirkte müde. Nicht nur Elisa fiel das auf. Naruka beugte sich vor und streichelte Karads Wange. Sie sprach leise mit ihm, und er nickte. Geschmeidig stand er auf und lächelte Elisa an. Mit wenigen Handgriffen hatte er sich seiner Kleidung entledigt. Dann beugte er sich vor und ging auf alle Viere. Aber auch, als er stillstand, schien die Bewegung nicht aufzuhören, sie setzte sich an seinen Beinen fort, lief wie ein unaufhörliches Zittern über seinen Körper. Die Kleidung zerriss, als seine Beine und Arme länger und muskulöser wurden. Sein Hals streckte sich, und auch der Kopf dehnte sich. Sein langes Haar wich ebenso langen Hörnern, und ein ausschlagender Schwanz wuchs heran. Schlussendlich stand ein Drache mit einer tief dunkelblauen Färbung vor ihnen, groß wie ein Kaltblutpferd und mindestens ebenso sehr mit Muskeln bepackt. Karad schüttelte den Kopf und spreizte die Flügel auf seinem Rücken, ehe er sich um den Baumstamm, auf dem Elisa und Naruka saßen, einrollte. Die Augen geschlossen, ruhte sein Kopf auf den großen Pranken.

Naruka strich ihm über die Schnauze. „Ich dachte, es wäre ein guter Zeitpunkt, dich einzuweihen, sonst wirst du nicht glauben, was ich dir gleich erzähle“, sagte sie und wirkte regelrecht eingeschüchtert. „Außerdem heilen seine Wunden so schneller.“

„Ich hätte es eigentlich wissen müssen“, murmelte Elisa und betrachtete Karads Drachengestalt. „Nachdem sich bereits Mircea als Drache entpuppt hat.“

„Du weißt es?“

„Er musste es mir heute Abend zeigen.“ Elisa dachte an Mircea und verkrampfte sich. Sie hatte mit ihm eine leidenschaftliche Nacht verbracht, und zumindest von ihrer Seite aus steckte mehr dahinter als reine Lust. Elisa hatte gedacht, ihm ginge es genauso. Aber nachdem er vor seinem Bruder so darauf gepocht hatte, dass sie die große Erlöserin sein sollte, die Dracula zurück in die Gruft schickt, war sie nicht mehr sicher.

„Das vereinfacht die Sache“, nickte Naruka und kraulte weiter gedankenverloren Karads Kopf. „Aber vielleicht solltest du doch anfangen und uns erzählen, was passiert ist. Dann wissen wir auch, was du schon weißt.“

Elisa atmete tief ein und berichtete, wie sie das Abendessen mit Mircea auf dem Berg verbracht hatte und urplötzlich dieser riesige Drache aufgetaucht war. Die Liebesnacht verschwieg sie, erzählte von dem Zusammentreffen mit Radu und der Ankunft an dem zerstörten Dunkelwald. „Radu brachte uns unter die Erde. Mircea erzählte mir von Dracula und Stoker – angeblich soll ich den Schlüssel zu Draculas Gefangenschaft in der Hand halten.“

Naruka hatte stumm zugehört. Karad schien sogar eingeschlafen zu sein, was Elisa schmunzeln ließ.

„Da ist noch etwas“, warf die Rumänin leise ein. „Irgendetwas ist noch geschehen. Warum bist du hier und nicht in der Königshalle bei den anderen?“

„Ich wollte weg“, erwiderte Elisa leise, mit Blick auf Karad. Naruka folgte ihrem Blick, schüttelte dann aber den Kopf. „Sprich ruhig offen.“

„Ich habe mit Mircea geschlafen“, sagte Elisa schließlich. „Aber ich fürchte, er hat das nicht ohne Hintergedanken getan. Angeblich sehe ich aus wie seine Jugendliebe Elisabeth, und er will mich unbedingt an seiner Seite haben, damit ich den Weg finde, Dracula einzusperren..“

„Und du glaubst wirklich, er hat nur deshalb die Nacht mit dir verbracht?“ Naruka schmunzelte.

„Ich finde das nicht sonderlich witzig“, murrte Elisa und wandte den Blick ab. Sie spürte Narukas schmale Hand auf ihrem Arm. „Entschuldige, aber die Vorstellung ist witzig. Du kennst Mircea nicht so gut wie ich, sonst würden dir solche Worte niemals über die Lippen kommen und du würdest vor Scham über solche Gedanken rot anlaufen.“

„Du hältst verdammt große Stücke auf ihn.“

„Und das mit Recht. Mircea ist ein guter, ein ehrlicher Mann. Er hat lange auf eine Frau wie dich gewartet.“

Elisa rieb sich den Nasenrücken. „Er hat auf einen Abklatsch von Elisabeth gewartet“, erwiderte sie bitter.

„Was für ein Blödsinn!“, schnaubte Naruka und schüttelte den Kopf.

Elisa schwieg. Sie ahnte, dass sie so nicht weiterkam, und das Letzte, was sie jetzt tun wollte, war, einen Streit mit Naruka vom Zaun zu brechen. Stattdessen stand sie auf.

„Wo willst du hin?“

„Ich brauche einen freien Kopf“, murmelte Elisa.

Naruka hielt sie fest. „Nein – er ist noch da draußen. Dracula könnte dich finden, und wer weiß, was dann geschieht.“

Elisa schüttelte heftig den Kopf. Sie wand sich aus Narukas Griff und stürmte los. Ihre Schritte führten sie quer durch den Wald – sie rannte, und ehe sie sich versah, stand sie vor der Höhle. Draculas Gefängnis.

Allein bei dem Gedanken schauderte Elisa – aber etwas zog sie unwiderstehlich an. Nahezu blind tastete sie sich durch die Höhle, bis ein schwaches Glühen die Finsternis durchbrach. Es kam aus der kleinen Kammer. Elisa folgte dem Licht und blieb im Eingang stehen: Die Zeichnungen an der Felswand erfüllten das Dunkel mit Licht.

Vorsichtig bewegte Elisa sich darauf zu. Wie bei den vorherigen Malen schienen die Bilder zu tanzen. Elisa trat auf eines zu, das zwei verschlungene Hände zeigte. Sie betrachtete das Bild versonnen und strich mit den Fingerspitzen über den bemalten Fels. Diesmal hieß sie das Verrücken ihrer Welt mit jeder Faser des Herzens willkommen.

Musik erklang. Elisa schlug die Augen auf. Dutzende kostbar gekleidete Paare glitten mit wirbelnden Kleidern über ein Tanzparkett. Allein der Anblick vermittelte Schwindel, aber Elisa spürte nur Neugierde und Freude. Dieser Abend war etwas Besonderes, aber sie war unfähig, zu sagen, warum. Etwas in ihr spürte es; warme, süße Vorfreude.

Sie war nicht sonderlich überrascht, dass sie ebenfalls ein Ballkleid trug. Der schwere Stoff raschelte um ihre Beine – die Farbe war gut gewählt: ein tiefes Weinrot, passend zu ihrem dunklem Teint und den schwarzen Locken.

„Tanz mit mir, Prinzessin!", lachte jemand, und schon hatte derjenige ihre Hand gefasst und sie auf die Tanzfläche gezogen. Er wirbelte sie herum, und sie blickte in ein lachendes, jungenhaftes Gesicht. Sie hatte es schon einmal in ihren Träumen gesehen: Es war Vlad, der da so unbekümmert mit ihr tanzte. Sein Lächeln erstrahlte so verführerisch wie in ihrer Erinnerung, und sie ließ sich von seiner Freude anstecken. Für einige

Sekunden vergaß sie alles um sich herum, tanzte und ließ sich beschwingt von Vlad inmitten der anderen Tänzer drehen.

Doch dann, für einen winzigen Moment, teilte sich der wirbelnde Kreis, und Elisa begegnete der tiefen Ausstrahlung eines Augenpaares. Mircea erwiderte ihren Blick ruhig, und für einen Wimpernschlag stand die Welt still. Auf diesen Augenblick hatte sie gewartet. Elisa wusste, dass Elisabeth zu diesem Zeitpunkt nicht ahnte, dass dieser eine Blick ihr Leben verändern würde, aber Elisa war sich bewusst, was er bedeutete. Dieser eine Blick veränderte die Vergangenheit, die Gegenwart und die Zukunft.

Vlad hatte davon nichts mitbekommen. Er drehte Elisa ein weiteres Mal im Takt der Musik, und die Reihe der Tänzer schloss sich wieder. Elisa versuchte immer wieder vergeblich, Mircea in der Menge auszumachen.

Als die Musik endete, löste Elisa sich von Vlad. Er musterte sie besorgt. „Stimmt etwas nicht?"

Elisa bemühte sich, entschuldigend zu lächeln. „Mir ist heiß – ich möchte kurz an die frische Luft."

„Ich kann Euch doch begleiten."

Sie schüttelte hastig den Kopf. „Nein … wirklich nur einen Moment", wehrte sie ab und drehte sich um. Elisabeth kannte den Weg hinaus aus dem Festsaal, und Elisa vertraute ihr einfach. Tatsächlich fand sie sich kurze Zeit später in einem Garten wieder. Irgendwo hinter ihr setzte die Musik erneut ein, aber Elisa konzentrierte sich viel zu sehr darauf, die nächtliche Luft einzuatmen, die kühl ihre Lungen füllte, als der Melodie zu lauschen.

Mit weichen Knien ließ sie sich auf eine Steinbank sinken. Um sie herum standen sorgfältig gepflanzte Rosenbüsche und erfüllten die Nacht mit schwerem, süßem Duft.

Schritte knirschten auf Kies. Sie wusste, dass er es war, noch bevor sie seine Hand auf ihrer Schulter spürte. „Ihr solltet nicht ohne Mantel hier draußen sitzen", sagte Mircea und trat hinter sie. Elisa senkte den Kopf. Seine Nähe, seine Wärme – etwas in ihr wollte sich umdrehen und ihn berühren, aber dies war nicht ihr Leben. Dieses Leben gehörte Elisabeth und diese kannte Mircea noch nicht auf diese Weise.

Sie spürte warmen Stoff, der um ihre Schultern gelegt wurde und noch Mirceas Hitze ausstrahlte.

„Das solltet Ihr nicht tun", murmelte sie. „Was ist mit Euch?"

Mirceas Hände legten sich um ihre Oberarme, und sein Mund streifte ihr Ohr. „Ich trage genug Hitze in mir. Aber ich danke Euch für Eure Sorge."

Elisa schauderte und schloss die Augen. „Das spüre ich", murmelte sie, und wirklich, es schien, als würde Mircea hinter ihr sein ganz eigenes Feuer ausstrahlen, das sie berührte und verzehrte.

Plötzlich lagen seine Hände wieder auf ihren Armen, und er bat sie sanft, aufzustehen. Ein wenig nervös tat Elisa es und drehte sich zu ihm um. Mircea nickte lächelnd und begann, seine Jacke aufzuknöpfen. „Was tut Ihr da?", entfuhr es Elisa, aber Mircea machte ungerührt weiter. Sie hätte wegsehen sollen, aber ihr Blick blieb an seiner goldenen Haut hängen, von der Mircea mehr und mehr entblößte. Nach seiner Jacke fiel das Wams und schließlich das weiße Hemd darunter.

Ihre Augen wanderten unwillkürlich von seinem Hals tiefer zu seiner Brust. In der nächtlichen Kühle hatten sich seine dunklen Brustwarzen zusammengezogen. Elisa schluckte, und ihre Hand zuckte, als wollte sie ihn berühren. Sie beherrschte sich.

Mircea warf das Hemd zu der Jacke und dem Wams am Boden, und die Bewegung ließ die Muskeln seiner

Arme und seines Bauches zucken. Elisa betrachtete den schmalen Streifen dunklen Haares, der vom Bauchnabel hinabführte und unter dem Bund der engen Hose verschwand.

Mircea bemerkte, wohin ihr Blick sie führte, und sein Lächeln wurde lockender. Er glitt mit der flachen Hand über seinen Bauch und knöpfte quälend langsam die Hose auf. Sie fiel und landete, ebenso wie die Stiefel nur einen Moment später, auf dem Boden. Vollkommen nackt stand er vor ihr, und Elisa spürte ihre Wangen rot werden. Aus einem dunklen Flecken schwarzer Haare hing sein Glied hinab – noch schlaff, aber dennoch von beeindruckender Größe. Obwohl Elisa bereits zweimal mit Mircea intim gewesen war, ließ der Anblick ihr Herz pochen wie das eines Schulmädchens, und sie musste schlucken.

Mircea blickte zum Schloss und beugte sich vor. Die Verwandlung geschah binnen eines Lidschlages, und Elisa stand dem schwarz-roten Drachen gegenüber, der sie auf dem Berg beschützt hatte.

Sie horchte in sich hinein, aber auch Elisabeth wirkte nicht überrascht. Sie wusste vom Geheimnis der Dracul.

Mircea trat auf Elisa zu, und seine lange Schnauze strich sanft über ihren Bauch. Er hob den Kopf und deutete auf seinen Rücken. Elisa verstand. Sie trat an seine Seite und kletterte mit Unterstützung durch Mirceas Vorderklaue auf seinen Rücken. Mircea spreizte die Flügel, und Elisa schlang ihre Arme um den langen Hals. Ein Ruck ging durch den geschuppten Leib. Mircea stieß sich vom Boden ab, und für einen winzigen Augenblick hatte sie das Gefühl zu fallen. Sie kniff die Augen zusammen und bereitete sich auf den Aufprall vor, doch alles, was folgte, war das Schlagen der großen Flügel. Mircea fauchte amüsiert. Elisa wagte es, die Augen wieder zu öffnen – der Drache unter ihr ließ mit jedem Flügelschlag den Boden weiter hinter sich und trug sie hinauf in den Nachthimmel.

Elisa hob den Kopf und richtete sich etwas auf. Der Wind pfiff ihr um die Ohren, und ein Hochgefühl überkam sie. Sie erhob den Oberkörper komplett und legte den Kopf in den Nacken. Über ihr erstreckte sich der nächtliche Himmel, und wie es schien, hatten sich alle Sterne versammelt, um gemeinsam mit dem Mond auf das ungleiche Paar hinabzusehen. Unter ihnen wanden sich die Berge der Karpaten wie eine riesige dunkle Schlange durch das Land. Elisa lachte befreit.

Ihre Unbekümmertheit ließ den Drachen aufbrüllen, und er veränderte seine Flugbahn, schlug die tollsten Haken und brachte Elisa dazu, sich wieder an seinen Hals zu klammern. Das Lachen riss dabei nicht ab.

Schließlich nahm der Flug doch ein Ende. Mircea flog über ein Plateau direkt in einen Höhleneingang, der unmöglich zu erreichen war, wenn man keine Flügel besaß. Elisa musste darauf vertrauen, dass Mircea sie sicher wieder hinausbringen würde, aber sie zweifelte nicht daran.

Für einen Moment war sie nahezu blind, denn ihre Augen waren noch an das matte Silberlicht des Mondes und der Sterne gewöhnt und in der Höhle war es finster.

Bald zeichneten sich Umrisse ab – Stalaktiten und Stalagmiten, die von der Decke hingen und aus dem Boden ragten. Mircea umflog sie mühelos, als würde er im Dunkeln ebenso gut sehen wie bei Licht.

Elisa erkannte nur deshalb etwas, weil in der Ferne ein Feuer glomm. Es brannte auf einer kleinen Steininsel inmitten eines Sees mit absolut ruhiger Oberfläche. Wie schwarz polierter Stein, in dem sich die Flammen spiegelten, lag er da und wurde nur von Mirceas Flügelschlägen in seinem Jahrhunderte währenden Schlaf gestört. Der Drache setzte auf der Insel auf, und Elisa glitt von seinem Rücken. Kaum, dass sie stand, ließ er sich in das dunkle Wasser gleiten und verschwand.

Elisa versuchte, ihn in der Schwärze auszumachen, aber der See war unauslotbar. Sie wandte sich ab und ging näher zum Feuer. Jemand hatte eine Art Nest aus Decken und großen Kissen davor geschaffen. Es wirkte gemütlich, und Elisa ließ sich darauf nieder. Die Höhle strahlte Kühle aus, aber das Feuer flackerte nah genug, dass Elisa nicht fror. Sie lächelte und blickte zum Ufer, als es dort leise plätscherte. Mircea, wieder in seiner menschlichen Gestalt, stützte sich am Ufer auf und zog sich mit einem kräftigen Ruck aus dem Wasser. Sein schwarzes Haar klebte nass an seinem Kopf, und Wassertropfen rannen von seinem Kinn über den Hals und die Brust.

Elisa schlug die Augen nieder. „Was ist das hier? Ein geheimer Ort der Dracul?“

Mircea setzte sich auf den Steinboden vor dem ausgebreiteten Nest und deutete auf die Decke der Höhle. Sie verlor sich im Dunkel – der Schein des Feuers erreichte sie nicht mehr.

„Meine Familie hat ihre Geheimnisse“, erklärte er. „Ebenso wie Eure Familie Geheimnisse hat.“

Diesmal war es an Elisa, zu lächeln. Sie griff instinktiv an ihren Hals und spürte eine schmale Kette. Vorsichtig zog sie diese höher und erschauderte, als sie den Anhänger erkannte. Es war das Drachenamulett, das sie in Draculas Gefängnis gefunden hatte. Mirceas Hand legte sich auf ihre. Sie war kühl und feucht durch das Wasser, aber Elisa bemerkte, dass sie bereits jetzt trocknete.

Sie blickte in Mirceas Augen, als sie aufsah.

„Ihr seid eine Hüterin der Drachen, Elisabeth.“ Seine Lippen näherten sich ihren. „Wir wissen beide, wie eng unsere Familien miteinander verbunden sind. Aber ich will Eure Geheimnisse kennen – nicht die Geheimnisse der Hüterin, sondern die Geheimnisse der Frau."

Elisa schauderte. Ein Wassertropfen aus Mirceas langen Haaren fiel auf ihren Hals und glitt unaufhaltsam ihr Dekolleté hinab, ehe er zwischen der Mulde ihrer Brüste verschwand. Ungewollt seufzte Elisa auf.

„Es ist nicht an Euch, diese Geheimnisse zu ergründen", flüsterte Elisa und fragte sich, woher diese Worte kamen. Anscheinend war es genau das Gespräch, dass Mircea und Elisabeth vor Hunderten von Jahren geführt hatten. Ein kurzer Stich der Eifersucht traf sie. „Meine Aufgabe ist es, einen Eurer Familie zu erwählen und ihn zum König zu machen. Ihr könnt meine Wahl nicht durch unlautere Mittel beeinflussen." Ihre ablehnenden Worte hatten ihn verletzt, sie erkannte es deutlich. Mircea zog sich aber nicht zurück. Er blieb so nah bei ihr, dass sie den aufregenden Duft seiner Haut wahrnahm.

„Und wenn ich Euch bitte, mich aus Eurer Wahl zu entlassen?" Er legte eine kurze Pause ein. „Wenn Ihr nur zwischen Vlad und Radu wählen müsst – würdet Ihr mir dann gestatten, Eure Geheimnisse zu ergründen?"

Elisa schluckte. „Wenn ich einen von ihnen erwähle", sagte sie leise an seinen Lippen, „werde ich niemals mit Euch zusammen sein können."

„Wollt Ihr das denn?"

Sie wusste keine Antwort darauf. Elisa nicht und auch Elisabeth antwortete nicht. Mircea schien das zu genügen, denn er brachte die letzten Zentimeter zwischen ihnen hinter sich, um ihr einen Kuss zu rauben. Elisa reagierte erst nicht, aber bald konnte sie seinen weichen Lippen und der suchenden Zungenspitze nicht mehr widerstehen. Mit einem leisen Seufzen öffnete sie ihren Mund für ihn und spürte, wie Mirceas Zunge sich teilte und gespalten über ihre strich.

Erschrocken wich Elisa zurück.

Mircea lachte leise. „Ich sagte Euch doch, auch ich habe meine Geheimnisse, Elisabeth." Er legte seine mittlerweile trockene Hand auf ihren Oberschenkel und zog sie näher zu sich. „Wollt Ihr sie erkunden?" Seine Hand glitt von ihrer stoffbedeckten Haut zu ihrer Hand und führte sie seinen Körper entlang zwischen seine Beine. Wie hypnotisiert ließ Elisa sich führen, an den harten Rillen seiner Bauchmuskeln vorbei hin zu dem weichen Haar und der Hitze seines Geschlechts. Elisa wurde augenblicklich wärmer.

„Mircea", murmelte sie zaghaft. „Ich habe noch nie …"

Er küsste sie beruhigend. „Willst du mir dann wenigstens das schenken?", fragte er, als er ihr wieder in die Augen blickte. „Wenn ich dich schon nicht als Frau an meiner Seite haben kann, gib mir wenigstens diese Nacht."

„Mircea", murmelte sie wieder und etwas in ihr brach. Elisa ließ ihn los, legte ihre Arme um seinen Nacken und küsste ihn innig. Diese Entwicklung schien Mircea zu überraschen. Er taumelte ein wenig, hielt sie dann aber umso fester und erwiderte ihren Kuss mit unverminderter Leidenschaft. „Schönes Mädchen", flüsterte er zwischen zwei Küssen, und seine Finger fuhren durch ihr offenes Haar. „Rackli."

Allein, den Kosenamen zu hören, ließ sie wieder schwach werden. Sie legte ihre Hände auf seine breiten Schultern und betrachtete sein Gesicht. Er würde in den kommenden Jahren so jung bleiben, wie er es in diesem Moment war. Nur wenn man genau hinsah, erkannte man die Unterschiede – der Mircea aus Elisas Zeit hatte haarfeine Falten um seine Mundwinkel und ebenso feine Fältchen in den Augenwinkeln. Das Leben hatte Spuren in seinem Gesicht hinterlassen und Elisa überraschte es, das zu sehen. Etwas in ihr hatte angenommen, so alte Kreaturen wie die Drachen würden ewig jung aussehen.

Etwas in ihr zog sich zusammen. Mircea hatte Elisabeth später verloren und gegen seinen Bruder kämpfen müssen. Irgendwann war er zu dessen Wächter geworden, so hatte Elisa es zumindest in der Königshalle verstanden. Mircea hatte immer Verantwortung tragen müssen, und jetzt erkannte sie in den Augen seines so viel jüngeren Ichs, wie viel Elisabeth ihm bedeutete. Für sie schien er bereit, all diese Verantwortung auf sich zu nehmen, und mit ihr konnte er genau dieser für einige flüchtige Augenblicke entkommen.

Elisa taumelte, als etwas sie aus der Vision riss. Sie keuchte. Für einen Moment schienen alle Farben um sie herum zu verwischen, und sie musste sich konzentrieren, um sich zu orientieren. Jemand sprach zu ihr, aber sie verstand die Worte nicht. Daher winkte sie ab und presste die Hände auf die Ohren. Als ihr Blick sich klärte, erfasste Elisa eine junge Frau. Sie glaubte, sie wiederzuerkennen – sie gehörte zu der Familie, die ihr nach ihrer Ankunft das Zimmer vermietet hatte.

„Wir müssen hier raus“, rief sie und mit deutlichem Drängen in ihrer Stimme. „Sofort!“

Elisa schüttelte verwirrt den Kopf, und die Fremde schien das als Ablehnung zu verstehen. Sie packte Elisas Handgelenk und zog sie mit sich aus der Höhle. Unerbittlich zog sie Elisa hinter sich her, bis sie im Freien stand. Über ihnen brüllte ein Drache. Die Unbekannte und Elisa sahen gleichzeitig hinauf, und Elisa keuchte, als sie den schwarzen Schatten vor dem Mond erkannte.

„Bei allen Heiligen, er hat sich tatsächlich wieder hierher gewagt.“ Die Finger der Fremden klammerten sich schmerzhaft in Elisas Handgelenk.

Sie biss die Zähne zusammen, und ihr gehetzter Blick

fiel auf einen nahen Busch, dessen Ausläufer zurück in den Wald führten.

Sie stieß die Frau an, die noch immer auf die sich rasch vergrößernde Silhouette starrte – der Drache kam näher, und diesmal war es sicherlich nicht Mircea.

Als die Fremde Elisa endlich ansah, deutete sie auf das Gestrüpp und nickte. Gemeinsam rannten sie los und hechteten zwischen die kratzenden Ästchen und Blätter. Gerade rechtzeitig, denn das Rauschen lederner Schwingen tobte in ihren Ohren, und nur einen Herzschlag später setzte Dracula als brauner Drache vor der Höhle auf. Sein Körper wirkte schön und schrecklich zugleich. Im nächtlichen Licht schimmerten seine Schuppen wie geschmolzene Bronze. In seinem Blick loderte Feuer. Er drehte den mit mehreren Hörnerpaaren geschmückten Kopf hin und her, als suche er etwas. Dann stieß er ein markerschütterndes Brüllen aus und drehte sich halb. Sein langer Schwanz wirbelte herum und traf mit lautem Krachen den Höhleneingang. Elisa zuckte unter dem Aufprall zusammen und spürte auch die Frau neben sich zucken. Dracula brüllte wieder und abermals schlug sein Schwanz gegen den Fels. Es knirschte und der obere Bogen des Höhleneingangs brach heraus. Riesige Felsbrocken stürzten herunter und begruben den Höhleneingang.

Erst, als nicht einmal mehr der kleinste Spalt offen war, schien der Drache zufrieden. Er brüllte ein drittes Mal und schwang sich zurück in den Nachthimmel.

Elisa bemerkte erst, dass sie den Atem angehalten hatte, als ihr Körper vehement nach Luft japste. Alle Kraft wich aus ihren Gliedern, und sie fiel nach vorne auf die Knie.

Ihre Retterin atmete zittrig ein. „Die Höhle“, stammelte sie, „er kann nicht die Höhle verschließen!“

„Er hat eben genau das getan“, erwiderte Elisa, den Blick noch immer auf die herabgestürzten Felsen geheftet.

Die Frau neben ihr gab einen undefinierbaren Laut von sich und fuhr sich über das Gesicht. „Du weißt nicht, was das bedeutet, Elisabeth“, sagte sie tonlos und richtete sich auf. Sie ließ ihren Blick über den Nachthimmel streifen, aber Dracula war verschwunden.

„Ich heiße Elisa“, korrigierte sie und machte keine Anstalten, aufzustehen. „Warum nennst du mich Elisabeth? Wer bist du überhaupt?“

Die fremde Frau strich sich den langen, geflochtenen Zopf zurück, der über ihre Schulter gerutscht war. „Ich vergesse immer, dass du es nicht wissen kannst. Aber du siehst ihr so ähnlich …“ Die Frau lächelte entschuldigend. „Mein Name ist Cesina. Ich bin deine letzte Nachfahrin.“

Naruka seufzte auf, als das heiße Wasser über ihren Körper floss. Manchmal brannte es, wenn Seife in ihre offenen Wunden geriet, aber das nahm sie gerne in Kauf. Der Effekt, den das dampfende Wasser auf sie hatte, machte das mehr als wett – endlich konnte sie sich den Schmutz und die Asche vom Körper waschen und ihre steif gewordenen Muskeln lockern.

Sie seufzte und lehnte sich in der Badewanne zurück, während die Tür des kleinen Raumes sich öffnete. Karad trat herein und trug zwei große Eimer bei sich. Wortlos goss er erst heißes, dann kaltes Wasser in die Wanne und beugte sich auf den Wannenrand gestützt zu ihr. „Geht es wieder?"

Sie nickte und sank etwas tiefer in das Wasser. „Langsam ja. Auch wenn ich mir noch Sorgen mache."

Karad richtete sich wieder auf. „Elisa?", riet er.

„Sie ist einfach weggelaufen – und das in ihrem Zustand. Hast du nicht gesehen, wie aufgewühlt sie war?"

„Und dabei weiß sie nicht einmal alles. Aber Elisa kann durchaus für eine Weile auf sich selbst aufpassen, denkst du nicht, Liebste?" Er strich ihr über das Haar und ging, um ihr ein Handtuch zu holen.

Naruka nickte abwesend. Sicherlich konnte Elisa auf sich aufpassen – normalerweise. Aber dies hier war nicht normal. Elisa war sehr aufgewühlt gewesen, und da draußen streifte noch immer Dracula umher. Naruka schauderte bei dem Gedanken.

Es klopfte an der Tür. Karad reichte ihr ein großes Handtuch, in das sie sich wickelte. Es war erstaunlich, wie gut dieses unterirdische Höhlensystem ausgestattet war. Mircea und die anderen hatten anscheinend immer damit gerechnet, dass etwas Schlimmes passieren konnte und sie untertauchen mussten. Hier, weit unter der Erde, mangelte es an nichts.

Während sie sich noch bedeckte, öffnete Karad. Naruka erschrak, als ihr Herr Mircea vor ihnen stand. Ein leichter Bartschatten lag auf seinen Wangen, und ein sehr viel dunklerer Schatten unter seinen Augen. Das übliche Lächeln war aus seinem Blick verschwunden – er wirkte wie ein geschlagener Mann, der sich nur noch aufrecht hielt, weil er eine Aufgabe vor sich hatte.

Naruka verneigte sich leicht. „Es freut mich zu sehen, dass du wieder auf den Beinen bist, Herr."

Mircea nickte und kam zu ihr. Zu Narukas Überraschung umarmte er erst sie und nickte dann Karad zu. „Ihr glaubt nicht, wie froh ich bin, euch unversehrt zu sehen", sagte er müde, aber ehrlich.

„Uns geht es ebenso", erwiderte Karad und berührte Mirceas Schulter.

„Die anderen sind ebenfalls entkommen", fuhr Mircea fort. „Aber ich konnte sie noch nicht sprechen – Valesko und Darius wurden bei dem Angriff schwer verletzt. Sagt mir, was da geschehen ist."

Karad nickte stumm. Naruka ergriff Mirceas Hand und hieß ihn, sich auf einen Sessel zu setzen. Er ließ sich erstaunlich willig führen, und sie musste aufpassen, dass er ihre Sorge nicht in ihrem Gesicht ablas. Sie zog sich einen Stuhl heran und berührte mit beiden Händen Mirceas Wangen. „Hast du dich ausgeruht, Herr? Du siehst blass und müde aus."

Mircea winkte harsch ab. „Erzähl mir, was geschehen ist, Naruka", sagte er erstaunlich fest.

Naruka seufzte und zuckte mit den Schultern. „Nachdem du fort warst, bin ich in den Wald gegangen. In Dunkelwald war es mir zu eng."

Mircea nickte. „Ich habe bemerkt, dass es dir fehlte,

auf vier Tatzen umherzustreifen“, warf er ein, bedeutete Naruka aber, fortzufahren.

„Im Wald traf ich auf einige Personen, darunter Radu. Da war auch eine Frau – ich habe gesehen, wie sie einen Uhu zu sich, rief als wäre es nichts.“

Mircea nickte abermals. „Das ist Yarana, Radus Ehefrau. Sie gehört zu den Wadjenka, den Tierrufern.“

„Tierrufer?“ Naruka lehnte sich auf dem Stuhl zurück.

Karad stand, die Arme vor der breiten Brust verschränkt, neben ihnen. „Die Frauen der Wadjenka haben von jeher die Gabe, jedes beliebige Tier zu sich rufen und ihnen befehlen zu können. Sie waren früher mit den Dracul verbündet“, erklärte Karad.

„Hat Radu sie deshalb geheiratet?“, hakte sie nach und unterdrückte ein unangenehmes Schaudern. Eine Tierruferin konnte ihr im schlimmsten Fall gefährlich werden.

„Anfangs ja“, sagte Karad und wechselte einen raschen Blick mit Mircea. Dessen Miene blieb bewegungslos. Er hörte einfach zu.

Naruka kannte Karad gut genug. Er mied ihren Blick, was bei ihm bedeutete, dass ihm ein Thema unangenehm war.

Sie seufzte und strich sich eine feuchte Haarsträhne zurück. „Sie folgten mir bis Dunkelwald. Valesko und Karad hielten sie am Tor auf, aber sie verhielten sich aggressiv, ganz so, als würde Dunkelwald ihnen gehören“, fuhr sie fort. Sie schmeckte Verbitterung auf der Zunge, als die Bilder sich vor ihrem inneren Auge erneut abspielten. „Radu und diese Tierruferin waren nicht dabei, aber das hielt diese Grobiane nicht davon ab, sich wie die Wilden in Dunkelwald aufzuführen!“

„Radus Jäger sind nicht für ihr Feingefühl bekannt, und ohne ihren Anführer hatten sie sicher noch weniger Hemmungen als sonst“, murmelte Mircea. „Anscheinend haben viele von ihnen gedacht, ich hätte etwas mit Draculas Entkommen zu tun."

„Wie können sie so etwas glauben?", brauste Naruka auf. „Du hast dein ganzes Leben damit verbracht, die Höhle zu bewachen. Keiner von ihnen hat jemals eine solche Verantwortung auf sich …"

Karads Hand legte sich auf ihre Schulter und bedeutete ihr, still zu sein. Naruka warf ihm einen wütenden Blick zu, verstummte aber, als sie bemerkte, dass Mirceas Gesicht sich schmerzlich verzog.

„Radu hat einen anderen Weg gewählt", sagte das Oberhaupt der Dracul. „Das heißt nicht, dass er sich weniger verantwortlich für das fühlte, was in seiner Heimat vor sich ging." Mircea atmete tief ein: „Dracula sammelte zur Zeit seiner Herrschaft viele Anhänger um sich. Alle waren Mitglied unserer Familie und besaßen die Macht des Drachen. Als wir meinen Bruder damals besiegten, flohen viele von ihnen. Dracula ist ein einnehmender und mächtiger Mann – daher waren und sind seine Anhänger ihm treu, und wir kämpften oft genug damit, ihre Befreiungsversuche zu vereiteln. Radu hat sich dieser Aufgabe angenommen, und er jagt unsere ehemaligen Verbündeten, um sie ein für alle Mal davon abzuhalten, Draculas Herrschaft wiederherzustellen. Der Mord an seiner Familie ist sein Teil der Last, die wir beide uns aufgebürdet haben."

Naruka biss sich auf die Lippen – das hatte sie nicht gewusst. Dass Mircea sie ohne Tadel darauf hinwies, machte es nur schlimmer.

„Dracula hat Dunkelwald angegriffen", erzählte Karad für sie weiter. Seine Hand lag noch immer auf ihrer Schulter.

Naruka war dankbar dafür – die Berührung milderte die Scham über ihren Ausbruch.

„Wir waren zu sehr von unserem Streit eingenommen

und sahen ihn zu spät. Bevor wir reagieren konnten, hatte er uns schon angegriffen."

Mircea rieb sich über den Nasenrücken und schloss für einen Moment die Augen. Sein Kiefermuskel zuckte, er stand auf. „Das war nur eine Warnung."

„Nur eine Warnung?", entfuhr es Naruka. „Ganz Dunkelwald ist zerstört!"

„Ihr lebt alle noch", erwiderte Mircea. „Wäre es keine Warnung gewesen, hätte er mich mit euren Leichen allein zurückgelassen." Sein Blick fiel auf das Bett. „Ich muss Elisa finden. Ohne sie können wir Dracula nicht einsperren."

„Elisa – wir haben sie gefunden, aber sie lief fort. Sie war … sehr aufgewühlt."

Mirceas Miene verdüsterte sich. „In welche Richtung ist sie gegangen?"

„Weg von Dunkelwald. Sie lief in …" Naruka brach ab, als ihr einfiel, in welche Richtung Elisa davongerannt war. Aber das konnte unmöglich sein, oder? So unverantwortlich würde sie nicht handeln. „Sie lief in den Wald. Zu den Bergen hin", hauchte sie.

Mircea drehte sich auf dem Absatz um und stürmte zur Tür hinaus.

Elisa lehnte sich zurück. Cesina hatte ihr diesen Platz zugewiesen, aber Elisa fühlte sich alles andere als wohl dort. Sie befand sich am Kopfende einer langen Holztafel, an der fünf Frauen saßen und sie ohne jede Scheu musterten. Der Tisch wirkte viel zu groß für den einfachen Raum, und ebenso seltsam wirkte die Konstellation der Frauen. Cesina schien die Jüngste zu sein – das Alter der restlichen mochte irgendwo zwischen dreißig und achtzig schwanken. Die Älteste hatte kaum noch Zähne im Mund, aber der Blick, mit dem sie Elisa musterte, war warm.

Cesina trat aus dem Nebenraum und stellte ein Glas mit Wein vor jede Frau. Elisa erhielt das ihre zuletzt, und Cesina setzte sich an ihre Seite. „Du wirkst verwirrt – ich glaube, das können wir dir auch nicht verdenken", sagte sie etwas verlegen, und zustimmendes Gemurmel wurde laut. „Aber bevor wir dir alles erklären, sollte ich dir erst dein Amulett wiedergeben."

Sie griff in ihre Rocktasche und holte den Drachenanhänger hervor. „Du hast ihn oben auf dem Berg verloren – ich habe ihn dir wiedergeholt. Du solltest ihn immer tragen."

Elisa spürte, wie sie rot wurde bei dem Gedanken, dass Cesina womöglich Mircea und sie in der Hütte beobachtet hatte. Hastig griff sie nach der Kette mit dem Amulett und murmelte einen Dank, während sie es anlegte. Die fünf Frauen schienen sich zu entspannen.

„Gut so, gut so", sagte die alte Frau ohne Zähne und wackelte zufrieden mit dem Kopf.

Cesina legte ihre Hand auf Elisas und beugte sich vor. „Was für ein Glück – so können wir doch noch hoffen, auch wenn Dracula die Kammer zerstört hat."

Elisa atmete tief ein. Noch mehr kryptische Reden,

noch mehr Geheimnisse. So langsam fürchtete sie, der Lösung niemals nahe zu kommen. „Cesina, das war doch dein Name, oder?“, fragte sie, und die Angesprochene nickte eifrig. „Würde es dir etwas ausmachen, wenn wir irgendwo hingehen, wo wir allein reden können?“

Das offene Gesicht der jungen Frau wirkte für einen Moment ratlos, dann schüttelte sie den Kopf. „Oh nein! Es ist wichtig, dass wir alle da sind. Sonst können wir das Ritual nicht durchführen.“

Elisa biss die Zähne zusammen. Sie stand auf. „Was auch immer es ist, ich will wissen, worum es hier geht.“

Cesina hob beschwichtigend die Hände. „Warte, warte doch. Ich will es dir gerne erklären. Ich … wir sind nur so aufgeregt und glücklich, dass du endlich den Weg zu uns zurückgefunden hast.“

Elisa setzte sich wieder, aber sie spürte deutlich, dass die Übermüdung und ihre Ungeduld sich allzu deutlich in ihrem Gesicht widerspiegelten.

Cesina sah es und beeilte sich zu sagen: „Ich sagte dir doch, dass ich deine letzte Nachfahrin sei, oder?“

„Elisabeths Nachfahrin“, korrigierte Elisa fast schon automatisch.

Cesina nickte. „Du weißt von den Drachen, oder? Du warst in der Kammer – du hast sie gesehen, nicht wahr?“

Jede einzelne von Cesinas Fragen fühlte sich an wie ein Schlag mit einem sehr weichen Gegenstand. „Mircea, also Victor Dracul, hat mir alles erzählt. Ich weiß von den drei Brüdern und auch von der Kammer, in der Dracula gefangen gehalten wurde. Aber woher wisst ihr von der Kammer? Warum warst du so erschrocken, als Dracula den Eingang zerstörte?“

Cesina sah zu der alten Frau, die nickte, während die anderen stumm das Gespräch beobachteten und anscheinend auf irgendetwas warteten, von dem Elisa nicht sagen konnte, was es war.

„Wir glauben, dass du ein Nachkomme Elisabeths bist – du gleichst ihr zumindest bis aufs Haar, und das Amulett hat dich gefunden."

„Ich habe das Amulett gefunden", erwiderte Elisa. „In der neu geöffneten Höhle."

Cesina lächelte nachsichtig. „Wichtig ist nur, dass du es hast. Du warst auch in der Kammer, und ich habe gesehen, dass du die Bilder berührt hast." Die Rumänin beugte sich vor. „Hast du gesehen?"

Elisa schluckte. Diesmal wusste sie ganz genau, was Cesina meinte, daher nickte sie.

„Mehr Beweise brauchen wir nicht", meldete sich die alte Frau zu Wort. Ihre Stimme klang überraschend kräftig, und als sie aufstand, ließ nichts an ihrer Haltung oder ihrem Körper auf das Alter schließen, das ihr Gesicht verriet. Sie kam zu Elisa und fasste ihre Hand. „Komm Kind, du sollst jetzt alles erfahren."

„Großmutter, ich wollte doch!", protestierte Cesina, aber die alte Frau schüttelte den Kopf. „Sie muss es selbst erfahren."

Elisa widersprach diesmal nicht. Sie spürte, dass sie endlich Antworten bekommen würde, und folgte der Frau aus dem Raum. Sie befanden sich anscheinend in einem der alten Holzhäuser des nahen Dorfes. Die Frau ging zur Tür hinaus, über einen Hof, dessen Mitte ein alter Brunnen zierte. Der Weg führte zu einer Scheune, deren Tür erstaunlich gut gesichert war. Die Alte lächelte noch immer und schloss auf. Sie deutete in eine Ecke, in der sich Strohballen stapelten. „Komm, Kind, komm", sagte sie immer wieder und deutete auf eine Falltür, die Elisa nicht gesehen hätte, wenn die alte Frau nicht darauf gezeigt hätte.

Erstaunlich geschmeidig zog sie an der hölzernen Klappe und offenbarten darunter modrige Stufen, die aussahen, als wären sie in der Dunkelheit aus dem Stein gewachsen und nicht hineingehauen worden.

„Dort unten liegt der Schoß unseres Geschlechts“, sagte die Alte und ging hinunter. Sie bedeutete Elisa, ihr zu folgen und die Falltür zu schließen. Elisa tat, wie ihr geheißen. Als sie die alte Frau am Fuß der Treppe erreichte, drängte diese sich flink an ihr vorbei und eilte die Stufen wieder hinauf. Bevor Elisa reagierte, hatte die alte Frau die Falltür gerade genug aufgedrückt, um hinauszuschlüpfen. Für den Bruchteil einer Sekunde fiel ein Spaltbreit Licht in die Finsternis, und dann stand Elisa plötzlich allein in der Dunkelheit. Sie spürte Panik, wirbelte herum und lief, ohne etwas zu sehen, die Treppe hinauf. Sie drückte gegen die Tür, aber die bewegte sich keinen Zentimeter. Elisa schrie, schlug und hämmerte wie besessen gegen die Holzplanken, doch nichts geschah.

„Verdammte Vettel, lass mich hier raus!“ Plötzlich erfasste sie das gleiche Gefühl, das sie in der Kammer verspürt hatte, als sie die Bilder berührte. Die Welt verschob sich, und Elisa sackte auf die oberste Stufe.

Etwas glühte vor ihrem Gesicht auf. Elisa blinzelte, und aus einem Spiegel blickte ihr das eigene Gesicht entgegen. Sie hatte erwartet, dass sie wesentlich abgekämpfter aussehen würde. Stattdessen zierte ein sanftes Lächeln ihr Gesicht, und sie bemerkte keinerlei Augenringe oder Blessuren mehr. Und wo kam eigentlich der Spiegel her?

Elisa wich zurück, aber ihr Spiegelbild folgte ihr. „Das ist kein Spiegel, oder?“

Ihr Ebenbild schüttelte den Kopf, und in die sanfte Mimik schlich sich eindeutig etwas Erheitertes. Direkt vor Elisa auf der Treppe saß eine Frau in einem schlichten weißen Kleid. Elisas kannte ihr Gesicht so gut wie ihr eigenes, und als sie das verstand, war ihr klar, mit wem sie es zu tun hatte. „Elisabeth“, entschlüpfte es ihr.

„Willkommen im Schoss deiner Familie", sagte Elisabeth und streckte beide Hände nach Elisa aus. Sie wich zurück.

„Das hier ist keine Vision, oder?"

Elisabeth wirkte enttäuscht über Elisas ablehnende Haltung, sagte aber nichts dazu. Stattdessen richtete sie sich auf und deutete auf die Stufen. „Es ist keine Projektion – das hier ist eine Art Faden, gesponnen zwischen der Vergangenheit und der Zukunft. Aus dem Grund kann ich auch mit dir sprechen."

„Rede ich dann mit mir selbst?", fragte Elisa. Elisabeth hatte begonnen, die Stufen hinunterzusteigen. Ein leichtes Glühen ging von ihr aus, das es Elisa ermöglichte, genau zu sehen, wohin sie trat. Zwar war sie Augenblicke zuvor im Dunkeln hier hinuntergegangen, aber mit Licht fiel es ihr doch wesentlich leichter.

„Ich bin nicht du, und du bist nicht ich", antwortete Elisabeth. „Zwar trage ich einen Teil deiner Seele in mir, so wie du einen Teil meiner Seele in dir trägst, aber wir sind nicht ein und dieselbe Person. Du bist heute eine andere als die, die ich damals war."

„Das ist verwirrend", murmelte Elisa und stoppte am Fuß der Treppe. „Wie kommt es, dass wir so verbunden sind?"

Elisabeth runzelte die Stirn und hielt inne. Noch immer war es dunkel, nur ihr sanftes Glühen spendete ein wenig Licht. Sie machte einen Schritt nach vorn und hielt inne. Dann ging sie weiter. Nach etwa zehn Schritten bewegte sich der Boden unter ihren Füßen. Leise Wellen gingen von Elisabeths Fuß aus, und Elisa erkannte, dass die verstorbene Rumänin sich auf Wasser bewegte. „Unser Blut verbindet uns. Die Frauen, die du gerade gesehen hast, sind alle Nachfahrinnen unserer Familie. Aber du bist mehr. Du bist eine Verbindung aus meiner Liebe zu Mircea und seiner Sehnsucht nach uns."

„Ich stamme von eurem Kind ab?"

Elisabeth lächelte. „Wir … ich bekam niemals Kinder. Aber du bist von meinem Blut, durch eine Ahnin von dir. Meine Schwester. Aber in dir ist mehr – du trägst die alte Magie in dir, und dich treibt die gleiche Sehnsucht, die auch mich damals gefangen hat."

„Was bitte für Magie? Ich gehöre nicht zu diesen Esoterik-Gläubigen, die ihre Zukunft ausräuchern", erwiderte Elisa und blieb am Rand des Wassers stehen. Auch Elisabeth bewegte sich nicht mehr, hatte sich aber zu ihr umgedreht, sodass sie sich direkt ins Gesicht blickten. Zwischen ihnen zeichneten sich noch immer Wasserkreise ab.

„Die Magie, die dir zu eigen ist", betonte Elisabeth. „Die Magie deiner Familie – auch wenn du nicht glaubst, dass du sie hast, war sie doch immer bei dir. Warum sonst bist du derartig besessen von Dracula und seiner Legende? Was hat dich dazu gebracht, dich in all diesen Mythen und Legenden zu verlieren, die aus einem Land stammen, mit dem du doch nichts zu tun hast?"

In Elisabeths Stimme lag eine gewisse Strenge. Elisa stockte wegen des Inhalts der Worte. „Sagen wir, es stimmt, was du sagst", erwiderte sie, „und ich bin die, für die mich alle halten: Was bedeutet das für mich? Alle sehen mich als Abklatsch von dir, so wie Mircea es schon tut."

Elisabeth kam näher. „Du glaubst, er sieht mich in dir?"

Elisa seufzte. Sie glitt zu Boden und blieb dort knien. Ihr Blick lag auf dem unergründlichen Wasser. „Ich will es nicht glauben", sagte sie leise. „Und ich würde es hassen, wenn meine Gefühle für ihn nur existieren, weil ihr beide euch einmal geliebt habt."

Elisabeths legte ihre Hand auf Elisas Wange, die Berührung war kühl, aber nicht unangenehm. Elisa zuckte diesmal nicht zurück, nicht einmal, als Elisabeths Lippen ihre streiften. Als würde man eine Eisblume küssen.

„Wir sind verschieden und doch eins", wisperte Elisabeth, und ihr Gesicht kam langsam näher. „Du wirst es sehen."

Elisa schluckte. Die Berührungen ihres Ebenbilds verwirrten sie – mehr noch, mit jedem Zentimeter Abstand, den Elisabeth überwand, schien etwas in sie hineinzufließen.

„Mircea weiß um den Unterschied, der zwischen uns liegt", flüsterte Elisabeth.

Elisa keuchte leise, als Elisabeths Gesicht so nahe kam, dass sie glaubte, der Geist würde sie küssen. Als sie sich berührten, war da kein Widerstand. Ihr früheres Selbst glitt einfach in sie hinein.

„Er liebt, was uns beide ausmacht. Mein Hunger nach Leben und meine Liebe zu diesem Land – all das ist auch in dir zu finden. Dein wildes Herz", hörte sie Elisabeths Stimme in ihrem Kopf widerhallen, während diese immer tiefer in Elisas Körper verschwand, „schlug auch in mir. Aber das bedeutet nur, dass du die erste Frau nach mir bist, in die er sich neu verlieben konnte."

Elisa zitterte leise. Es fühlte sich, als würde ein lang vermisster, aber nie gekannter Teil ihres Selbst zu ihr zurückkehren. „Ich werde dir zeigen, was ich lernte und was du niemals wissen konntest", flüsterte Elisabeth und mit jeder Faser ihres Seins, das tiefer in Elisa eindrang, wuchs dieser Teil, brachte Macht und Wissen mit sich.

„Du wirst verstehen", hörte sie noch, bevor Elisabeths Körper gänzlich in ihr verschwand. Etwas in ihrem Innern explodierte, Erinnerungen überfluteten Elisas Geist, wirre Eindrücke und konfuse Gedankenfetzen rasten durch ihr Hirn. Die Macht dieser Gefühle ließ Elisa für den Bruchteil einer Sekunde schwarz vor Augen werden.

Es dauerte, bis sie wieder zu Atem kam. Noch zittrig und matt richtete Elisa sich auf. Die Dunkelheit war verschwunden. Feuerschalen brannten, angeordnet in einem Kreis. Sie standen um einen kleinen Teich herum, der sich in einem unterirdischen, ebenso kreisrunden Raum befand.

Elisa strich sich die wirren Haarsträhnen zurück und zuckte zusammen, als ihre Hand die Kette um ihren Hals streifte. Da waren … Bilder.

Sie atmete tief ein und umfasste das Amulett. Bilder, Geräusche und Gefühle brandeten in ihrem Geist auf und prasselten auf sie ein. Gesichter längst verstorbener Menschen waren plötzlich da, und auch wenn Elisa wusste, dass sie niemals zuvor von diesen Personen gehört hatte, konnte sie doch jede einzelne mit Namen benennen.

Wissen stand ihr zur Verfügung, das für Elisa vollkommen abwegig war, aber sie wusste, wusste einfach, dass dieses Wissen real war. Das war es, was Elisabeth gemeint hatte, als sie sagte, dass sie lernen würde, was sie niemals wissen sollte. Elisabeth hatte ihr dieses Geschenk gemacht, und Elisa tastete sich gedanklich vorsichtig an all diese neuen und doch so seltsam vertrauten Dinge heran. Sie dachte an das Geheimnis der Frauen, die sie hierhergebracht hatten, und wusste in dem Moment, dass sie, wie Elisabeth gesagt hatte, die letzten Nachfahren ihrer Familie waren. Die Magie, von der die Rumänin gesprochen hatte, war eng mit den Dracul verknüpft. Die Frauen dieser Familie konnten den Dracul Kinder gebären. Elisabeths Clan verkörperte das Sinnbild des Landes – die Mitglieder der Dracul verbanden sich durch die Ehe mit der ältesten Tochter mit der Erde, den Bergen, den Flüssen und den Wiesen Rumäniens und gewannen auf diese Weise ihre

Kraft. Nur ein Drache, der eine Tochter dieses Clans heiratete, war stark genug, das Land zu beschützen und Herrscher über die Drachen zu sein.

Elisabeth war so eine Tochter gewesen. Es hatte an ihr gehangen, einen der drei Dracul Brüder als Ehemann zu erwählen und damit den nächsten Anführer und König zu bestimmen. Elisa wusste jetzt, wie schwer es der Königstochter gefallen war. Der Vernunft nach hätte sie Dracula wählen müssen – den rechtmäßigen Erben, den ältesten Sohn, der bereits ohne die Vermählung mehr Stärke als seine Brüder besaß. Aber auch wenn sie sich von Dracula angezogen gefühlt hatte, fiel ihre Wahl schlussendlich doch auf Mircea. Sie hatte ihr Herz bei ihrer Entscheidung nicht ignorieren können.

Ein Kratzen ließ sie herumfahren. Weit hinter sich erblickte sie Licht, das auf die Treppenstufen fiel. Ein wenig wackelig richtete sie sich auf und lief darauf zu. Die alte Frau hatte die Falltür wieder geöffnet und stand, Cesina neben sich, oben an der Treppe. Elisa stieg die Stufen hinauf und spürte Elisabeths Macht wie ein summendes Netz aus Energie um sich herum. Fasziniert streckte sie die Hand aus, berührte die nahe Felswand, und eine einladende Wärme kroch ihre Fingerspitzen hinauf bis zu ihrem Ellbogen. Dies war ihr Land, ihre Erde. Elisa konnte sie nicht einfach sich selbst überlassen.

Als Elisa aus dem Erdloch stieg, begegnete sie den prüfenden Blicken aus den Augen der beiden Frauen. Bald jedoch erhellte sich das Gesicht der Alten, und sie lachte. „Herrin, Ihr seid es wirklich! Verzeiht mir, dass ich Euch dort unten …“

Sie verstummte, als Elisa die Hand hob. „Es war nötig“, sagte sie, und es stimmte. Sie tastete nach dem Anhänger, der sich noch unter dem weißen Stoff verbarg. Das Gefühl beruhigte, aber dann durchfuhr sie ein eisiger Schreck, als sich abermals Elisabeths Wissen mit ihrem eigenen verband. „Dracula – er hat den Raum der Bilder versiegelt“, keuchte sie. „Ohne ihn kann ich nicht herausfinden, wie ich Vlad einsperren kann.“

„In der Tat“, schnurrte eine tiefe Stimme, und sie fuhren herum. Im Türrahmen lehnte, nackt und mit einem schmalen Lächeln auf den Lippen, Dracula.

Mircea rannte. Er spürte, wie die eisige Nachtluft der Karpaten sich in seinen Lungen ausbreitete und in seine Kehle stach. Er ignorierte es, so gut es ging. Alles, woran er denken konnte, war Elisa. Wieso war sie nur so dumm, nach draußen zu rennen, obwohl sie wusste, dass Dracula nur Stunden zuvor Dunkelwald verwüstet hatte? Wie hatte sie es überhaupt aus dem Gangsystem hinaus geschafft?

Mircea knurrte unterdrückt, als er sich die Antwort fast sofort selbst gab: Er hatte bisher verdrängt, wie nah Elisabeth und Elisa einander waren. Es war nicht ihr Gesicht – etwas in ihnen ähnelte sich so furchtbar, dass es Mircea schmerzte, auch nur daran zu denken.

Er hatte in seiner kurzen Zeit mit Elisabeth niemals ganz ergründen können, welche Fähigkeiten sie wirklich besaß. Vielleicht gehörte Elisas plötzliches Verschwinden aus den Gängen dazu?

Er beschleunigte seine Schritte und spürte den kalten Wind nun auch in sein Gesicht schlagen. In der Ferne grollte Donner, und der Himmel verdunkelte sich weiter, als schwarze Wolken den Mond und die Sterne verdeckten.

Mircea biss die Zähne zusammen und rannte, bis er den Wald endlich hinter sich ließ. Seine ihm eigene, hochsensible Sehkraft ließ ihn den eingestürzten Höhleneingang gut erkennen. Das bedeutete nichts Gutes.

Er blieb stehen und atmete scharf ein. Ein Blitz zerriss die Nacht und beschien den Platz vor der Höhle. Ein Mann stand dort – nackt, das halblange, helle Haar wirr im Gesicht. Im Sekundenbruchteil des Blitzes erkannte Mircea das blaue Aufglühen in den Augen seines Gegenübers. Draculas Miene war ruhig, aber in seinen

Augen brannte der gleiche kalte Wahnsinn, der ihn vor Jahrhunderten dazu gebracht hatte, sich gegen seine Familie zu wenden.

Kaum, dass der Blitz verschwunden war, dröhnte Donner durch das Tal. Regen folgte binnen eines Lidschlages, ehe ein zweiter Blitz die Nacht erhellte.

Dracula stand nicht mehr still – als wäre der Regen nicht da, kam er näher. Mircea ballte die Hände zu Fäusten, blieb aber stehen. Äußerlich ruhig erwartete er die Ankunft seines Bruders.

„Dachtest du, ich würde den Ort meiden?", fragte Dracula, als er nur zwei Schritte von Mircea entfernt stehen blieb.

„Du hasst ihn offensichtlich, sonst hättest du ihn nicht zerstört", erwiderte Mircea.

„Ich habe mein Heim nur etwas umstrukturiert", lachte Dracula, und bei dem Klang spürte Mircea einen Schauder über seinen Rücken rieseln.

Der Regen hatte ihn bereits vollständig durchnässt, und noch immer zuckten Blitze über den Himmel, während der direkt folgende Donner sich über ihre Atemgeräusche legte.

Mirceas Hände entspannten sich, und er breitete seine Arme leicht aus. „Und nun? Willst du wieder kämpfen? Jeden einzelnen meiner Leute umbringen und dann weiter schlachten und metzeln, wie du es früher getan hast?"

Abermals lachte Dracula und seine weißen Eckzähne standen scharf hervor. „Denkst du, es ist so einfach, kleiner Bruder? Denkst du, das ist alles, was ich will?"

Mircea zuckte andeutungsweise mit den Schultern. „Was könntest du sonst wollen, außer Rache?"

Draculas muskulöser Körper zuckte leicht, als wollte er die letzten Schritte zwischen ihnen hinter sich bringen. Mircea wich nicht zurück, aber sein Körper spannte sich an. Ein weiterer Blitz zuckte, und im Widerschein glaubte er für einen Moment, bronzefarbene Schuppen auf der Brust und den Armen seines Bruders gesehen zu haben. Wenn Dracula sich jetzt und hier verwandelte, hätte Mircea keine Chance. Er hatte über die Jahrhunderte des Wachens zu viel von seiner menschlichen Seite verlangt. Aus Vorsicht und auf der Hut vor den Menschen, die die Drachen vergaßen, verwandelte er sich kaum noch, und diesen Fehler hatte er erst vor Kurzem zu spüren bekommen. Seine Drachengestalt war schwächer geworden, nahezu verkümmert. Dracula hingegen hatte kaum etwas von seiner Kraft eingebüßt, und hätte Elisa nicht versehentlich den Kampf unterbrochen, hätte Mircea mehr davongetragen als nur ein paar Blessuren.

Dracula hatte aber anscheinend keinen weiteren Kampf geplant. Jetzt zumindest nicht. Er blieb stehen, und der flüchtige Eindruck von Schuppen verlor sich. „Ich hatte so viele Stunden, so viele Tage, so viele Jahre Zeit, mir auszumalen, was ich tun werde, sobald ich dieses elende Loch hinter mir gelassen habe. Und glaub mir, Bruder, ich habe während dieser Zeit kein einziges Mal vergessen, was du mir weggenommen hast – und vor allem, wie."

Mircea kämpfte mit dem Gefühl von Schuld, das ihn seit Draculas Ende begleitete. Sein Bruder hatte recht, aber Mircea hatte so gehandelt, weil er nicht anders konnte. „Ich gönne dir deine Rache, Bruder, aber ich kann dich unmöglich wieder gehen lassen", sagte er so ruhig wie möglich. Das letzte Wort übertönte lautes Donnergrollen, aber Dracula verstand ihn auch so, das wusste Mircea. „Du hast dieses Land ins Verderben gestürzt, du hast dich gegen das höchste Gesetz der Drachensöhne versündigt. Die Strafe, die du erhalten hast, ist milder, als es sonst vorgesehen ist."

„Jahrhunderte in einem verdammten Pferch sind nicht milde!“, brüllte Dracula, und die Sehnen an seinem Hals spannten sich. „Es wäre vielmehr die angemessene Strafe für deine Selbstgefälligkeit und Radus blinde Tumbheit. Ihr habt euch gegen mich verschworen – erst hast du mir Elisabeth weggenommen, und dann hat Radu sich auf deine Seite geschlagen, um mich aus dem Weg zu haben.“ Dracula war immer ruhiger geworden. „Nein. Rache, Bruder, ist nicht, wonach mir der Sinn steht. Darüber bin ich weit hinaus. Nach den ersten hundert Jahren versteht man, worum es wirklich geht: Ich muss das Gleichgewicht wiederherstellen. Die Dinge müssen in Ordnung gebracht werden, und genau das werde ich tun. Angefangen bei der hübschen Wildkatze, die du bei dir gehabt hast.“

Mircea spürte eine kalte Hand um sein Herz – langsam drückte sie zu, unbarmherzig und wie aus Eis. „Nein“, hauchte er.

Dracula lachte. „Die Ähnlichkeit ist verblüffend, nicht wahr? Das ist dir doch sicherlich auch aufgefallen, als du sie auf dein Bett gezerrt und sie eingeritten hast. So, wie du es mit Elisabeth gemacht hast, um sie von mir zu trennen.“

„Es war notwendig“, knurrte Mircea. „Ich hatte keine Wahl.“

„Oh doch, Bruder. Die hattest du. Aber du hast dich sehr schnell für eine Seite entschieden. Du solltest dich trotz allem nicht grämen – wie ich bereits sagte, die Dinge werden in Ordnung gebracht.“

Mit einem Ruck drehte Dracula sich um. Die Verwandlung ging schneller vonstatten als jede andere, die Mircea jemals gesehen hatte. Noch bevor er wirklich reagieren konnte, hatte Dracula seine Flügel aus seinem Rücken auftauchen lassen. Wie ein Engel – oder ein mit Lederflügeln ausgestatteter Dämon – schwang er sich in den nassen Himmel.

Mircea ahnte, was, oder genauer gesagt, wer sein Ziel war, und folgte seinem wahnsinnigen Bruder hinaus in die regengepeitschte Nacht.

Elisa wich zurück. Hinter Dracula ging ein unfassbar starker Regen hernieder, und immer wieder durchbrachen Blitze die Schwärze. Dracula hatte sich ganz in den Raum hineingewagt, und mit einem beinahe nachlässigen Schlenker seiner Hand Cesina und die alte Frau durch die Luft fliegen lassen, ehe er sie gegen die Wand prallen ließ, zu deren Füßen sie bewusstlos liegen blieben geblieben waren.

Elisa bemerkte aus den Augenwinkeln, dass sie noch atmeten, aber im Augenblick musste sie eher um ihre eigene Sicherheit fürchten. Dracula ließ ihr keine Fluchtmöglichkeit – der einzige Ausweg war die Tür hinter ihm. Er stand auf der Falltür, und der Anblick seines muskelbewehrten Körpers verdeutlichte, dass sie körperlich keine Chance gegen ihn hatte.

„Warum zitterst du?“, fragte er in das Rauschen der Regentropfen hinein.

„Ich habe einen der mächtigsten Söhne des Dracul Clans vor mir, der nicht gut auf mich zu sprechen ist“, erwiderte sie. „Ich denke, das ist ein guter Grund, zu zittern.“

Der Drache lächelte, und es hatte fast etwas Angenehmes. Dieses Aufflackern von Sympathie verschwand, als er mit einem einzigen Schritt nah bei ihr war und ihre Handgelenke fasste. Seine Haut glühte wie Mirceas, und als er so dicht bei ihr stand, roch sie eine leichte Note von Asche an ihm.

„Du hättest sie fast alle umgebracht, oder?“, sagte sie leise, weil sie Angst hatte, dass ihr die Stimme versagen könnte. „Und du hast Dunkelwald zerstört.“

„Ein Hinweis an meine Brüder", tat er es ab, und seine blauen Augen glitten über ihr Gesicht.

Elisa erwiderte seinen Blick. Sie suchte nach etwas, was sie aus ihren Visionen kannte. Der Dracula aus diesen intensiven Bildern war fröhlich gewesen, sinnlich und charmant. In diesen Augen erkannte Elisa aber nur eine Ruhe, die ihr Gänsehaut über den Körper jagte – so kalt, wie seine Haut heiß war. Und etwas in ihr nahm diesen Fakt mit einer so großen Traurigkeit zur Kenntnis, dass Elisa Tränen ihre Augen hinaufdrängen spürte. Verwirrt blinzelte sie diese weg, aber das Gefühl ließ sich einfach nicht vertreiben. „Wo ist er hin, Vlad?"

Dracula zuckte überrascht zurück. Sein Griff um ihre Handgelenke löste sich, und Elisa hob die Hand. Zaghaft berührte sie seine Wange. Dracula riss die Augen auf, hielt aber still.

„Der Mann, der um mich warb?", fuhr sie leise fort. „Ich spüre nur noch den Drachen."

„Den Mann haben sie eingesperrt und getötet", erwiderte er mit flacher Stimme. „Aber ich kann ihn zurückholen."

Elisa schwieg, aber Dracula fragte auch nicht wieder. Er drückte sie gegen die Wand, presste seinen nassen, heißen Körper gegen ihren und küsste sie.

Sie wollte nach Luft schnappen, öffnete ihm aber dadurch nur ihre Lippen und spürte seine Zunge, die überraschend sanft über ihre fuhr. Sie schlug überrascht die Augen auf, als einmal mehr die Welt begann, sich zu verschieben. Auch wenn so etwas nicht zum ersten Mal passierte, Elisa stand diesem Moment, der sie aus ihrer Welt riss und in eine andere warf, hilflos gegenüber.

Noch immer ein wenig benommen schob sie Dracula von sich, und er ließ sie sogar gewähren, aber nur so weit, dass sie sich umsehen konnte. Sie lag auf einem Bett, weiche Pelze und Felle unter sich. Sanftes

Kerzenlicht erhellte einen weitläufigen Raum und ein dazu passend gezimmertes Bett. Es wirkte überdimensional und viel zu groß für sie und den Mann, der auf ihr lag. Er war noch immer nackt, wie Elisa erschrocken bemerkte, aber sie trug noch das Leinenkleid.

„Das kann nicht sein", flüsterte sie und starrte in Draculas blaue Augen. „Wie geht das?"

Sein Körper spannte sich ein wenig an und drückte sich noch heißer als zuvor an ihren. Elisa entschlüpfte ein leises Seufzen, und sie presste sofort die Lippen zusammen, als sie es bemerkte. Dracula aber hörte es wohl, und er beugte seinen Kopf tiefer, bis seine Lippen nah über ihren schwebten.

„Du bist nicht die Einzige, die Bilder malen kann, schöne Königin", raunte er und nahm ihre Unterlippe zwischen seine Zähne, saugte überraschend zärtlich daran.

Ein Schauder wanderte über Elisas Körper, aber sie bemühte sich, Dracula dies nicht allzu deutlich zu zeigen. Sie musste auf das achten, was er sagte.

„Während meiner Gefangenschaft hatte ich viel Zeit, meine Erinnerungen und auch meine Träume festzuhalten."

Elisa presste ihre Hände gegen seine Schultern und starrte ihn an. Ihr Widerstand hatte den gleichen Effekt auf ihn wie eine Maus auf eine Katze: Unbeeindruckt hielt er ihr stand.

„Du hast die Bilder verändert!", keuchte Elisa. Dank Elisabeths Wissen wusste sie, was das bedeutete.

„Mehr noch – ich habe mit meinem Blut neue gemalt", erwiderte Dracula mit einem blutrünstigen Lächeln.

„Nein. Das ist unmöglich, du weißt nicht, was du getan hast!"

Sie wehrte sich stärker, aber Dracula drückte sie

mühelos durch sein Gewicht wieder auf das Bett.

„Ich weiß sehr genau, was ich getan habe – ich werde die Geschichte so umschreiben, wie es mir gefällt."

„Du wirst ein Loch in das Gefüge der Welt reißen", begehrte Elisa auf. „Die Geschichte kann nicht einfach verändert werden!"

Draculas Blick wurde weicher, und er strich durch ihr Haar, tiefer zu ihrer Wange. Elisa spürte harte Klauen an ihrer Haut. Sie drehte den Kopf zur Seite, aber Dracula hielt sie fest. Eine Klaue ritzte ihre Wange. Wärme breitete sich aus, und der metallische Geruch von Blut stieg ihr in die Nase.

Draculas Körper auf ihr versteifte sich – sein Blick lag auf dem Kratzer auf ihrer Wange. Wie hypnotisiert folgten seine Augen einem Tropfen, der langsam über Elisas Wange glitt. „Mircea hat es dir nie verraten", flüsterte er, ohne seine Augen von ihr zu nehmen, „aber woher glaubst du, kommt die Vorstellung, wir würden als Vampire das Blut von Jungfrauen trinken?"

Elisa schwieg und verhielt sich einfach still. Dracula hielt sie weiter fest – seine Zungenspitze glitt über ihre Haut und leckte das Blut auf. „Drachen können Blut einfach nicht widerstehen", raunte er wollüstig an ihrem Ohr. „Nichts erregt uns so sehr wie Blut."

Elisa zitterte leicht. Ihre erstes Mal mit Mircea, mit dem wirklichen Mircea, fiel ihr ein: Er hatte sie gekratzt und sie beim Anblick des Blutes umso leidenschaftlicher geleckt.

„Und wie …"

Sie kam nicht dazu, den Satz zu beenden – Dracula hatte ihren Nacken umfasst und ihren Kopf zur Seite gebogen. Scharfe spitze Zähne kratzten über ihren Hals und versenkten sich tief in der Haut. Elisa warf den Kopf zurück und schrie auf. Schmerz raste durch ihren Körper, begleitet von einer solch unbändigen Lust, dass diese fast ebenso schmerzte. Dracula saugte an der Wunde, die er geschlagen hatte und seine Zungenspitze rieb wieder und wieder über die beiden klaffenden Löcher, um den Blutfluss anzuregen. Das Gefühl zog sich wie eine brennende Spur von Elisas Hals hinunter direkt in ihren Unterleib. Sie wand sich stöhnend. Noch immer war da der Schmerz, aber er verblasste angesichts der Gefühle, die Draculas Saugen auslösten. Noch bevor sie es wirklich beeinflussen konnte, hatte sie aufgehört, sich gegen ihn zu wehren – sie spreizte sogar die Beine, um ihn noch weiter dazwischen zu lassen. Ihre Haut erhitzte sich, als wäre sie im Fieber.

Sie schlug die Augen auf und kämpfte um Selbstbeherrschung. Dracula löste seine blutroten Lippen. Er blickte auf sie herab und strich ihr einige verirrte Haarsträhnen aus der Stirn. „So hätte es sein sollen", murmelte er und bewegte sich auf Elisa. Sie spürte, wie seine Erektion hart gegen ihre vom Stoff verhüllte Scham stieß, und etwas in ihr schrie auf. Sie wollte ihn anbetteln, um seinen heißen Schwanz flehen, aber nur ihre Erregung ließ sie so handeln. Sie wollte das alles nicht – sie wollte Dracula nicht. Elisa hoffte, dass das wirklich so war. In diesem Augenblick spielte ihr Kopf verrückt und ihre Gefühle ebenso. Sie erfasste kaum, was mit ihr geschah.

Dracula leckte flüchtig über ihre Lippen, und der metallische Geschmack ihres Blutes lag darauf – es schmeckte seltsam süß, verführerisch.

Der älteste der Drachensöhne fasste eine Falte ihres Kleides und zog den unteren Teil bis zu ihrer Taille hinauf, während sein Mund abermals die Wunde an ihrem Hals bedeckte. Elisa packte seine Schultern und bäumte sich auf. Draculas Hand schob sich unter den Slip und zerriss ihn. Er begnügte sich nicht mit einem vorsichtigen Tasten über ihren kostbaren Schatz – er drang mit zwei Fingern in sie ein und nahm sich, was er wollte.

Elisa warf den Kopf hin und her und schob ihren Schoss seinen Fingern entgegen. Zu ihrem Entsetzten merkte sie, wie ihre Hand in sein Haar fuhr, darin wühlte und seinen Hinterkopf tiefer drückte, damit er mehr von ihr trinken konnte.

Dracula aber tat ihr den Gefallen nicht – er hob den Kopf und lächelte wissend. „Das alte Blut fließt noch in dir, Wildkatze“, raunte er und leckte einige vereinzelte Tropfen von ihrer Haut.

Elisa spürte jeden einzelnen Zungenstrich wie glühende Lava. Mit verschleiertem Blick sah sie zu ihm auf und rang nach Atem.

„Du genießt es, das ist gut.“ Er küsste die unberührte Seite ihres Halses und biss sanft in ihr Ohrläppchen, während seine Finger unbeirrt in ihrer nassen Scham tanzten und sie höher und näher an den Höhepunkt brachten.

Elisa fühlte sich wie von Sinnen, sie konnte kaum mehr denken. Mirceas Bild blitzte vor ihrem inneren Auge auf, aber Draculas Kuss, der nach Blut und Hitze schmeckte, drängte es zurück.

Elisa erwiderte sein stürmisches Eindringen in ihren Mund. Sie strich über Draculas breiten Rücken und schlang ihre Beine um seine Lenden. Unter ihren Handflächen brodelte seine Haut regelrecht. Die Struktur veränderte sich immer wieder, wechselte zwischen glatter Fläche und rauen Schuppen. An den Schulterblättern bildeten sich für den Bruchteil einer Sekunde seltsam geformte Erhebungen, die sich bewegten und sogleich wieder verschwanden. Elisa konnte sich jedoch nicht darauf konzentrieren – nur Draculas Saugen an ihrem Hals und sein erigierter Penis, der sich an die Innenseite ihres Schenkels schmiegte, zählten. Sie verging fast in dem Sehnen, dass er ihn endlich zwischen ihren Schenkeln vergrub, sie ebenso hart nahm, wie sein Mund an ihrem Hals trank.

Dracula schien kein Freund ausgefallener Spiele oder Verzögerungstaktiken, die die Lust steigerten – er spreizte die weichen Lippen ihres Schoßes mit seinen Fingern und drang mit einem einzigen Ruck vollständig in sie ein. Elisa schrie diesmal nicht, sie grub ihre Zähne in sein Fleisch und erstickte jeden Laut.

Dracula bleckte seine spitzen Zähne und gab ein animalisches Fauchen von sich. Er schien sehr angetan von Elisas Biss zu sein. Sein Kuss, der folgte, war so fordernd und intensiv, wie Elisa es bisher bei noch keinem Mann erlebt hatte. Er nahm sie vollständig ein, zeichnete sie als seinen Besitz, während er sie in scharfem Tempo nahm.

Elisa konnte einfach nur unter ihm liegen und seine Stöße in sich aufnehmen. Jeder einzelne trieb sie an den Rand des Wahnsinns, als würde Dracula nicht nur ihre Scham nehmen, sondern in jede Zelle ihres Körpers eindringen. Er wollte sie zu seinem Eigentum machen. In ihrer Lust gefangen, hatte Elisa ihm kaum etwas entgegenzusetzen.

Sie dachte wieder an Mircea, und plötzlich war seine Nähe so präsent, als würde er bei ihr in diesem Bett sein. Elisa wusste, dass er damals wirklich dabei gewesen war, sie hatte es in der Vision gesehen. So, wie es jetzt geschah, war es falsch – diese ganze Situation war falsch.

Sie wollte nach Mircea greifen, mental und mit ihrer Hand, aber ihr Körper gehorchte nicht mehr. Zu weit war die Lust vorangeschritten. Sie stöhnte. Draculas hatte die Augen geschlossen und wirkte vollkommen konzentriert auf etwas, das Elisa nicht sah. Aber noch immer stieß er unbarmherzig in sie, bis Elisa es nicht mehr ertrug. Der Höhepunkt raste durch ihren Körper, und sie schrie lang und gellend. Und plötzlich erschien Mircea wirklich. Er kniete in dem Raum vor ihr, in dem sich die Falltür zum unterirdischen See befand. Hinter ihm prasselte noch immer der Regen nieder.

Er starrte sie mit schreckgeweiteten Augen an und riss sie an sich.

Elisa schüttelten noch immer die Nachwehen des Orgasmus, und sie zitterte. Mirceas nasse Arme hielten sie an ihn gedrückt.

„Was ist passiert?“, fragte er sie eindringlich. „Wo ist Dracula?“

Elisa wollte antworten, aber ihr Hals schmerzte. Fahrig fuhr sie über dessen Seite und hob die Hand. Ihre Finger klebten, rot von Blut.

Mircea lief von einer Seite der unterirdischen Halle in die andere. Naruka saß in ihrer Katzengestalt etwas abseits und beobachtete, wie seine Augenfarbe immer wieder von Braun zu Gelb wechselte und seine Finger sich zu Klauen formten. Radu stand ruhig am Rand der Halle und beobachtete seinen Bruder, wie er versuchte, sich wieder unter Kontrolle zu bringen.

„Er war zu nah an ihr dran – wäre ich noch später gekommen …“ Mirceas Satz endete in einem gutturalen Knurren, das Radu die Augenbraue heben ließ.

„Ich sagte dir, dass er gefährlich ist. Aber warum hat er sie nicht direkt getötet? Das wäre doch sicherlich als angemessene Rache für dich infrage gekommen.“

„Weil es nicht das ist, worum es ihm geht“, fauchte Mircea, und für einen Moment brach der Drache in ihm so deutlich hervor, dass Naruka unwillkürlich zurückwich. „Dracula will mehr – er hat den Raum der Bilder verschlossen und Elisa in seine Vision hineingezogen. Ich weiß nicht, wie er es angestellt hat, aber …“

„Er hat mit seinem Blut die Bilder verändert.“ Elisas Stimme war kaum mehr als ein Flüstern, aber es hallte wie ein Peitschenknall in der Halle wider. Sowohl Mircea als auch Radu starrten zu ihr hinüber, und auch Narukas Kopf flog zum Eingang. Elisa war, nachdem Mircea sie gefunden hatte, vollkommen erschöpft gewesen und hatte eine stark blutende Bisswunde am Hals aufgewiesen. Mircea hatte sie versorgt und dann in sein Bett gebracht, wo sie schlafen und sich ausruhen sollte.

Jetzt aber stand sie an den glatten Fels gestützt vor ihnen und zitterte. Mircea nahm seinen Mantel im Vorbeigehen vom Stuhl und wickelte Elisa darin ein, ehe sie protestieren konnte. Wortlos führte er sie zu diesem Stuhl und bedeutete ihr, sich zu setzen. „Woher weißt du das?“, fragte er leise.

Elisa wirkte, als hätte sie hundert Jahre Schlaf nötig. Müde lehnte sie an Mircea, der ihr sacht über das Haar strich.

„Ich habe Elisabeths Geist gesehen, ich habe ihr Wissen geerbt und ihre Fähigkeiten“, murmelte sie und schloss die Augen.

Radu beobachtete sie – sein kühler Blick blieb immer wieder an dem Verband um ihren Hals hängen. Elisas Verkündung schien ihn nicht so sehr zu überraschen wie Mircea.

„Du weißt also von den Bildern?“, fragte er.

Elisa öffnete die Augen. Die Bewegung allein schien sie Kraft zu kosten, denn sie nickte nur schwach. „Die Bilder in seinem Gefängnis waren Elisabeths letztes Geschenk an Dracula. Ein Teil von ihr hatte Mitleid mit ihm, und so gab sie ihm die Bilder aus ihrer gemeinsamen Vergangenheit, damit er etwas von ihr behalten konnte. Es sind … eingefrorene Teile der Vergangenheit.“

Mircea runzelte die Stirn. „Und was hat er damit getan?“

Elisa richtete sich weiter auf und fuhr sich über die Stirn. Sie verzog das Gesicht schmerzhaft – Naruka musste ein lautes Aufmaunzen unterdrücken, als sie die Archäologin so offensichtlich leiden sah. Aber wenn sie sich verriet, würden Mircea oder Radu sie hinauswerfen.

Elisa fing sich wieder. „Er hat die Visionen mit seinem eigenen Blut verändert und neue hinzugefügt.“ Sie umfasste Mirceas Hand und blickte ihn ernst an. „Du weißt am besten, wie mächtig gerade euer Blut ist. Wenn diese Visionen, die er gemalt hat, wahr werden, wird das die Geschichte der Welt verändern. Eine solche

Veränderung erträgt die Realität nicht – sie wird reißen und niemand weiß, was dann passieren wird. Er könnte uns alle auslöschen und das wäre sicherlich noch die kleinste Gefahr!“

Mircea presste die Zähne aufeinander. Seine Kiefermuskeln zuckten. Auch Radu war blass geworden. Er trug einen engen Rollkragenpullover, unter dem sich seine Armmuskeln anspannten. „Ich werde ihn jagen und das verhindern.“

Mircea schüttelte den Kopf. „Nein“, sagte er bestimmt. „Das wirst du nicht tun. Dracula will diese Bilder wahr machen, aber es reicht nicht allein, sie zu malen, nicht wahr?“

Er hatte sich wieder an Elisa gewandt, die nickte. Aber ihr Blick war abwesend, als würde sie einer Stimme lauschen, die nur in ihrem Kopf zu ihr sprach.

„Er braucht die Hüterin der Bilder. Diejenige, die ihn allein als Herrscher legitimieren kann. Deshalb war er bei Elisa, und deshalb hat er sie nicht getötet. Er braucht Elisa, um seinen Plan in die Tat umsetzen zu können.“

In diesem Moment warf die junge Archäologin den Kopf zurück. Ihr dunkles Haar peitschte durch die Luft, und sie schrie schmerzgeplagt auf. Naruka konnte sich nicht mehr beherrschen – mit wenigen Sätzen sprang sie aus ihrem Versteck hervor auf Elisas Schoß. Die junge Frau hielt die Augen geschlossen und atmete flach, jedoch schien der Anfall vorbei zu sein. Naruka maunzte laut und leckte Elisa mit ihrer rauen Zunge über die Wange. Mircea hatte Elisa gestützt und musterte die getigerte Katze.

„Ich hätte mir eigentlich denken können, dass du lauschen würdest“, sagte er zu Naruka. Er klang nicht ernstlich böse.

Besorgt stupste Naruka Elisa an, die ohnmächtig zu sein schien, und schaute dann fragend zu ihrem Herrn.

„Dracula hat eine Verbindung zu ihr geschaffen, er versucht, ihren Geist zu beherrschen, aber sie wehrt sich“, erklärte Mircea leise mit Blick auf Elisas Wunde am Hals. Er strich über ihre Wange und in seine Augen trat eine Zärtlichkeit, die Naruka so noch nie an ihm gesehen hatte. „Halt noch etwas durch, Rackli“, murmelte er, ehe er sich aufrichtete. „Wir können nichts gegen Dracula unternehmen – noch nicht“, sagte er, an Radu gewandt. „Er ist uns beiden körperlich überlegen und er hat das Band mit Elisa geknüpft. Wenn wir ihn töten oder einsperren, hat das auch direkte Folgen für sie.“

„Ich habe genug geschulte Männer. Gemeinsam können wir ihn endgültig besiegen“, begehrte Radu auf.

„Deine Männer konnten Dunkelwald nicht schützen. Er hat sie einfach überrannt, und wenn er gewollt hätte, wären sie nicht mehr am Leben. Außerdem ist er noch immer unser Bruder – wir werden ihn nicht einfach wie wildes Vieh fangen und einsperren. Nicht noch einmal.“

„Und was sollen wir sonst tun?“

„Das, was ich bereits einmal sagte. Ich vertraue Elisa und ihren Fähigkeiten. Sie ist in der Lage, uns zu helfen, Stokers Hinweis zu finden.“ Mirceas Blick glitt abermals über Elisa. „Und ich werde nicht zulassen, dass sie dabei in Gefahr gerät.“

Radu schnaubte, aber als er Mircea ansah, wurden auch seine so harten Züge ein wenig weicher. „Du liebst sie sehr, Bruder.“

Mircea nickte. „Und ich werde alles tun, um sie nicht noch einmal zu verlieren.“ Er fuhr sich durch die schwarzen Haare. „Ich will, dass du mich zum Dornenhort begleitest. Nur du, sie und ich. Dracula wird es nicht wagen, uns dort anzugreifen, und wir brauchen Zeit, damit Elisa sich erholt und wir Stokers Hinweis finden.“

Radu zögerte. Naruka, die sich auf Elisas Schoss eingerollt hatte und beide Brüder wachsam beobachtete, erkannte deutlich, wie der jüngste der drei Brüder mit sich rang. Er wollte in den Kampf ziehen, zuschlagen und den Sieg davontragen. Aber er akzeptierte Mircea als sein Clanoberhaupt und daher nickte er.

Elisa schlug die Augen auf – die Szene hatte etwas von einem Déjà-vu. Sie lag in Mirceas weichem Bett und spürte seine Wärme bei sich. Eine Kerze brannte. In ihrem warmen Licht richtete Elisa sich auf und stöhnte, als sich der Biss an ihrem Hals schmerzhaft meldete. Mirceas Hand fasste ihre Schulter und drückte sie wieder auf den Rücken. Er beugte sich über sie. Das Licht der Kerze flackerte in seinen dunklen Augen. Elisa hob die Hand und fuhr die haarfeinen Linien neben seinen Mundwinkeln nach. „Als du Elisabeth kanntest, hattest du die noch nicht", flüsterte sie.

Mircea hielt einfach still unter ihren Berührungen, ohne Elisa aus den Augen zu lassen. „Nein, aber damals war ich auch noch jung und verliebt."

„Und heute?"

„Heute bin ich keines von beidem."

Elisa ließ ihre Hand sinken, aber Mircea umfasste sie und küsste das empfindliche Handgelenk.

„Heute bin ich alt, aber ich bin nicht mehr verliebt. Heute liebe ich aus ganzem Herzen, auch wenn ich nicht gedacht hätte, dass das einmal möglich sein würde."

Als sie seine Worte hörte, schlug ihr Herz schneller. „Und wen liebst du?", fragte sie und wunderte sich über das Kratzen in ihrem Hals. „Elisabeth oder mich?"

„Was für eine Frage." Mircea wirkte ernstlich amüsiert. „Elisabeth habe ich geliebt, aber sie ist tot. Und du bist so ganz anders als sie."

Das überraschte Elisa nun doch. „Ich dachte bisher,

ich wäre ihr so furchtbar ähnlich?“

Mircea ließ ihre Hand los und beugte sich tiefer zu ihr. „Ihr tragt dasselbe Gesicht.“ Seine Stimme war ernst, ebenso wie sein Gesichtsausdruck. „Dieselben Augen, in denen ich am liebsten ewig versinken würde, aber es ist so vieles anders. Auch wenn euer Herz sich ähnelt, seid ihr doch zwei verschiedene Frauen. Du bist viel impulsiver und leidenschaftlicher als Elisabeth es jemals gewesen ist. Du weißt, was du willst und nimmst es dir – eine solche Frau habe ich bisher nicht getroffen, aber ich muss zugeben, dass gerade das deinen Reiz ausmacht.“

„Die Emanzipation der Frauen ist an dir wohl spurlos vorübergegangen, was?“ Elisa schmunzelte und konnte nicht verleugnen, dass ihr ein Stein vom Herzen fiel. Mircea sah keinen Abklatsch seiner tote Liebe in ihr – auch wenn Elisabeth und auch Naruka ihr das bereits gesagt hatten. Elisa hatte ihnen nicht recht glauben wollen. Aber es aus Mirceas Mund zu hören, wischte all ihre Zweifel beiseite.

Das Clanoberhaupt der Drachensöhne lachte leise und küsste sie flüchtig auf die Lippen. „Freches Weibsbild“, grinste er und strich mit seiner Nasenspitze über ihre.

Elisa drehte sich vorsichtig auf die Seite und schmiegte ihr Gesicht gegen seine Halsbeuge. „Wir stehen das also zusammen durch?“, fragte sie ernster und war erleichtert, als Mirceas Arm sich um sie legte und ihren bloßen Rücken entlangstrich.

„Das werden wir – es wird nicht einfach werden, aber was auch passiert, ich werde bei dir sein.“

„Danke. Ich danke dir“, murmelte sie. Sie wusste ebenso gut wie er, dass es nicht einfach werden würde. Aber mit Mircea an ihrer Seite war sie bereit, sich allem zu stellen.

„Und wie wird es jetzt weitergehen?“

Mircea gab einen brummenden Laut von sich. „Wir

werden im Morgengrauen zum Stammsitz meiner Familie gehen. Er liegt sehr versteckt, wir nennen ihn den Dornenhort. Dort findest du alte Urkunden und anderes Material, das dir bei der Suche nach Bram Stokers Hinweis zu Draculas Gefangennahme helfen kann. Wir haben dort auch eine handschriftliche Kopie von Stokers Dracula-Manuskript."

„Und du glaubst wirklich, ich finde dort etwas?"

„Wenn nicht du, wer dann? Nicht einmal wir kennen uns so gut mit der Arbeit des Iren aus wie du. Wir zählen auf dich und deine Fähigkeiten."

„Du hast mir nie gesagt, warum ihr euch nicht mehr daran erinnert, wie man Dracula einsperren kann." Elisa sah auf und begegnete Mirceas Blick. Er wirkte nachdenklich. Als er schließlich zu sprechen anfing, klang seine Stimme erstaunlich ruhig.

„Stokers Vorfahren waren schon früh Drachenjäger. Als sie in die Karpaten kamen, wollten sie uns alle ausrotten. Wir machten ein Geschäft mit ihnen."

„Ein Geschäft?"

„Nichts, worauf wir im Nachhinein stolz waren", brummte Mircea. „Es war mehr ein Austausch – Radu entführte den Sohn des Anführers der Drachenjäger und tauschte ihn für Hilfe gegen Dracula aus. Die Jäger taten es, aber nur unter der Bedingung, dass wir das Geheimnis, wie man Drachen bannen kann, niemals erfahren. Wir willigten ein, und sie hielten tatsächlich Wort. Als ihr Nachfahre Stoker später bei seinen Recherchen auf die Unterlagen seiner Familie stieß, baute er sie in sein Manuskript ein. Das Original ging verloren, aber wir wussten, dass er den Schlüssel irgendwo in seinem Buch versteckt hatte."

„Also war es gar nicht Bram Stoker, der euch geholfen hat, Dracula einzusperren, sondern seine Vorfahren?"

Mircea nickte, und Elisa runzelte die Stirn. Sie drehte

sich wieder auf den Rücken und spürte seinen fragenden Blick auf sich. „Du solltest mir das nicht erzählen“, flüsterte sie. „Dracula hat mein Blut getrunken und … ich spüre ihn in mir. Es ist seltsam, aber manchmal ist er so präsent in meinem Kopf, dass ich ihn regelrecht hören kann. Er will wissen, was wir tun, was du vorhast.“ Allein bei dem Gedanken daran wurde Elisa kälter, aber sie zögerte, wieder näher zu Mircea zu rutschen. Etwas in ihr hatte Draculas Berührungen genossen, und sie konnte nicht leugnen, dass sie es gewesen war, die sich vor Lust wie wahnsinnig gewunden hatte, als Dracula von ihr getrunken und immer wieder in sie eingedrungen war. In Mirceas Gegenwart daran zu denken, war ihr unangenehm – sie wusste, es würde ihn verletzten, davon zu wissen, auch wenn sie glaubte, dass er bereits etwas ahnte.

Mircea nahm ihre Hand und küsste den Rücken, ehe er ihr Haar zur Seite strich und die Haut nur einen Zentimeter neben dem Verband küsste. „Du wirst es spüren, wenn er bei dir ist und uns belauscht. Solange du nichts fühlst, sind wir sicher.“ Er sah in ihre Augen, und Elisa erkannte seine Sorge. Sorge um sie. „Halt ihn so lange zurück wie möglich, Rackli“, murmelte er, und seine Fingerspitzen strichen kosend über ihre Stirn. „Bald kann ich dich von ihm befreien.“

Elisa spürte, wie die vergangenen Tage Tribut forderten. Müdigkeit kroch in jedes einzelne ihrer Glieder, und unter Mirceas zärtlichem Streicheln schlief sie ein.

Musik erklang. Elisa schlug die Augen auf. Dutzende kostbar gekleidete Paare glitten mit wirbelnden Kleidern über ein Tanzparkett. Allein der Anblick vermittelte Schwindel, aber Elisa spürte nur Neugierde und Freude. Dieser Abend war etwas Besonderes, aber sie war unfähig, zu sagen, warum. Etwas in ihr spürte es; warme, süße Vorfreude.

Sie war nicht sonderlich überrascht, dass sie ebenfalls ein Ballkleid trug. Der schwere Stoff raschelte um ihre Beine – die Farbe war gut gewählt: ein tiefes Weinrot, passend zu ihrem dunklem Teint und den schwarzen Locken.

„Tanz mit mir, Prinzessin!", lachte jemand, und schon hatte derjenige ihre Hand gefasst und sie auf die Tanzfläche gezogen. Er wirbelte sie herum, und sie blickte in ein lachendes, jungenhaftes Gesicht. Sie hatte es schon einmal in ihren Träumen gesehen: Es war Vlad, der da so unbekümmert mit ihr tanzte. Sein Lächeln erstrahlte so verführerisch wie in ihrer Erinnerung, und sie ließ sich von seiner Freude anstecken. Für einige Sekunden vergaß sie alles um sich herum, tanzte und ließ sich beschwingt von Vlad inmitten der anderen Tänzer drehen.

Die Menge bewegte sich, und für einen Augenblick überkam Elisa das Gefühl, dass an dieser Stelle etwas passieren sollte. Hatten sich die wirbelnden Tänzer nicht geteilt und den Blick freigegeben auf … auf was?

Noch in der Drehung wandte sie den Kopf in die Richtung, von der sie glaubte, dass dort etwas oder jemand stehen musste, aber sie erfasste nur fliegende Rocksäume und lachende Menschen. Immer wieder streifte wie zufällig einer der Tänzer ihren Rücken oder ihre Arme.

Vlad berührte sanft ihr Kinn und dirigierte ihren Blick zurück zu ihm – er wirbelte Elisa durch den Saal, tanzte mit ihr, und seine funkelnden blauen Augen verrieten, wie viel Freude er hatte. Die Freude steckte an, und sie lachte, während sie sich führen ließ.

Die Musik schwoll an. Dracula sagte etwas, aber über den Lärm der Musik verstand sie ihn nicht. Elisa schüttelte den Kopf und spürte Draculas Arm, der sich fester um ihre Taille legte und sie näher an ihren Tanzpartner zog. Sie spürte die Bewegungen seiner Muskeln unter dem Stoff seiner Kleidung. Er wirkte angespannt, so ganz anders als sein lächelndes Gesicht.

Wieder drehten sich Tänzer an ihnen beiden vorbei, und abermals streifte sie die Hitze von suchenden Händen. Elisa hatte es sich nicht eingebildet – die anderen Tänzer suchten gezielt ihre Nähe.

Sie hob den Kopf, um Dracula anzusehen. Er neigte den Kopf tiefer, als wollte er ihr etwas zuflüstern, aber es waren seine Lippen, die ihr Ohr streiften, nicht seine Worte.

Elisa schauderte und krallte sich in seinen Ärmel, als er zu knabbern begann und an der Haut hinter dem Ohrläppchen saugte. Er kam nicht einmal aus dem Takt, sondern führte Elisa weiterhin souverän durch den Saal.

Das Lied endete. Für eine Sekunde lang bewegte sich niemand im Raum, nur Stoff, der noch durch den Schwung des Tanzes mitgetragen wurde, kam raschelnd zum Stillstand. Die Musiker ließen den Tänzern jedoch keine Pause – der Geiger setzte mit seinem Instrument ein und entlockte ihm einen langen, klagenden Ton. Er berührte etwas in Elisa. Eine Gänsehaut kroch über ihre Arme. Sie drückte sich an Draculas Wärme, der sie noch immer hielt und ein wenig weiter zum Rand der Tanzfläche zog. Sein Mund wanderte fort von ihrem Ohr, tiefer zu ihrem Hals. Elisa legte den Kopf zurück, um ihm mehr Fläche zu bieten und strich mit den Händen über seine Arme und die Schultern. Seine Finger glitten derweil über ihren Rücken, kratzten über den Stoff und malten fremde, unsichtbare Muster darauf.

Elisa seufzte auf, als eine weitere Hand dazukam. Sie schluckte und blickte über die Schulter. Während die anderen Paare wieder begonnen hatten, sich langsam zu der tragenden Geige und dem eingesetzten Orchester zu drehen, hatte sich eines abgesondert und stand nah bei Elisa und Dracula. Sie erkannte die Gesichter der beiden nicht – sie trugen Masken. Eine stellte einen Löwen dar, die andere einen Wolf.

Elisa wandte sich wieder Dracula zu – der nickte nur und küsste sie verlangend. Tief einatmend, erwiderte sie seinen Kuss und spürte, wie einer der beiden Tänzer sich hinter sie stellte und seine Hände über ihren Rücken tiefer zu ihrem Po wandern ließ. Der dichte Stoff ihres Kleides dämpfte die Berührung, aber sie ließ Elisa dennoch zusammenzucken.

Der zweite Tänzer kniete sich auf die andere Seite und fuhr mit seinen Händen unter den Saum ihres Kleides, um ihre nackten Knöchel zu streicheln.

Elisa seufzte leise. Sie löste den Kuss, als eine weitere Person sich auf ihre andere Seite stellte und sanft ihre Lippen zu sich dirigierte. Diese trug eine Halbmaske, die ihr bis zur Nasenspitze reichte und darunter volle, rote Lippen zeigte. Es musste sich um eine Frau handeln, die Elisas Gesicht noch näher zog und ihren Mund für einen Augenblick von Dracula raubte. Als Elisa die Lippen für einen weiteren Kuss öffnete, spürte sie, wie sich eine süße, schwere Flüssigkeit in ihren Mund ergoss. Sie trank, ohne darüber nachzudenken, und schmeckte roten Wein. Die Frau lächelte katzenhaft, aber schnell wurde Elisas Aufmerksamkeit wieder auf Dracula gezogen, der nun seinerseits einen Weinkelch an Elisas Lippen hielt, damit sie trinken konnte. Bei ihrem zweiten Schluck konnte sie die Süße des Weins und seine Würze besser aufnehmen. Etwas Derartiges hatte Elisa bisher noch nie gekostet. Sie wollte mehr. Überfallen von einer plötzlichen Gier, griff sie nach dem Kelch und leerte ihn mit einem Zug unter Draculas rauem Lachen. Er küsste sie tief, als sie den letzten Schluck getan hatte, um noch etwas von den roten Tropfen zu erhaschen.

Die beiden Tänzer streichelten Elisa noch immer. Der Mann mit der Löwenmaske hatte um sie herumgegriffen und streichelte mit seinen Händen über ihren Bauch, wurde mutiger und glitt höher zu ihren Brüsten.

Der Mann in der Wolfsmaske zu ihren Füßen ließ die Hände ihre Waden heraufwandern, kitzelte die Kniekehlen.

Elisa schluckte schwer und sank halb gegen Dracula, der sie hielt. Er ließ ihren Blick nicht los, als er begann, ihr Kleid auf der Vorderseite aufzuknöpfen. Der Mann in der Löwenmaske zog bereitwillig seine Hände zurück, um ihm Platz zu machen.

Die Knöpfe zogen sich von ihrem Dekolleté hin zu ihrem Bauchnabel – Dracula brauchte nicht lange, bis er alle gelöst hatte. Elisa wollte zaghaft protestieren, als er ihr Oberteil auseinanderzog, aber er duldete keinen Widerspruch. Das Kleid wurde von dem Mann mit der Wolfsmaske einfach heruntergezogen, und Elisa stand nackt vor Dracula.

Plötzlich fassten mehr als nur sechs Hände nach ihr. Sie schrie auf und wehrte sich, aber unerbittlich trugen sie die Tänzer im Saal zur Mitte der Tanzfläche. Sie hoben sie einfach über ihre Köpfe und reichten sie von Hand zu Hand – Elisa hatte das Gefühl, auf einem Teppich von Händen getragen zu werden. Sie keuchte.

Schließlich packte man sie fester und legte sie behutsam auf dem Steinboden ab. Die Musik hatte nicht aufgehört, aber jetzt wirkte sie rhythmischer, stampfender, heißer. Der Holzboden unter ihrem nackten Rücken war warm – aufgeheizt durch die Schritte der vielen Menschen. Um sich herum erblickte Elisa nur die Schuhe und Beine der Tänzer, die einen dichten Ring um sie bildeten. Elisa wollte sich aufsetzen, aber Dracula erschien. Die Tänzer machten ihm ehrfürchtig Platz, ließen ihn widerstandslos zu Elisa. Ihre Brust hob und senkte sich rasch. Der Wein erschwerte ihr das Denken – irgendetwas darin hatte sie berauscht, benebelt und dafür gesorgt, dass ihr Körper mehr und mehr die Kontrolle übernahm.

Trotz allem spürte Elisa irgendwo tief in sich, dass etwas nicht richtig an dieser Szene war. Egal ob Traum oder Vision – den Unterschied stellte sie schon lange nicht mehr fest – aber etwas war falsch, und das machte ihr Angst. Sie spürte es irgendwo unter der Lust, die sich ihres Körpers bemächtigte – wie ein kleines zusammengeballtes Bündel aus Furcht.

Dracula ignorierte das, oder er konnte es nicht sehen. Er schaute von oben auf sie herab und öffnete gemächlich seine Kleidung, um sie unter den erwartungsvollen Blicken der Tänzer abzustreifen. Und dann kniete er sich zu ihr.

Der Körper in seinen Armen bewegte sich unruhig. Mircea schlug die Augen auf und betrachtete Elisa, die sich regelrecht wand. Er erkannte ihr Gesicht in der Dunkelheit ebenso gut wie bei Licht. Elisas Augenbrauen wanderten immer wieder hoch, aus ihrem Mund drang ein hoher, wimmernder Ton, der von Angst oder Lust zeugen mochte.

Alarmiert setzte er sich auf und rüttelte Elisa an der Schulter. Sie wimmerte wieder, und ihr Körper bewegte sich weiter, aber sie machte keine Anstalten, aufzuwachen.

Mircea biss die Zähne zusammen, bis sie knirschten. Ein Verdacht stieg in ihm auf, aber er wollte ihm noch keinen Raum geben und drängte ihn energisch zurück. Es konnte auch ein einfacher Albtraum sein, sagte er sich, und rüttelte Elisa abermals an der Schulter. Doch noch immer gab sie kein Zeichen von sich, dass sie ihn bemerkte.

Mircea ließ seine Finger zu Klauen werden und grub sie in Elisas nackte Hüfte, aber ohne jedes Ergebnis. Mit einem lauten Fluch ließ Mircea sie los. Das war kein einfacher Albtraum, in dem sie sich befand. Er hatte es geahnt, aber nicht gedacht, dass sein Bruder so weit gehen würde. Dracula hatte die Blutsbande, die zwischen ihm und Elisa durch das Bluttrinken gewebt worden waren, benutzt, um sie in eine Vision zu ziehen.

Mircea rang mit sich – es war ihm unmöglich, in diese Vision einzudringen, außer … sein Blick fiel auf den frischen Verband an Elisas Hals. Er schluckte. Wenn er von ihr trinken würde, bestünde die Chance, dass er auf diese Weise in die Vision gelangen und Elisa dort herausholen könnte. Aber durfte er das einfach tun? Die junge Frau wäre für immer an ihn gebunden, bis er starb. Er konnte sie nicht ohne ihr Einverständnis an sich fesseln.

Elisa stöhnte in diesem Moment auf. Ihr Gesicht verzog sich vor Schmerz, und ihre Hände fuhren Halt suchend durch die Luft.

Mircea zögerte nicht mehr – er schob den Verband hinunter. Die Bissmale waren noch immer rot und verkrustet, aber Mircea spürte, wie allein der Geruch des Blutes den Drachen in ihm berührte. Er wollte seine Zähne in der weichen Haut versenken und Elisas süßen Geschmack kosten, aber er musste darauf achten, dass er nur so viel von ihr nahm, um in die Vision eindringen zu können.

Abermals stöhnte sie, und Mircea dachte nicht mehr – er grub seine Zähne in die tiefen, roten Löcher in Elisas Hals und spürte, wie sein Mund sich Sekunden später mit ihrem warmen Blut füllte. Er stöhnte wollüstig auf und packte Elisa fester, presste sie an sich.

Vor seinen Augen tanzten Blitze. Er schloss die Augen und ließ sich in dem Geschmack von Elisas Blut treiben. Er hörte Gelächter und Musik. Der weiche Duft von Kerzenwachs stieg ihm in die Nase und er roch … Blut?

Mircea trank weiter, und vor seinen Augen fügten die Blitze sich zu Bildern. Er kannte diesen Ort – den Ballsaal ihrer alten Heimat. Hier hatte er Elisabeth verführt, um sie von Dracula fortzulocken. Genau wie damals war auch diesmal der Saal voller Menschen, aber diese tanzten nicht. Sie standen um etwas herum – einige lagen auf ihren Knien und berührten etwas, was Mircea von seinem Platz aus nicht sehen konnte. Er ging auf die Menge zu und stellte sich hinter zwei Gestalten, die schwer atmend auf die Mitte des menschlichen Rings starrten.

Als Mircea erkannte, weswegen sie so schwer atmeten, knurrte er unterdrückt. Mitten auf dem Holzboden lag Elisa – nackt. Dracula bewegte seine Hüften in einem plündernden, scharfen Rhythmus zwischen ihren Beinen. Die junge Frau wand sich unter ihm. Auf ihrem Gesicht zeichnete sich deutlich eine Mischung aus Angst, Qual und Lust ab.

Immer wieder streichelten einige der im Kreis stehenden Tänzer Elisas Schenkel, ihre Brüste oder ihre Flanke, aber sie bemerkte es nicht. Mircea spürte eine unbändige Wut in sich wachsen. Ohne darüber nachzudenken, stieß er die Gestalten vor sich zur Seite und drängte sich in die Mitte des Kreises. Wortlos riss er seinen Bruder an den Schultern zurück und so weit weg von Elisa wie möglich.

Die Umstehenden stoben schreiend auseinander, nur Dracula erschrak nicht. Kaum, dass Mircea ihn losgelassen hatte, fauchte er auf. „Wag es nicht, sie anzurühren“, grollte er so dunkel, dass die Worte verwischten.

Mircea biss die Zähne zusammen und kniete sich zu Elisa. Sie rang nach Atem und flüchtete sich in seine Arme, kaum, dass er ihr geholfen hatte, sich aufzusetzen.

„Bruder!“ Draculas Stimme dröhnte wie Donner durch den Saal. Mircea hob Elisa auf seine Arme und stand auf – ruhig schaute er Dracula entgegen. Hier in dieser Vision verwischten die Grenzen zwischen Magie und Realität. Mircea erkannte Draculas Drachen, der wie eine flimmernde Fata Morgana hinter ihm aufragte. Die Konturen der beiden Wesen verwischten immer wieder und schienen fließend ineinander überzugehen.

„Du bist zu weit gegangen“, antwortete er Dracula so ruhig wie möglich. „Du hast sie ohne ihre Zustimmung an dich gebunden und versucht, dich durch Zwang zum legitimen Herrscher zu machen. Es ist genug.“

„Ich bestimme, wann es genug ist!“

Mircea spürte Draculas Hass und seine Wut. Er fasste Elisa fester, die ihre Arme um seinen Nacken gelegt hatte.

„Bring mich hier weg“, murmelte sie und drückte ihr Gesicht gegen seine Halsbeuge, als könnte sie nicht mehr ertragen, zu sehen, was geschah. „Bitte.“

Mircea drückte sie an sich und nickte unmerklich, aber ein lauter Knall ließ ihn herumfahren. Die Fenster und jede einzelne Tür des Saals verschlossen jetzt große, hölzerne Laden. Dies war Draculas Vision, und er schloss sie darin ein. Mircea wich zur Wand zurück – mittlerweile gab es nur noch sie drei im Saal, und Dracula versuchte alles, um sie hier festzuhalten. Noch immer schienen seine Konturen mit denen des Drachen verschmelzen zu wollen. Seine Gesichtszüge hatten kaum noch Menschliches an sich, und er spreizte seine zu Klauen gewordenen Finger ab. „Ich warne dich noch ein einziges Mal, Bruder“, knurrte Dracula. „Gib sie mir zurück, oder ich werde dich nicht länger verschonen.“

Mircea legte Elisa behutsam in einer Ecke des Saals ab. „Hab keine Angst“, beruhigte er sie. „Er wird dir nichts tun.“

„Aber er wird dich töten“, sagte sie leise, und ihre Hände umklammerten seine Arme. „Stell dich ihm nicht!“

Er wusste, dass er keine Wahl hatte – er hatte vor so vielen Jahren aufgegeben und Elisabeth dadurch verloren. Er hatte sie verraten und würde das nicht noch einmal tun. Er konnte Elisa nicht einfach Dracula überlassen.

Mit einem Ruck löste Mircea sich von ihr und verwandelte sich noch im Sprung. Er hoffte, seinen Bruder durch das Überraschungsmoment überrumpeln zu können, aber Dracula war schnell. Mirceas schuppiger Körper krachte laut gegen den seines Bruders. Er brüllte auf, schnappte nach Draculas Hals und hatte Glück: Seine Zähne ließen Schuppen splittern und gruben sich in die ledrige Haut.

Dracula fauchte und schlug mit den Flügeln. Sie schabten über die hölzerne Decke über ihnen. Ein Balken splitterte. Mircea versuchte, Dracula unter sich zu bringen, aber der Drachenkörper seines Bruders war um einiges massiger. Er erreichte ihn einfach nicht.

Dracula schlug noch einmal mit den Flügeln, und der Auftrieb brachte ihm den nötigen Schwung, Mircea auf den Rücken zu drücken. Der braune Drache brüllte triumphierend und riss die Schnauze mit den scharfen Zähnen zum Todesbiss weit auf.

Mircea wand sich in Draculas festem Griff. Er starrte auf die dolchartigen Zähne seines Bruders und glaubte sie schon in seinem Hals zu spüren … als der Druck auf seine Brust plötzlich verschwand.

Lang und zittrig sog Elisa Luft in ihre Lungen und fuhr vom Bett auf. Schmerz flammte an ihrem Hals auf, etwas drückte schwer auf ihren Körper. Es herrschte Dunkelheit – sie wusste nicht, was oder wer auf ihr lag, aber die Bilder der Vision waren noch deutlich.

Ein dunkles Knurren ertönte und panisch stieß Elisa dieses Etwas von sich. Die Matratze bewegte sich ruckartig, und das Knurren entfernte sich – Elisa krabbelte so schnell wie möglich auf die andere Seite des Bettes und suchte mit zitternden Fingern nach dem Päckchen Streichhölzer. Sie fand es überraschend schnell und schaffte es sogar, eines der Schwefelhölzchen anzuzünden.

Der Schein der kleinen Flamme zuckte und zitterte, aber er reichte, um Mircea zu erkennen, der mit gelb glühenden Augen in der äußersten Ecke des Raumes hockte. Sein blutbesudeltes Gesicht hatte für einen Moment mehr mit einem wilden Tier als mit einem Menschen gemein. Er zog die Mundwinkel hoch, aber er lächelte nicht, sondern entblößte lange, weiße Fangzähne. Elisa schrie auf.

Das Streichholz erlosch, und sie beeilte sich, mit zitternden Fingern ein weiteres anzuzünden, als Mircea mit rauer Stimme sagte: „Lass es aus. Es brennt in den Augen."

„Mircea?"

„Gleich. Ich habe noch … der Blutrausch …" Die Worte gingen wieder in ein knurrendes Grollen über, das nur langsam leiser wurde und schließlich ganz verebbte.

Die Angst lähmte Elisa zu sehr, um wegzulaufen. Sie

wartete und lauschte gebannt in die Dunkelheit, aber mittlerweile hörte sie nichts anderes mehr als Mirceas ruhigen Atem. Sie wagte es, ein weiteres Streichholz anzuzünden und hielt es an den Docht einer Kerze.

Mircea hockte noch immer in der Ecke, aber das Glühen war verschwunden und seine Augen zeigten wieder ihre normale Farbe. Ihre Blicke trafen sich, aber er wandte sich rasch wieder ab. Mircea richtete sich auf und wischte sich das Blut aus dem Gesicht. „Verzeih mir“, murmelte er und deutete auf ihren Hals.

Elisa fuhr mit der Hand über die Wunde, die wieder aufgebrochen war und blutete.

„Ich wusste mir nicht anders zu helfen.“ Er runzelte die Stirn, als würde ihm etwas einfallen. „Hast du uns da rausgeholt?“

Elisa betrachtete ihren Arm – tatsächlich, genau wie in der Vision, zeigte sich auf der Innenseite ihres linken Unterarms eine lange, dünne Wunde. Sie zeigte sie Mircea, der noch immer mit großem Abstand zum Bett stand, ganz so, als wäre er gefährlich für Elisa.

„Ich habe mich mit einem Splitter von dem Balken, den ihr habt herunterstürzen lassen, geritzt“, erklärte sie und stellte die Kerze auf das Tischchen neben dem Bett. „Mit dem Blut konnte ich einen Weg aus Draculas Vision hinauszeichnen.“

„Dann hast du mich also einmal mehr gerettet.“

„So, wie du mich retten wolltest.“ Sie rutschte an den Rand des Bettes, näher zu Mircea, aber er wich zurück.

„Du wolltest mich retten“, sagte sie, „und das hast du auch getan.“

„Ich habe dich in Gefahr gebracht – und gerade habe ich dich fast noch einmal gebissen.“

„Mircea …“ Elisa glitt vom Bett und trat auf den Herrn von Dunkelwald zu, der sie nur ansehen konnte. Sie blieb vor ihm stehen und legte ihre Hände um sein

Gesicht. Sie erkannte nichts mehr von dem Drachen, der nur Sekunden zuvor in der Ecke hockte, und sah nur den Mann, der alles dafür getan hatte, um sie aus diesem Albtraum herauszuholen. Sie fühlte eine tiefe Ruhe in ihrem Inneren und mehr. Ihre Gefühle für Mircea brachen mit einem Mal über sie herein, und das brachte sie zum Lächeln – auch wenn ihre ganze bisherige Welt zerbrach, er war da, um sie zu beschützen. Er gehörte zu ihr, wie sie zu ihm gehörte. Die Sicherheit, die ihr dieses Wissen verlieh, ließ sie näher an ihn treten. Mirceas Blick wirkte noch immer unsicher, aber er ließ sie gewähren.

Sanft zog Elisa ihn tiefer zu sich und murmelte ein „Ich liebe dich“ an seinen Lippen, ehe sie ihn küsste.

Mircea stand erst wie versteinert und rührte sich nicht. Erst nach drei Herzschlägen erwiderte er ihren Kuss und drückte sie so fest an sich, dass sie fürchtete, er würde ihr eine Rippe brechen.

„Ich muss dich hier fortbringen“, sagte er nach einer Ewigkeit, in der er sie einfach nur gehalten und geküsst hatte. „Wir müssen sofort gehen, es bleibt uns keine Zeit mehr bis zum Morgen.“

Er streichelte ihr Gesicht und schaute sie an, als wäre es das erste Mal. „Er wird dich nicht mehr bekommen. Und wenn ich dabei sterbe, aber er wird dich mir niemals mehr wegnehmen. Ich schwöre es dir.“

Unruhig spielte Kingsley mit seinem langen Bowiemesser. Er verweilte seit zwei Tagen in diesem unterirdischen Gewirr, und sein Herr Radu hatte bisher keinen Befehl zum Kampf gegeben. Kingsley befand sich seit nunmehr drei Jahren bei den Drachenjägern, die Radu Dracul anführte. Er hatte seinen Herrn niemals zögern sehen, geschweige denn jemals vor einem Kampf davonlaufen. Aber dieses Verstecken in einem Erdloch, während der Feind draußen wartete …

Kingsley warf das Messer in die Luft und fing es mit der anderen Hand auf. Dracula. Einige der Jungs hatten diesen Namen aufgeschnappt, und Kingsley spürte, wie sich allein bei dem Gedanken an den ultimativen Drachen seine Muskeln erwartungsvoll anspannten. Endlich hatten sie die Möglichkeit, die Wurzel allen Übels auszulöschen, aber ausgerechnet jetzt kniff Radu!

Kingsley fand es einfach unverständlich. Er brannte darauf, Dracula zur Strecke zu bringen. Von den anderen, die schon länger mit Radu umherzogen, wusste er, wie lange sie bereits die Anhänger dieser Missgeburt jagten und wie hart sie jeden einzelnen Kampf fochten. Er selbst hatte noch keinen Drachen getötet, war bisher nur bei einem wirklichen Kampf dabei gewesen, aber er fieberte danach, seit ihn Radu aus der Undercover-Spezialeinheit in Amerika rekrutiert hatte. Damals hatte er zum ersten Mal von den Jägern erfahren, und es dauerte nicht lange, bis er einwilligte und sich die Tätowierung auf das Handgelenk stechen ließ.

Der verschworene Bund der Jäger kannte nur ein Ziel: Jeden Drachen, der ein Feind der Dracul Linie war, auszumerzen. Kingsley wollte sich seine Lorbeeren verdienen. Er warf das Messer wieder in die andere

Hand. Aber in diesem verdammten Kaninchenbau würde er nichts verdienen!

Mit einem Ruck stand er auf und rammte das Messer in die Scheide an seinem Gürtel. Er nahm seine dickgefütterte Jacke und ging hinaus auf den Gang. Als er Schritte hörte, die sich rasch näherten, versteckte er sich in einer Nische. Im Halbdunkel des Ganges liefen die Frau, der Clansherr und Radu vorbei. Sie schienen in großer Eile zu sein und bemerkten ihn nicht. Sie wirkten gehetzt und bemühten sich, so leise wie möglich zu sein.

Kingsley fuhr, sich versichernd, mit der Hand über den Griff seines Messers. Da ging etwas vor sich – und wenn der Clansherr und Radu involviert waren, bedeutete es etwas Großes. Das roch förmlich nach seiner Chance, sich zu beweisen. Er nickte sich grimmig selbst zu und folgte dem Trio. Den Schatten, der ihm folgte, bemerkte er nicht.

Naruka legte ihre Hand sanft auf Darius bloßen Oberarm. Der Drache saß neben ihr, den Blick starr auf den Boden gerichtet. Karad saß ihnen gegenüber, sein Blick wanderte immer wieder zwischen seiner Geliebten und seinem Freund hin und her.

Die Chrivat begutachtete sehr sorgfältig Darius Arm und seine Schulter. „Die Wunden sind gut verheilt“, sagte sie schließlich, und ihre Erleichterung spiegelte sich ebenso in Karads Gesicht. Darius lächelte schwach. Seit sie ihn und Valesko vor einigen Tagen gefunden hatten, war Darius schweigsamer als sonst und wirkte in sich gekehrt. Er hatte nur Karad und Naruka an seinem Bett geduldet, und Karad war keinen Moment von seiner Seite gewichen.

Naruka würde die Beziehung zwischen den beiden Männern niemals ganz erfassen können, aber sie wusste, wie sehr ihr Liebhaber an seinem Freund hing, auch wenn diese Gefühle von Darius' Seite viel stärker und eindeutig amouröser Natur waren.

Darius dankte ihr leise und stand auf. Flüchtig wanderte sein Blick über Karad und senkte sich schnell wieder. Er griff nach seinem Hemd, aber Naruka hielt ihn zurück. Sie berührte zart Darius Bizeps und blickte Karad an. Sie kannte ihren Liebsten schon sehr lange und konnte in seinem Gesicht lesen, wie in einem Buch. Sie liebte Karad und er liebte sie – aber Darius zuliebe verbrachte der Hüne manchmal eine Nacht mit ihm. In einigen Nächten war Naruka dabei, in anderen nicht. Auch wenn sie Karad vertraute, schwelte in ihr die unterschwellige Sorge, dass sie ihn am Ende doch an Darius verlieren könnte.

Heute brachte sie diese Sorge aber zum Schweigen. Karad hatte so sehr gefürchtet, seinen Freund zu verlieren. Sie wollte ihm diese Angst nehmen, seine Sorgen lindern, aber diesmal konnte sie es nicht tun – nicht allein. „Kommt", sagte sie leise zu beiden Männern und führte Darius zu ihrem Bett.

Die Hitze im Raum war nahezu greifbar. Leises Ächzen, Stöhnen und das Geräusch von Haut auf Haut erfüllte die Luft. Naruka krallte sich in Karads Arm. Ihr Höhepunkt kam nur langsam zu seinem Abschluss und sie sackte auf das einfache Bett zurück. Darius' Keuchen drang an ihr Ohr – der schlanke Mann lag neben ihr auf dem Bett und war noch ebenso in der Ekstase gefangen wie sie. Die erhitzte Haut an ihrer fühlte sich schön an.
Naruka schlug die Augen auf und sah in Karads Gesicht. Er hatte den Höhepunkt noch lange nicht erreicht, aber sie kannte das von ihm. Seine Ausdauer machte ihr zuweilen Angst. In Karads und Darius' Armen hatte sie in den vergangenen Stunden die drohende Gefahr vergessen können, aber im Gegensatz zu ihr hatten sie

noch nicht genug. Als Naruka neben sich blickte, legte Karad seine große Hand um Darius steifen Schwanz und rieb ihn schnell. Darius hielt sich an Karads breiten Schultern fest und stieß seine Hüften wie besessen in dessen Handfläche. Den Mund hatte er halb geöffnet, und seine langen, weich aussehenden Wimpern lagen fast auf seinen Wangen. Mit einer heftigen Bewegung stieß er Karads Hand fort und tastete zwischen dessen Beine. Er rieb zweimal über die dick angeschwollene Erektion und schaute Karad bittend in die Augen. Der tauschte einen flüchtigen Blick mit Naruka. Sie nickte leise und beobachtete gebannt, wie Karad Darius ohne viel Mühe auf den Bauch drehte und dieser willig die Beine spreizte.

Naruka war selten dabei gewesen, wenn Karad und Darius so weit gingen. Es war seltsam, zu beobachten, wie ihr Liebhaber sich zwischen Darius' Beine legte und seinen Daumen zwischen dessen weiche Hinterbacken gleiten ließ, bis die streichelnde Kuppe fand, was sie suchte. Karads Daumen stieß gegen Darius' engen Anus, spielte damit, bevor er sich bis zur Hälfte darin versenkte. Darius warf den Kopf zurück und keuchte lauthals, rutschte aber Karads Hand entgegen. Der tauschte noch einmal einen Blick mit Naruka. Sie handelte, ohne nachzudenken. Naruka schmiegte sich an Karads Rücken, rieb sich an den harten Muskeln und flüsterte an seinem Ohr: „Tu es."

Das schien alles gewesen zu sein, was Karad noch brauchte – ohne weiteres Vorspiel packte er Darius' Hüfte und drang in ihn ein. Darius stöhnte lauthals und keuchte. „Mehr. Komm schon, fick mich härter, gib mir mehr!"

Naruka spürte Karads Bewegungen unter sich, sah über die Schulter ihres Gefährten auf Darius' sich rekelnden Körper. Immer wieder presste sich Karads Hintern gegen ihren Schamhügel, stieß dagegen und

Naruka fühlte sich, als wäre sie es, die zwischen Darius' Beinen lag und ihn nahm.

Ihre Nähe schien Karad anzumachen – er griff mit einer Hand hinter sich und presste Narukas Schoss an sich, während er Darius schärfer nahm.

Naruka biss sich auf die Lippen, als ihre Lust sich wieder aufbaute. Sie ließ sich von Karads Kraft tragen, bewegte sich in seinem Rhythmus und fühlte sich auf seltsame Weise auch mit Darius verbunden. Sie teilte sich mit Karad Darius' Körper, sein Stöhnen, seine heiseren Schreie, als sein Höhepunkt sich näherte.

Naruka stieß ihre Hüften gegen Karads und er wurde, überrascht von ihrer Kraft, nach vorne gedrückt, tiefer in Darius hinein, der den Kopf zurückwarf und aufschrie.

Auch Karad kam. Naruka spürte, wie er sich unter ihr verkrampfte, und sie presste sich so eng wie möglich an ihn.

Karad sank nach vorn und rutschte neben Darius, der still zwischen den Laken lag und versuchte, wieder zu Atem zu kommen. Naruka lag noch immer an Karad geschmiegt, als es klopfte.

Hastig griff sie nach einem der zerwühlten Laken und wickelte es um sich, bevor sie aufstand und die Tür öffnete. „Elisa?"

Die Archäologin wirkte gehetzt. „Ich kann es dir nicht lange erklären, aber ich … wir brauchen deine Hilfe. Du musst dafür sorgen, dass der Clan und Radus Männer hierbleiben und uns nicht suchen."

„Was?", stammelte Naruka verwirrt, aber Elisa starrte sie so eindringlich an, dass sie unwillkürlich nickte. Ihre Verwirrung und auch Sorge stiegen, als Elisa sie plötzlich umarmte.

„Wenn wir zurück sind, ist hoffentlich alles ausgestanden. Und dann müssen wir keine Angst mehr haben", flüsterte sie.

Naruka spürte eine Gänsehaut ihren Rücken hinaufkriechen. Sie schob Elisa ein wenig zurück, um ihr ins Gesicht sehen zu können. „Elisa“, fragte sie leise, als wäre es gefährlich, allein die Worte auszusprechen, „was hast du vor?“

Die Archäologin lächelte nur, hauchte Naruka einen Kuss auf die Wange und verschwand.

Elisa atmete aus und sah rasch neben sich – es war geglückt. Mircea und Radu standen unversehrt neben ihr, wie sie es auch in der Höhle gewesen waren.

Auch wenn sie jetzt wusste, dass sie als Hüterin der Bilder durch ihr Blut und einen besonders innigen Wunsch dorthin gelangen konnte, wohin sie wollte, war es doch ein unsicheres Spiel gewesen, Mircea, Radu und sie auf diesem Weg durch die Höhlen zu bringen. Elisa kannte ihre Kräfte nur bruchstückhaft und aus der Theorie – wirklich beherrschen konnte sie diese nicht. Noch nicht.

Dieser kurze, aber nötige, Test hatte ihr gezeigt, dass sie ihre Macht immer besser kennen- und einschätzen lernte. So hatte sie auch aus den Höhlen kommen können, ohne allzu viel Aufsehen zu erregen.

Radu wirkte, als wäre ihm unbehaglich beim Einsatz dieser ihm fremden Art von Magie, aber Mircea nickte ihr aufmunternd zu.

„Von hier aus müssen wir dich führen“, sagte er. „Der Dornenhort ist seit jeher die Zuflucht unserer Familie. Nur wir kennen den Eingang.“

„Wird Dracula uns dann nicht dort aufspüren?“, fragte Elisa und rieb sich über die Arme. Mircea schob sanft ihre Hände beiseite und ersetzte sie durch seine eigenen.

„Der Dornenhort wurde nach Draculas Gefangennahme wiederentdeckt“, erwiderte Radu und deutete mit dem Kinn in eine vage Richtung. „Er weiß, dass er existiert, kennt aber den genauen Standort nicht. In der kurzen Zeit kann er unmöglich herausfinden, wo wir sind.“ Er kratzte sich am Hals. „Du hattest recht, Bruder, als du sagtest, wir sollten alleine gehen. Das Risiko, dass Dracula auf eine große Gruppe von Leuten aufmerksam wird, ist zu groß."

Mircea quittierte Radus Einlenken mit einem weiteren Nicken. Er schien sich nichts daraus zu machen, ob er am Ende recht hatte oder nicht. Mircea schaute abermals zu seinem Bruder, und diesmal war er derjenige, der nickte.

Sie duckten sich halb im Mondlicht, und einmal mehr wurde Elisa Zeuge, wie die Söhne der Draculs dem Clan alle Ehre machten. Zwei ausgewachsene Drachen standen vor ihr. Mirceas lange Schnauze stieß sie sanft in die Seite und dirigierte sie näher zu sich heran. Sie verstand und kletterte vorsichtig auf seinen Rücken. Wie in ihrer Vision hielt sie sich an seinem Rücken fest, und mit einem Ruck erhoben sich die beiden Drachen in die Lüfte.

Der Wind fuhr kalt um ihren Körper, und viel Wärme konnte sie im Flug auch nicht von Mirceas Körper erhaschen. Dennoch schmiegte sie sich an die harten Schuppen und fühlte das Atmen des großen Leibs unter sich. Mirceas Schwingen schlugen kraftvoll und trugen sie immer höher in die Nacht hinaus.

Elisa genoss jede Sekunde und verspürte keine Angst, nur das aufregende Kribbeln des Fluges. Es dauerte nicht lang. Sie hätte damit gerechnet, dass der Dornenhort gut bewacht und versteckt irgendwo weit entfernt von Dunkelwald liegen würde. Doch sie hatte sich geirrt. Der Weg der beiden Drachen führte in das Gebirge, bis Elisa nichts anderes als Gestein, Bergwipfel und stark gezackte Felsen unter sich erblickte. Der Wind hatte hier an Eisigkeit zugenommen und stach mittlerweile unangenehm in Elisas Haut. Sie fröstelte. Das dünne Kleid bedeckte kaum genug, dass ihr wärmer wurde. Dennoch klagte sie nicht – sie vertraute Mircea. Unter sich sah sie keine Lichter mehr. In der Nähe von Dunkelwald hatten wenigstens die Lichter des nahen

Dorfes geleuchtet und den Himmel über ihnen mit seinen tausend Sternen imitiert. Jetzt aber erblickte sie nur die bleichen, vom Mond beleuchteten Steine des Gebirges, die wirkten wie die Knochen eines riesigen, vor Jahrhunderten gestorbenen Ungetüms.

Plötzlich kam etwas in Sicht, das Elisa anfangs nicht einzuordnen wusste. Die Form war zu glatt, zu perfekt, als dass sie in die zerklüfteten karpatischen Berge gepasst hätte. Die beiden Drachen flogen zielstrebig darauf zu, und Elisa erkannte endlich, um was es sich handelte. Ein einzelner Turm stand inmitten der Berge. Er schien vollkommen unbehelligt von Wind und Wetter und ragte wie ein stummes Mahnmal inmitten dieser unwirtlichen Gegend auf.

Die Flügel der Drachen schlugen langsamer, nicht mehr so kraftvoll und sanken langsam hinab. Elisa dachte, dass sie auf dem Turm landen würden, aber sie streiften das Dach des Turmes nicht einmal, als sie darüber hinwegflogen. Und endlich erkannte Elisa auch, wohin: Direkt unter ihnen, verborgen in Fels und Gestein, lag der Dornenhort. Eine Festung, aus dem Stein herausgehauen. Sie besaß keine Fenster oder Türme – nur glatte Wände, gespickt mit Dornen aus Fels.

Mircea und Radu steuerten geradewegs auf diese Mauern zu, verlangsamten den Flug und hielten auf eine sehr spitz aussehende Felsnadel zu. Sie kam immer näher, nur noch Sekunden, und sie würden mit dem Gestein kollidieren. Elisa schrie auf, als Dunkelheit sie plötzlich umfing – die beiden Drachen waren einfach in ein Loch unter der Felsnadel geflogen. Ein versteckter Eingang.

Befreit lachte Elisa auf und schmiegte sich wieder an Mircea. Die ledrigen Flügel der Drachen rauschten, als sie durch eine riesige Höhle flogen. Sie durchquerten sie und landeten elegant vor einer metallenen Doppeltür. Elisa glitt von Mirceas Rücken, und die Drachen verwandelten sich wieder in Menschen.

„Alles in Ordnung?“, fragte Mircea schmunzelnd.

Sie zitterte und rieb sich immer wieder über die Arme, brummte aber ein Ja.

Radu ließ sich von dem Geplänkel nicht stören. Er streckte die Arme aus und schob mit sichtbarerer Anstrengung die beiden Türen auf. Mircea legte seinen Arm um Elisas Taille und führte sie hinter seinem Bruder in einen kurzen Gang, der in einem kreisrunden Raum mündete. Mircea hob die freie Hand, die Finger gespreizt, als wollte er etwas anheben. In dem Moment loderten Flammen an den Wänden auf. Sie tanzten über das Gestein, ehe eine nach der anderen in die an den Wänden angebrachten Feuerschalen glitt.

„Du kannst zaubern?“, fragte Elisa verwundert, aber Mircea schüttelte nur den Kopf. „Das ist der Dornenhort. Hier können wir Dracul tun, was immer wir wollen.“

„Nicht alles“, erwiderte Radu und schob einige Dinge umher, bis er eine kleine Truhe fand. „Dracula einsperren können wir nicht, außer du hilfst uns endlich.“

Er ließ die Truhe vor Elisas Füßen nieder und bückte sich, um sie zu öffnen. Elisa spürte ein Brennen auf der Brust, als er das tat. Der Drachenanhänger um ihren Hals erwärmte sich augenblicklich und strahlte. Mircea bemerkte das und legte seine flache Hand auf den Anhänger, der sich dadurch zu beruhigen schien und langsam abkühlte.

Radu tauschte einen Blick mit Mircea. „Ist das ein gutes Zeichen?“

Mircea schaute auf die Truhe, und Elisa tat es ihm nach. Darin befanden sich ein Bündel mit brüchig wirkendem Papier, eine Pergamentrolle und ein Ring mit einem Drachen darauf. Elis nahm ihn zur Hand und betrachtete ihn. Er glich dem Drachen um ihren Hals aufs Haar. „Das ist alles, was ihr habt?“, fragte sie, an beide Brüder gewandt.

„Alles, was wir von Stoker haben“, bestätigte Mircea, deutete aber mit dem Kinn auf den Raum. Er war vollgestellt mit allerlei Dingen, von denen die meisten unglaublich kostbar wirkten. Bilder hingen verdeckt oder offen an den Wänden, und Elisa erkannte Mircea, Radu und Dracula. Alle drei waren mit Porträts vertreten und sahen ernst von der Wand herab.

Elisa schaute sich weiter um und erkannte diverse Wappen, die alle den Drachen zeigten, kostbare Goldgefäße und Schmuck sowie Bündel von Briefen, Urkunden und Dokumenten. „Ich brauche mehr Licht und etwas Wärmeres zum Anziehen. Dann fange ich gleich an.“

Radu nickte und drehte sich um.

Mircea aber zögerte noch. „Bist du sicher, dass du das tun willst? Ich will dir nicht das Gefühl geben, dass ich dich zu irgendetwas missbrauche.“

Elisa umfasste den Anhänger auf ihrer Brust und musterte Mircea. Er schien es ernst zu meinen, denn sein Blick zeigte Sorge. Sie ging auf ihn zu. „Ich habe bereits eingewilligt, es zu tun. Für dich, für das Land.“

„Für uns nicht?“, fragte er und umfasste ihre Hand. Elisa schauderte, als er die Handfläche gegen seine Lippen drückte. Eine Antwort blieb sie ihm aber schuldig. Wenn sie an Dracula dachte, wusste sie mittlerweile nicht mehr, was sie fühlen sollte. Da brannte kein Hass, nicht einmal Wut. Nur noch … Mitleid. Sie schluckte unwillkürlich. Das war es auch nicht, aber sie konnte nicht genau benennen, was es sonst war. Sie durfte nicht zulassen, dass sie so dachte.

Mircea bemerkte ihr Zögern und ließ ihre Hand los. Er sagte nichts und ging, als Radu wieder hereinkam.

Ein wenig verwirrt blickte dieser seinem Bruder nach, reichte Elisa dann aber einen mit Pelz gefütterten Mantel. In der anderen Hand hielt er einen sechsarmigen Leuchter. „Da vorne steht ein Tisch", sagte er und deutete in eine Ecke. „Dort kannst du arbeiten. Wenn du noch irgendetwas brauchst, ruf nach Mircea oder mir." Er deutete tatsächlich eine Verbeugung an, ehe er sich umdrehte und die Flügeltüren hinter sich schloss.

Für einen Moment fragte Elisa sich, ob sie hier gerade eingesperrt worden war, aber sie drängte den Gedanken beiseite. Er würde sie nur behindern, und sobald sie hinauswollte, würde sie es mit Sicherheit auch können.

Dennoch schien es plötzlich kälter in dem Raum geworden zu sein, trotz der Flammen in den Schalen. Sie streifte rasch den Mantel über und nahm die Truhe, um sich damit an den Tisch zu setzen. Mit dem Leuchter auf dem Tisch begann sie, sich in das dicke Manuskript zu vertiefen.

Die Worte waren vertraut: Während ihres Studiums und kurz vor dem Antritt ihrer Forschungsreise hatte sie diese immer wieder gelesen. Bram Stokers Dracula war für sie wie das Nachhausekommen nach langer Zeit in der Fremde. In den vergangenen Tagen hatte sich so viel geändert, und ihre gesamte Welt war auf den Kopf gestellt worden. Alles, woran sie bisher geglaubt hatte, war für nichtig erklärt worden, und sie hatte sich auf tausend fremdartige Dinge einstellen müssen. Es tat gut, etwas zu haben, was noch aus einer Zeit stammte, in der alles in Ordnung gewesen war.

Beinah zärtlich fuhr Elisa mit den Fingern über die raschelnden Seiten. Es handelte sich nur um eine Abschrift, aber angesichts des Alters des Papiers konnte sie nicht viel jünger sein als das Original. Jemand hatte sich Mühe gegeben, die recht schmucklose Abschrift wenigstens durch eine schöne Handschrift aufzuwerten, und es fiel Elisa nicht schwer, das Englische zu entziffern. Sie gönnte sich für einige Zeit den Luxus, einfach ein wenig in den geliebten Worten zu schwelgen, besonders schöne Sätze wie Schokolade auf ihrer Zunge zergehen zu lassen und die Handschrift zu bewundern.

Nur aufgrund ihrer Ablenkung ließ sich erklären, dass er sie überwältigen konnte. Von einem Moment auf den anderen war seine Präsenz da, so deutlich, als würde er ihr gegenüberstehen. Elisa atmete erschrocken ein, aber etwas verschloss ihr den Mund. Sie sah Dracula nicht, wusste aber, dass er bei ihr war. In ihr.

„Elisa“, hörte sie seine Stimme in sich widerhallen. Nur ihr Name, sonst nichts weiter. „Elisa …“

Er schaute durch ihre Augen. Sie erlebte mit, wie er sich jedes Detail sorgfältig einprägte. Seine Gedanken fühlten sich wie kühle Finger an, die in ihrem Geist umhertasteten. Dracula wollte herausfinden, wo sie sich verbarg, aber Elisa wusste selbst nicht, wo genau der Dornenhort sich befand. Die kühlen Finger wurden zudringlicher, verzweifelter und Kälte kroch ihr in die Glieder. Es wurde zu viel. Elisa riss die Hände an den Kopf und schrie auf: „Verschwinde!“

Sie hörte ein Schaben, als die Flügeltüren aufgestoßen wurden, und Draculas Präsenz verschwand ebenso schnell, wie sie hergekommen war. Mircea fasste sie wortlos unter. Radu stand hinter ihm: „Wir müssen sie wegschaffen. Sie wird uns noch verraten!“

„Sie weiß nicht, wo wir sind, und er wird es so auch nicht erfahren. Aber sie ist erschöpft und er hat leichtes Spiel. Ich bleibe bei ihr, bis sie sich ausgeruht hat.“

„Uns bleibt keine Zeit!“, fuhr Radu auf, aber Mircea ignorierte ihn und trug sie einfach hinaus.

Elisa hatte den Streit stumm verfolgt und sprach auch

nicht, bis Mircea sie in ein Zimmer weit abseits der Höhle gebracht hatte. Es besaß einen Kamin, der bereits brannte, und ein Loch in der Decke, durch das diffuses Mondlicht fiel. Das Loch bedeckte ein verschnörkeltes Netz aus geschnitztem Holz, und dieses warf seltsam anmutende Schatten auf den Boden und das breite Bett. Mircea legte Elisa darauf ab und setzte sich neben sie.

„Radu hat recht", sagte sie leise. „Gib mir die Truhe und lass mich woanders hingehen. Durch die Blutsbande bringe ich euch nur in Gefahr."

„Das tust du nicht", widersprach Mircea vehement und strich über ihre Stirn. „Du vergisst, dass die Blutsbande auch uns beide verknüpfen. Ich schütze dich vor ihm, so gut es geht."

„Mircea", erwiderte Elisa und setzte sich auf. „Etwas in mir will gar nicht, dass du mich vor ihm schützt!"

Der Blick der dunklen Augen umwölkte sich. „Denkst du, das ist mir nicht bewusst?", fragte er leise. „Ich kenne meinen Bruder gut genug, und ich weiß, wie er sein kann. Außerdem hat er dein Blut getrunken – es ist ein Wunder, dass du ihm nicht vollkommen verfallen bist." Das klang bissig, und Elisa runzelte die Stirn.

„War es bei Elisabeth genauso? Reagierst du deshalb so?"

Er wandte den Blick nicht ab. „Vielleicht", räumte er ein.

Elisa atmete tief durch. „Sie hat mir nicht gezeigt, wie es mit euch endete", sagte sie sanfter als zuvor. „Und ich kann mich an nichts Derartiges erinnern. Sag es mir, Mircea – irgendetwas sperrt sich in mir, und ich will wissen, warum. Was ist zwischen Elisabeth und dir vorgefallen?"

Mircea legte den Kopf in den Nacken und rieb sich über die geschlossenen Augen. „Du solltest so etwas nicht fragen", murmelte er und wirkte gequält.

„Warum nicht?"

„Elisa", sagte Mircea und schlug die Augen wieder auf. „Ich bitte dich bei allen Heiligen, lass es ruhen. Es wird dich unglücklich machen und mich auch."

Elisa runzelte die Stirn. „Ich will es wissen, Mircea, erst recht, wo du es mir so offensichtlich verheimlichen willst."

Er beugte sich zu ihr und blickte ihr tief in die Augen. „Willst du das wirklich?" Der Ernst in seiner Stimme brachte sie zum Zittern.

Dennoch nickte sie. „Ja", flüsterte sie.

Mircea nahm ihre Hand. „Schließ deine Augen", raunte er an ihren Lippen. „Schließ sie ganz fest, und lass mich ein."

Elisa forschte noch einmal in seinem Gesicht, aber alles, was sie darin las, war Ehrlichkeit. Gehorsam schloss sie die Augen und öffnete ihren Geist. Wie auch Dracula zuvor, war er plötzlich bei ihr, aber anders als Draculas Gedanken waren Mirceas nicht kalt, sondern warm. Er führte sie behutsam weiter, tiefer in die Vergangenheit und die Welt ihrer eigenen Gedanken.

Elisabeth schmiegte sich an Mircea. Sie war den langen Weg in seine Gemächer gerannt, weil sie es nicht länger aushielt – sie musste ihm sagen, wie sie sich entschieden hatte. Er fing sie lachend auf, als sie stürmisch zu ihm hineingerannt kam, und sie hielt sich an ihm fest.

„Mircea", murmelte sie und drückte sich an ihn. Unter seiner Kleidung spürte sie sein Herz schlagen, schnell und aufgeregt, als wüsste es bereits, wie sie sich entschieden hatte.

Lächelnd drückte sie sich an ihn, die Arme um seinen Nacken geschlungen.

„Warum bist du denn so aufgeregt, Rackli?", fragte er sie zärtlich und strich ihr über die losen Haarsträhnen, die sich durch ihren aufgeregten Lauf gelöst hatten.

„Weil ich nicht mehr schweigen kann“, lachte sie und küsste ihn stürmisch. „Und mein Herz auch nicht.“

Er sah sie mit großen Augen an. „Und?“, fragte er schließlich leise. „Was sagt es?“

„Es singt und schreit“, lachte sie. „Und alles, was es hervorbringt, ist dein Name.“

Mircea schien für einen Moment sprachlos zu sein. Dann presste er sie plötzlich an sich und wirbelte sie herum. „Elisabeth“, rief er laut und setzte sie dann wieder ab, aber nur, um sie zu küssen.

Elisabeth erwiderte seinen Kuss zärtlich und fasste den Kragen seiner Jacke, um ihn noch tiefer und näher an sich zu ziehen. Er tat ihr den Gefallen, aber sein Kuss wurde leidenschaftlicher und er selbst hitziger. Elisabeth ließ sich durch seine Leidenschaft anstecken und seufzte leise in seinen Mund, als seine Hände über ihren Rücken wanderten und ihre Hinterbacken umfassten. Fordernd drückte er ihren Unterleib an sich, und Elisabeths Lust loderte auf.

„Ich will endlich, was mir gehört“, flüsterte sie atemlos. „Ich will den Mann und den Drachen mit all seinen Geheimnissen.“

„Und du sollst ihn bekommen“, keuchte Mircea und hob sie höher, um sie zu seinem Bett zu tragen. Er setzte sie darauf und öffnete ihr Mieder. Seine Finger waren vor Lust fahrig, und Elisabeth musste darüber lächeln – er war in der Liebe sicherlich erfahrener als sie, aber jetzt wirkte er aufgeregt wie sie selbst. Sanft schob sie seine Hand fort und öffnete die letzten Schnüre des Mieders, ehe sie aufstand und das Kleid einfach zu Boden rutschen ließ. Elisabeth stieg aus den Lagen von Stoff, und Mircea kniete vor ihr nieder, um die langen Strümpfe, die ihr bis zum Knie reichten, langsam hinabzurollen. Er half ihr, aus den Schuhen zu steigen, und nahm ihr die Strümpfe ab, sodass Elisabeth schließlich nackt vor ihm stand. Ihr Atem ging heftig, aber Mirceas Lächeln beruhigte sie.

Er blieb noch einen Augenblick auf den Knien und nutzte seine Position, um ihre Hüften zu umfassen und innige Küsse um ihren Bauchnabel zu setzen. Elisabeths Knie wurden weich, und sie wagte es, ihre Hände über seine Schultern gleiten zu lassen.

Als ihre Finger die nackte Haut an seinem Hals berührten, gab er einen erstickten Laut von sich und stand hastig auf. „Setz dich wieder auf das Bett", murmelte er rau an ihrem Ohr, und Elisabeth nickte. Sie zog die schwere Decke über ihre nackten Schenkel, als sie auf dem Bett kniete und beobachtete Mircea.

Er hatte sich seiner Stiefel entledigt und knöpfte nun seine Jacke auf. Darunter trug er ein einfaches Hemd, das der Jacke folgte, und kurz darauf fiel auch Mirceas Hose, gelöst von seinen ungeduldigen Fingern.

Nackt und mit sich schnell hebender und senkender Brust stand er vor ihr. Seine Haut glänzte sacht im Schein der Kerzen, und Elisabeth wagte es diesmal mutiger, ihn zu betrachten. Ihre Küsse und Berührungen hatten bereits ausgereicht, damit er hart wurde, und unter ihrem Blick wurde sein Glied noch härter.

Er trat an den Bettrand, und Elisabeth richtete sich auf. Sie strich mit den bloßen Händen über seine nackte Brust und schauderte angesichts des weichen Gefühls der Haut und der so gegensätzlich harten Muskeln darunter. „Lass mich das fühlen", murmelte sie und genoss den sinnlichen Duft seines Körpers, der ihr anregend in die Nase stieg. „Das alles, was dich ausmacht."

Er stöhnte rau bei diesen Worten und schob ihr Kinn höher, um sie küssen zu können. „Es gehört alles dir", erwiderte er. Seine Hände lagen ruhig auf ihren Hüften, und tatsächlich ließ er Elisabeth einfach erkunden, tasten und schmecken.

Es war für Elisa, die alles durch Elisabeths Augen erblickte, seltsam, dieses zarte Liebesspiel zu verfolgen. Für Elisabeth war es das erste Mal, aber sie gab sich Mircea vollkommen hin. Sie vertraute dem Herrn von Dunkelwald, und er tat in diesem Moment alles, um diesem Vertrauen gerecht zu werden.

Elisa konnte deutlich sehen, wie sehr er seine Lust zurückhielt, um ihr keine Angst zu machen. Irgendwann wurden ihr Streicheln, die Küsse, die sie auf seine Brust und seine Lenden setzte, zu viel. Er drängte sie auf den Rücken und küsste sie tief, mit all der Leidenschaft, die er fühlte. Elisabeth keuchte und klammerte sich an seinen Rücken. „Mehr", gab sie leise von sich und Mirceas Finger schoben sich zwischen ihre Schenkel. Er fand gezielt ihre nasse Mitte und schob zwei Finger bis zum ersten Fingerglied hinein. Elisabeth wand sich und keuchte leise, als Mirceas Daumen derweil zum Zentrum ihrer Lust wanderte und den kleinen, harten Knopf umkreiste.

Elisabeth warf stöhnend den Kopf zurück und spreizte ihre Beine. Mircea nutzte diese Chance und knabberte sich über die empfindliche Haut ihrer Kehle, deutete einen Biss an, den er jedoch nie ausführte. Stattdessen saugte er an ihrer Halsschlagader, als könnte er auf diese Weise das Blut darin schmecken.

Sie wand sich unter ihm, aber … „Das ist nicht, was ich will", stöhnte sie und schob ihn energisch von sich hinunter, bis er auf dem Rücken lag. Flink glitt sie auf seinen Schoß, die Beine gespreizt, die Haare wirr, aber sie selbst erhitzt und aufgeregt. „Ich will dich ganz erleben, Liebster", flüsterte sie und beugte sich vor, um ihn zu küssen.

Mit nur einem Griff hatte er das Band ihres Zopfes

gelöst und ließ die langen Strähnen lose über ihre Schultern fallen, bis er darin eingehüllt war. Wohlig seufzend vergrub er seine Hände darin.

Elisabeth lächelte und schaute auf ihn hinab. So viel Kraft, so viel Macht, ganz allein unter ihr und ihr zu Willen. Der Gedanke ließ ihr Lächeln breiter werden, und sie küsste ihn wieder.

Mirceas Hand nahm ihre und führte sie zwischen seine Beine, wo seine Erektion hart und zitternd aufragte. Elisabeth wusste, was er wollte, und umfasste das heiße Fleisch, um es zu reiben. Doch schon nach kurzer Zeit stieß er ihre Hand weg und führte seine Finger wieder an ihre Scham. Elisabeth legte ihre Hände auf seine Brust und grub die Nägel tief ins Fleisch, als die Lust sie übermannte. Sie spürte Nässe ihren Schenkel entlangrinnen, und ihr Sehnen, Mircea endlich in sich zu spüren, eins mit ihm zu werden, wurde übermächtig.

Sie schluckte und ließ ihre Hüften tiefer sinken, immer tiefer, bis sie Mirceas Eichel zwischen ihren Schamlippen spürte. Ein kurzer Schmerz ließ sie aufstöhnen, aber er verging, als sie tiefer sank und Mirceas Haar an ihrer Scham spürte. Er war ganz in ihr, und Elisabeth seufzte leise. Sie war endlich mit ihm verbunden, und spürte, dass es ihm ähnlich ging. Er genoss ihre Nähe, und als sie sich bewegte, gelangte er an den Rand seiner Beherrschung. Mircea stöhnte wieder und wieder ihren Namen und zuckte unter ihr. Elisabeth tat es ihm nach, sie gab einfach dem nach, was sie empfand. Sie wollte mehr von ihm, wollte ihn tiefer in sich spüren, ihn ganz in sich aufnehmen. Die Hände noch immer in seiner Brust verkrallt, bewegte sie sich in wildem Tanz auf ihm, bescherte ihm und ihr die größtmögliche Lust, ehe ihr Körper explodierte und ihr den ersten Höhepunkt gemeinsam mit ihrem Liebsten schenkte.

Erschöpft sank sie auf Mirceas schweißnassem Körper

zusammen und versuchte, ihren fliegenden Atem zu beruhigen. Doch sie hatte keine Zeit, denn in diesem Augenblick wurde die Tür des Raumes aufgerissen und Dracula stand im Türrahmen.

Elisa spürte, dass etwas die Verbindung störte. War es Dracula? War es Mircea? In diesem Augenblick konnte sie es nicht sagen – das Bild aus der Vergangenheit verschwand und wich einem anderen Szenario.

Elisabeth stand am Rand eines kleinen Balkons, der eine Turmspitze zierte. Ihr Gesicht, das Elisa vor Augenblicken noch fröhlich und voll Leben gesehen hatte, war nun tränenüberströmt. Sie schüttelte immer wieder den Kopf, als könnte sie es nicht fassen, und starrte Mircea an, der wenige Schritte vor ihr stand. „Vergib mir", sagte er und streckte die Hand aus. „Bitte, ich verspreche dir, ich werde dich nie wieder behelligen, aber komm wieder mit hinein."

Elisabeth schüttelte noch immer den Kopf und wischte sich über das Gesicht. Es nützte nichts – die Tränen ließen nicht nach.

„Liebes, bitte, komm wieder mit hinein – ich will es dir erklären!"

„Nein." Das dünn ausgesprochene Wort wäre fast im Tosen des Windes untergegangen, aber dennoch hörte man es deutlich. Mircea erstarrte. Elisabeth sah ihn noch einmal an. Dann stieß sie sich ab und sprang über die Brüstung des Balkons. Mircea stürzte hinterher, er verwandelte sich im Sprung noch in den Drachen, aber die Verwandlung dauerte zu lange. Mit einem spitzen Schrei stürzte Elisabeth in die Tiefe und wurde von den reißenden Wassern des Flusses verschluckt.

Elisa riss die Augen auf und starrte in Mirceas Gesicht.

„Was …“, brachte sie rau hervor und schaute ihren Liebhaber an. „Was … warum … was ist passiert?“

Sie spürte Nässe und berührte ihre Wange. Tränen hatten salzige Spuren hinterlassen. Mircea kam näher und hielt sie fest, bis das Zittern sich wieder beruhigte. „Warum hat sie sich umgebracht?“, brachte sie schließlich bebend hervor. „Was ist zwischen euch vorgefallen?“

„Sie hat es nicht ertragen, dass Dracula nicht mit ihrer Wahl einverstanden war. Aber sie konnte auch von mir nicht lassen – in ihrer Verwirrung sah sie keinen anderen Ausweg, als sich das Leben zu nehmen.“

Elisa war nicht sicher, was sie davon halten sollte, aber für den Moment gab sie sich mit dieser Erklärung zufrieden. Sie kroch in Mirceas Umarmung und ließ sich so halten, bis sie sich einigermaßen beruhigt hatte.

Kingsley stand am Fuß des Berges und schaute hinauf. Er war nun zwei Tage unterwegs gewesen und hatte sich durch die unwirtlichsten Gestade der Karpaten kämpfen müssen. Prüfend blickte er auf ein kleines, taschenrechnerähnliches Gerät in seiner Hand. Ein roter Punkt blinkte auf dem Display, und darunter leuchteten die Ziffern der Koordinaten.

Er schob seine Mütze zurück und schaute den Berg hinauf. Er hätte wissen müssen, dass es nicht einfach sein würde, als er vor zwei Tagen gesehen hatte, wie Radu und dessen Bruder sich in Drachen verwandelt hatten und mit der Frau weggeflogen waren.

Kingsley besaß keine Flügel und auch kein Flugzeug – aber er besaß einen Peilsender, den er zuvor Radu untergeschoben hatte, als er den Dreien gefolgt war. Diese kleinen Sender hafteten sich wie Kletten an Haut oder Haare des Objektes, selbst wenn man sie aus einiger Entfernung darauf warf, und waren so leicht, dass sie kaum zu spüren waren. Ein einziger gezielter Schuss mit dem Blasrohr hatte den Sender an Radus Kleidung befestigt, ohne dass der Anführer etwas bemerkt hätte.

Dennoch hatte die Verfolgung lang gedauert. Was Drachenflügel in wenigen Minuten schafften, dafür brauchte Kingsley Tage. Doch sein Ziel lag nicht mehr weit entfernt – auch wenn dieser Berg der steilste von denen war, die er bisher bestiegen hatte, so konnte es nur noch einen, maximal zwei Tage dauern, bis er Radus Aufenthaltsort gefunden hatte. Er war sicher, dass es sich bei dem Ziel um einen großen Kampf handeln musste – der würde nicht vorbei sein, wenn er ankam. Und dann würde Kingsley sich einen Namen machen. Zufrieden lächelnd begann er mit dem Aufstieg.

Frustriert stieß Elisa den Trinkbecher aus Holz vom Tisch. Er schlug klappernd auf dem Steinboden auf und rollte in die hinterste Ecke. Mircea kam durch die Doppeltüren und sah dem Becher nach.

„Du kommst nicht weiter?“, fragte er trocken.

Sie knurrte unterdrückt. „Ich habe das Manuskript jetzt dreimal durchgearbeitet, und ich finde einfach nichts, was uns weiterhilft!“

„Und was ist mit der Pergamentrolle?“, fragte er nach und hielt das entsprechende Schriftstück hoch.

„Anfangs dachte ich, das wäre eine Hilfe, aber es ist nichts weiter als ein Stammbaum eurer Geschichte. Stoker hat das anscheinend als Inspirationshilfe genommen und doch wieder gestrichen.“

Mircea ließ das Pergament wieder in die Truhe fallen und setzte sich auf den Stuhl an Elisas Arbeitstisch. Er rieb sich über den Nasenrücken, in dem offensichtlichen Versuch, sich zu konzentrieren. „Das Pergament hilft nichts, das Amulett hilft nichts“, murmelte er.

„Das Amulett hat nur beim ersten Mal reagiert, als Radu die Truhe geöffnet hat“, warf Elisa ein. „Seitdem gab es keine Reaktion mehr.“

„Was war es dann?“ Mircea seufzte und stand wieder auf. „Mach eine Pause, vielleicht kommst du danach weiter.“

Elisa wollte für einen Moment protestieren, gab aber auf, noch bevor sie begonnen hatte. Sie hatte nun zwei Tage an diesem Tisch gesessen und sich jede dieser handgeschriebenen Seiten wieder und wieder angesehen. So langsam flimmerte es in ihrem Kopf. Dieser Zustand war gefährlich. Auch wenn Dracula sie nicht weiter behelligt hatte, wusste sie seit dem ersten Abend, dass ihre Erschöpfung ihm half, leichter in ihr Bewusstsein zu dringen. Mircea mahnte sie daher immer, Ruhe zu halten und sich zu entspannen, wann immer es möglich war.

Elisa beschloss, in diesem Fall seinen Rat anzunehmen und Pause zu machen. Nur ein wenig.

Sie trat zu ihm und ließ zu, dass er sie stützte. In der vergangenen Nacht hatte sie bei ihm geschlafen, aber die Vision um Elisabeths Tod und die anstrengende Flucht hatten sie erschöpft. Sie war in Mirceas Armen eingeschlafen und hatte einige wenige Stunden mit tiefem, aber erholsamem Schlaf zugebracht.

Mircea drängte sie zu nichts, aber sie spürte selbst ohne die Blutsbande, dass er ihr näherkommen wollte. Leise seufzend, lehnte sie sich an ihn. „Lass uns etwas essen", sagte sie. „Und ein wenig ausruhen. Ich brauche Schlaf."

„Wie du willst, Rackli", bestätigte er und brachte sie in den Vorraum. Diesmal nahm er nicht den Weg zurück in die große Schlafkammer, die sie sich teilten, sondern führte sie zu einer engen Wendeltreppe, die bisher vor ihren Blicken verborgen gewesen war.

Mircea hieß ihr, vorzugehen, und er folgte ihr dichtauf über die engen und ausgetretenen Stufen. Elisa musste vorsichtig gehen, wenn sie nicht stolpern wollte. Manchmal strauchelte sie, aber Mircea fing sie immer wieder auf.

Je höher sie kamen, desto windiger wurde es. Elisas Haarsträhnen flogen ihr immer wieder ins Gesicht, und als sie die letzten Stufen hinter sich gebracht hatte, erkannte sie, warum dem so war: Sie befand sich mitten auf der Spitze des Berges, auf dessen Klippen sich der Dornenhort befand.

Es lag kein Schnee, aber zwischen den zerklüfteten Winkeln der Steine glitzerte Eis. Mircea bewegte die Hand in einer eleganten Bewegung und holte eine Art Umhang aus Samt aus der Luft. Er hüllte Elisa hinein und umarmte sie von hinten. Der Stoff um ihre Schultern fühlte sich gut an und sperrte die Kälte fast augenblicklich aus.

„Gut so?“, fragte Mircea und Elisa nickte.

Einen Moment später spürte sie seine Brust an ihrem Rücken und seine Arme um ihre Schultern. Einen weiteren Herzschlag später legten sich ledrige Flügel um sie beide. Elisa musste unwillkürlich schmunzeln, als sie merkte, womit Mircea sie zusätzlich einhüllte.

„Mein Drache, hm?“, lächelte sie, und Mircea lachte leise.

„Willst du mehr von ihm haben?“

Unwillkürlich dachte Elisa an Mirceas gespaltene Zunge, die ihren Schoss erforscht und geleckt hatte, und an den biegsamen, mit Schuppen ausgestatteten Schwanz, der ihr solch unglaubliche Lust beschert hatte. „Später“, sagte sie mit rauer Stimme.

„Gut“, erwiderte Mircea und küsste sie hinter dem Ohr.

Elisa seufzte leise und schaute auf die Berge unter sich und die tiefen Schluchten, die dazwischen lagen. Weit hinten, am entfernten Horizont, ging die Sonne in einem Meer aus blutroten Wolken unter. Die letzten Strahlen ließen die Bergwipfel aufleuchten und verliehen ihnen einen ganz besonderen Glanz.

„Warum kann es nicht immer so sein?“, fragte Elisa leise und gestattete sich, sich etwas mehr an Mircea zu lehnen. Er streichelte über ihre Oberarme, und die Flügel raschelten, als sie über Elisas Vorderseite glitten. „Nur du und ich, ohne jemanden, der uns jagt oder uns bedroht“, fuhr Elisa leise fort und wandte den Kopf halb zur Seite.

Mircea blickte zum Horizont. „Es kann so sein. Lass uns das hier zu Ende bringen und wir können das haben, was Elisabeth und mir verwehrt blieb.“

„Glücklich bis ans Lebensende, wenn sie nicht gestorben sind …?“, fragte Elisa schmunzelnd.

„Genau das", grinste Mircea und drückte Elisa fester an sich.

Die Veränderung war subtil. Wie schon beim ersten Mal war Dracula plötzlich in ihr und betrachtete durch ihre Augen die Umgebung. Elisa schloss sie rasch. Mircea hatte noch nichts bemerkt, und Elisa wollte den Mund öffnen, wollte ihren Liebhaber warnen, aber ihre Lippen blieben verschlossen. Sie atmete tief ein und drehte sich halb in Mirceas Umarmung um. „Willst du mir nicht endlich sagen, wo wir hier sind?", hörte sie sich sagen und presste sofort die Lippen fest aufeinander.

Mircea hob fragend eine Augenbraue. „Warum fragst du das? Du weißt, wie gefährlich es ist, das zu wissen", sagte er, aber es lag mehr Überraschung als Tadel in seiner Stimme.

„Entschuldige, ist mir so herausgerutscht", erwiderte Elisa hastig, in dem Versuch, sich unter Kontrolle zu bringen und Dracula zu verdrängen, aber ein Teil von ihr hielt ihn fest, umgarnte ihn, damit er blieb. Was war das nur? Elisa glaubte, ihr Blut in den Ohren rauschen zu hören, und konzentrierte sich auf den Wind, damit dieses Geräusch verschwand. „Bald, Liebste, bald bin ich bei dir", mischte sich Draculas Stimme in das Tosen. Er glitt aus ihr, diesmal wesentlich behutsamer als beim ersten Mal. Elisa sackte in sich zusammen.

Mircea hob fragend ihr Kinn an. „Ich hatte dich hier heraufgebracht, damit du dich ein wenig entspannen kannst, aber ich glaube, es war keine gute Idee."

„Schon gut."

„Nein." Ohne auf ihren Protest zu achten, führte er sie zurück in das gemeinsame Schlafzimmer und brachte sie dazu, sich hinzulegen. „Schlaf. Ich besorge dir etwas zu essen, damit du Kraft tanken kannst, wenn du wieder aufwachst."

Elisa nickte und schaute zu dem Gitterfenster an der

Decke hinauf. Der Mond war verschwunden, aber die Sterne glänzten zwischen den geschnitzten Blüten und Blättern hindurch und gaukelten Elisa für eine kleine Weile so etwas wie Ruhe vor. Sie schloss die Augen und horchte in sich hinein. „Du hast mich also entdeckt?", raunte Draculas Stimme an ihrem Ohr, so deutlich, als würde er neben ihr liegen. Elisa standen alle Haare zu Berge.

„Raus aus mir", murmelte sie halbherzig.

„Das willst du gar nicht", erwiderte Dracula, und sie hörte sein Lächeln förmlich. Sie spürte warme Handflächen, die über ihren Körper glitten, aber als sie an sich hinabsah, war dort nichts zu sehen. Sie versuchte, wegzurutschen, doch es war zwecklos. Die Berührungen blieben.

„Was tust du da?", fragte sie und visierte hilflos die Tür.

„Ich zeige dir, was die Blutsbande können."

Noch immer fühlte es sich an, als würden seine Hände über ihren Körper gleiten. Es waren nicht mehr nur zwei – ihr Gesicht, ihre Brüste, der Bauch, die Schenkel, ihr Schoß – überall spürte sie Draculas Berührungen. „Hör auf – ich liebe Mircea, also lass mich los!"

Draculas schien sie einfach zu ignorieren. Er streichelte sie weiter, glitt mit seinen Händen zwischen ihre Schenkel und drückte sie auseinander. Heißer Atem strich über ihr Ohr, und das Bett unter ihr schien in Flammen zu stehen – die Hitze streifte ihren Rücken und ließ sie sich aufbäumen. Es war fast so, als würde sie wieder mit Mircea auf dem Berggipfel stehen und er würde sie von hinten umarmen, um sie zu wärmen. Aber diese Hitze ging tiefer, sie war kurz davor, sie zu versengen.

Warme Lippen glitten über ihren Hals, verharrten an dem Verband, den sie noch immer trug. Er wurde fortgezogen, und eine unsichtbare, gespaltene Zunge benetzte die empfindliche, verwundete Haut darunter. „Dein Blut war das erste, das ich seit meiner Befreiung gekostet habe", frohlockte er in ihrem Kopf. „Du solltest dich freuen – immerhin war es für mich ein besonderer Genuss."

„Das ist mir egal", keuchte Elisa, schon lange nicht mehr unberührt von den Liebkosungen des fernen Draculas, aber es war eine Lüge. Dieser Teil in ihr, der Draculas Gegenwart begrüßte, der nach seinen Berührungen hungerte, schrie vor Freude, weil er diese Verbindung zwischen ihnen geknüpft hatte. Sie konnte nicht einordnen, was genau es war, aber sie versuchte, ihn verstummen zu lassen. Sie hatte ihr Herz bereits verloren, und es war Mircea gegenüber nicht fair, so zu empfinden.

Sie versuchte abermals, sich loszumachen, aber Draculas gedankliche Kontrolle hielt sie zurück. Anstatt sich dagegen zu wehren, spürte sie, wie ihr Körper sich seinen bestimmenden Kosungen nur allzu willig hingab und sie winkelte die gespreizten Beine an, um ihm leichteren Zugang zu ihrem geheimsten Schatz zu gewähren.

Dracula schien nur allzu dankbar anzunehmen – die gespaltene Zunge ersetzte das Gefühl der suchenden Finger. Anders als Mircea nutzte Dracula die beiden Zungenspitzen, um Elisa gezielt zum Höhepunkt zu treiben. Er schlang eine davon um ihren angeschwollenen Kitzler, zog die Schlinge immer wieder enger, während die andere tief zwischen Elisas nasse Lippen glitt und jede erregbare Stelle reizte.

Elisa gab ohnmächtig der Lust nach, die Draculas Zunge in ihr auslöste. Sie warf den Kopf zurück und krallte sich in die Falten ihres Kleides, um irgendeinen Halt zu haben, als ihr Körper ihr nicht mehr gehorchte.

Sie biss die Zähne zusammen, presste ihr Gesicht in das Kissen unter sich, um nicht laut aufzuschreien und Mircea oder Radu aufzuschrecken.

„Bald, meine Schöne, wirst du so laut schreien dürfen, wie du willst", hörte sie Dracula sagen, aber sie versuchte, ihre Ohren taub werden zu lassen. Tränen quollen aus ihren Augenwinkeln, weil sie hilflos war gegenüber der Macht, die Dracula über sie besaß. Sie wollte Mircea das nicht antun, aber sie verriet sich selbst.

Die Lust erreichte ihren Höhepunkt – Elisa bäumte sich im Bett auf und gab ein ersticktes Wimmern von sich, als der Orgasmus sie regelrecht überschwemmte und wie eine große Welle mit sich fortriss.

Während ihr Körper sich wohlig ermattet wieder auf das Bett sinken ließ, zog Dracula sich zurück. Sie spürte seinen Triumph, und das Nachglühen verwandelte sich in bittere Galle. Sie drehte sich auf die Seite und rollte sich zusammen. Noch immer kämpfte sie mit den Tränen, doch diesmal, weil dieser seltsame Teil in ihr sich nun mehr denn je danach sehnte, Dracula wieder gegenüberzustehen.

Naruka hob den Kopf. Sie lag als Katze eingerollt auf Karads Beinen. Ihr Gefährte kraulte sie und beobachtete lächelnd, wie sie sich wand und unter der Behandlung leise schnurrte. Die plötzliche Abreise Mirceas mitsamt Radu und Elisa hatte für Aufsehen gesorgt, aber der Befehl war unmissverständlich gewesen: Niemand sollte ihnen folgen.

Radus Anhängern hatte das nicht gefallen, aber sie waren eine eingeschworene Gruppe. Was immer Radu befahl, galt als unumstößliche Tatsache. Naruka hatte sie und auch die Tierruferin beobachtet – sie wirkten wie eine seltsame Militäreinheit. Diszipliniert, kampferfahren und gefährlich. Sowohl Naruka als auch die anderen Drachen hielten Abstand von ihnen, denn es hatte sich schnell herumgesprochen, was für Leute Radu folgten. Sie waren allesamt Drachentöter.

Karad hatte, wie immer schon, gewusst, wie er Naruka beruhigen konnte, und sie schnurrte umso dankbarer, als er sie derart kraulte und streichelte. Der Frieden währte jedoch nicht lang, denn die Tür zu Karads Schlafraum wurde ohne Klopfen aufgestoßen und Valesko kam herein, gefolgt von Darius. Dem Bibliothekar ging es anscheinend wieder besser, aber sein Gesicht war kreidebleich. „Wir müssen hier weg!"

Naruka sprang von Karads Schoss und verwandelte sich noch im Sprung wieder zur Frau. „Warum?"

„Die Frauen aus dem Dorf – sie haben einen winzigen Zugang zu Draculas Kammer gegraben und die Bilder darin begutachtet." Valesko war noch immer aufgebracht und Naruka fürchtete schon, dass der alte Drache einen Herzinfarkt erleiden würde.

„Was haben sie gesehen?", fragte Karad erschrocken.

„Draculas Wahnsinn“, erwiderte Darius düster. Er hatte die Arme vor der Brust verschränkt, und sein Gesicht zeigte einen Ingrimm, den Naruka bei ihm bisher noch nie gesehen hatte. „Er hat die Bilder verändert und mit seinem Blut neue gemalt. Er will die Vergangenheit verändern, und anscheinend ist es bald so weit.“

„Woher wissen sie das?“, fragte Naruka.

„Sie haben die Bilder gelesen“, fuhr Darius fort. Sein edles Gesicht verzog sich, als hätte er auf eine bittere Frucht gebissen. „Keine von ihnen besitzt die Macht, sie zu verändern, aber sie konnten deutlich aus den Bildern lesen. Dracula ist kurz davor, vollständige Macht über Elisa zu erlangen, und wenn er die hat, hat er auch die Fähigkeit, all seine Bilder Wirklichkeit werden zu lassen.“

„Warum ausgerechnet Elisa?“, murmelte Naruka.

„Weil sie die Hüterin der Bilder ist – nur durch ihr Handeln können sie ihre ganze Macht entfalten.“

Naruka schüttelte den Kopf. „Dann haben wir nichts zu befürchten. Elisa würde ihm niemals nachgeben. Sie weiß, wie gefährlich es wäre.“

„Er hat Blutsbande mit ihr geknüpft“, brummte Darius, und Naruka bemerkte, wie Karad sich versteifte.

Sie zupfte ihn sanft am Ärmel. „Was bedeutet das?“, fragte sie leise.

„Blutsbande sind eine Verbindung zwischen zwei Drachen. Unter normalen Umständen bedeutet es, dass zwei Partner sich aneinander binden und so, wörtlich, eins werden.“

Naruka spürte Kälte ihren Körper hinaufkriechen. Sie ahnte bereits, was Karad damit sagen wollte, aber sie musste es hören. „Und wenn die Blutsbande mit einem Menschen geschlossen werden?“

„Dann wird das Blut des Drachen zum Gift“, erwiderte Karad, und nur ein Blick in Valeskos und

Darius Mienen bewiesen ihr, dass er die Wahrheit sagte. „Der Geist des Drachen dringt in den Menschen ein“, fuhr Karad mit tonloser Stimme fort. „Er wandert durch dessen Blut, übernimmt Stück für Stück dessen Fleisch und dessen Geist, bis kaum noch etwas von dem Menschen übrig bleibt und es nur noch einen willenlosen Diener gibt. Wenn das mit Elisa passiert, hat Dracula ihre gesamte Macht in seinen Händen und kann die Welt formen, wie es ihm beliebt.“

„Wir müssen sie warnen!“, stieß Naruka aus. Sie umfasste Karads starken Arm.

Er sah die beiden anderen Drachen an. „Wie sollen wir sie finden?“

„Der Dornenhort?“, wandte Darius sich an Valesko.

„Es wäre der Ort, den ich aufsuchen würde. Aber nur Radu und Mircea wissen, wo sich der heilige Ort befindet.“

„Dann müssen wir trotzdem versuchen, sie zu finden“, beharrte Naruka. „Wir können Elisa nicht einfach Dracula überlassen! Mircea und Radu haben allein keine Chance gegen ihn!“

Die drei Drachen tauschten abermals einen Blick – und dann wandten sie sich wie ein Mann zur Tür.

Die Sonne schien so weit entfernt zu sein. Elisa blinzelte ein wenig, als die hellen Strahlen sie blendeten, aber sie bewegte sich kein Stück zurück. Im Inneren des Dornenhorts mochte es geschützt sein, und die beiden Brüder konnten alles beschaffen, was nötig war, um es wohnlich und angenehm zu gestalten, aber Elisa fehlten die Sonne und der Mond. Wann immer sie vor Frustration aufschreien wollte, weil sie nicht weiterkam, schlich sie sich die enge Wendeltreppe hinauf und genoss den Wind und das Quäntchen an Freiheit, das er bot. In den vergangenen zwölf Stunden hatte sie das oft getan.

Dass sie auf diese Weise auch Mircea mied, verdrängte sie. Nach dem Erlebnis in der Nacht traute sie sich nicht, ihm näherzukommen und erinnerte sich immer noch voller Scham an die Lust, die ihr Dracula verschafft hatte.

Seufzend schlang sie den Mantel fester um sich und legte den Kopf in den Nacken. Noch immer war sie keinen Schritt weitergekommen – das Manuskript, das ihr mittlerweile so vertraut war wie der Rücken ihrer Hand, barg absolut keinen Hinweis. Und wenn doch, war sie zu blind, ihn zu finden.

Draculas Besuch zeigte ihr deutlich, dass die Zeit knapp wurde. Er kam näher. Nicht nur die Einfachheit, mit der er ihren Geist erobert hatte, brachte ihr diese Gewissheit – dieser Teil, der bereits ihm zu gehören schien, spürte sein Näherkommen. Auch wenn Dracula nicht wissen konnte, wo sie sich aufhielten. Und wären da nicht Mirceas Blutsbande gewesen, wäre sie bereits jetzt vollständig Draculas Beute und würde willenlos und voll Vorfreude seine Ankunft erwarten.

Woran scheiterte es immer wieder? Elisa verkroch sich unter dem wärmenden Mantel und versuchte, sich wieder auf das zu konzentrieren, was sie in der Universität gelernt hatte. Es ging um eine einfache Analyse, nichts weiter. Wonach suchte sie? Eine Anleitung oder einen Hinweis, wie man Dracula einfing. Was hatte sie bisher gefunden? Verschiedene Hinweise, wie man Dracula töten konnte. Aber das war es nicht, was die Drachenjäger damals getan hatten. Es ging nicht um Draculas Tod, sondern um seine Gefangenschaft. Und wenn genau das des Rätsels Lösung war? Mussten sie Dracula erst töten, um ihn gefangen zu nehmen?

Elisa stöhnte frustriert auf und rieb sich über die Stirn. Das war absoluter Unsinn, aber nur ein Beweis dafür, wie verzweifelt sie mittlerweile war. Sie wusste, dass der

Hinweis schon Tausende Male vor ihren Augen gelegen hatte, sie spürte es, aber wo nur? Was hatte sie übersehen?

Fröstelnd wandte sie sich ab und ging die Treppe wieder hinunter. Die Sonne verschwand langsam, und es kühlte ab. Außerdem war es an der Zeit, sich ein weiteres Mal an das Manuskript zu setzen. Kostbare Zeit rann ihr im Augenblick wie Sand durch ihre Finger.

Das Licht der Kerzen erhellte den runden Raum und erfüllte ihn mit weichem Licht. Die Feuerschalen brannten ebenfalls und sorgten gleichzeitig für Wärme und Helligkeit. Elisa ließ den Mantel über die Stuhllehne ihres Sitze fallen und schob ihn näher, um sich wieder ihrer Arbeit zu widmen.

Das Papier fühlte sich spröde unter ihren Fingern an. Sie kannte das bereits – vielleicht lag die Antwort darin? Im Papier? Prüfend nahm Elisa einige Blätter und hielt sie gegen das Licht der Kerze, drehte und wendete sie, aber nichts geschah. Das Papier blieb nur einfaches Papier. Als Elisa versehentlich sogar eine Ecke ankokelte, ließ sie das Experiment bleiben. Unstet stand sie auf und ging im Raum umher. Sie wollte am liebsten schreien, blieb aber stumm und zwang sich zur Ruhe. Sie brauchte mehr Informationen und … plötzlich blieb sie stehen. Ihre ziellosen Runden hatten sie immer wieder im Kreis geführt, vorbei an den Steinwänden des Raumes und immer wieder vorbei an den Porträts der Dracul, die mit kalten Augen auf sie herabblickten. Aber es war ein bestimmtes Augenpaar, das sie fesselte. Konnte es so einfach sein?

Sie ging näher und spürte das gleiche warme Glühen auf der Brust, das sie auch gefühlt hatte, als Radu die Truhe vor sie hingestellt hatte. Sie trat auf das Gemälde zu, und das Glühen verstärkte sich. Elisa drehte sich hastig um und blätterte weiter in dem Manuskript, bis sie die betreffende Stelle fand. So einfach … und direkt vor ihren Augen.

Elisa stieß sich vom Tisch ab und lief lachend zur Flügeltür, aber jemand kam ihr zuvor. Sie wurde aufgestoßen, und ein Mann stand dahinter. Er wirkte, als wollte er in den Krieg ziehen. An seinen Gürteln und in diversen Taschen an den Seiten seiner Camouflage Hose sah sie Messer, Dolche und sogar Pistolen hängen. Zwei lange Bowiemesser hielt er in der Hand und in seinen Augen lagen Jagd und Blut. Elisa wich zurück.

„Wo ist er?"

„Wer?"

„Radu und dieser verdammte Schuppenträger. Wo sind sie? Wo findet der Kampf statt?"

Selbst wenn Elisa gewollt hätte, sie kam nicht dazu, zu antworten. Ein dunkelbrauner Schemen landete mit lautem Krachen hinter dem Mann. Dracula verwandelte sich so schnell in einen Menschen, dass Elisa der Atem stockte. Noch während seine Augen golden aufleuchteten, streckte er seinen menschlichen Arm aus und packte mit einer klauenbewehrten Hand den Nacken des Mannes. Es knackte laut und der Fremde sackte einfach so in sich zusammen – selbst im Tod merkte man ihm das Erstaunen an. Er hatte nicht kommen sehen, was ihn getötet hatte.

Dracula starrte nur kurz auf den Leichnam zu seinen Füßen. Er interessierte ihn offensichtlich schon nicht mehr. In diesem Moment schrie Elisa auf.

Dracula hob den Kopf. Ein Schlag traf seinen Rücken, und er taumelte nach vorn. Rasch fing er sich und drehte sich mit übermenschlicher Schnelligkeit um. Genau rechtzeitig, denn Radus Drachengestalt stürzte sich auf ihn und rang ihn zu Boden. Dracula brüllte auf, wagte aber nicht, sich zu verwandeln. In dem kleinen kreisrunden Raum hätte er keine Chance gehabt, sich zu bewegen. Er brüllte und ließ seine Finger zu Krallen werden. Sein Kopf verformte sich, wurde länger, der Mund spitzer und die Zähne schärfer. Geschickt verbiss er sich im Hals seines Bruders und drückte ihn zu Boden.

Mircea kam Radu zu Hilfe. Auch er ließ seine Hände zu scharf bewehrten Klauen werden und riss Dracula den Rücken auf. Dracula warf mit lautem Fauchen den Kopf zurück und ließ von Radu ab, der sich keuchend aufrichtete.

Mircea besaß nun Draculas ganze Aufmerksamkeit, aber sie bekam ihm schlecht. Wie schon in den Kämpfen zuvor unterlag er seinem Bruder im Zweikampf. Immer wieder wich er dem massigeren Mann aus, landete kaum einen Treffer und musste darauf achten, nicht ebenso schwer verwundet zu werden wie Radu. Dieser lag auf dem Rücken, während stetig rotes Blut aus seiner Halswunde trat und den Boden färbte. Elisa war zu ihm gekrochen und hatte ihn an den Rand des Raumes gezogen. Mit Fetzen des Mantels versuchte sie, die Blutung zu stoppen, aber immer und immer wieder quoll neues Blut nach. Die Drachen kämpften noch immer, aber Elisa registrierte, dass Mircea an Kraft verlor. Er blutete nun ebenfalls und atmete schwer. Dracula lächelte – er wusste um die Erschöpfung seines Bruders, und von diesem Punkt an spielte er mit ihm wie eine Katze mit der Maus. Elisa konnte es nicht länger mit ansehen.

Sie warf einen letzten Blick auf Radu, sprang auf und stellte sich vor Mircea. Dracula, die Pranke im Schlag erhoben, hielt inne. „Zur Seite“, knurrte er guttural.

„Nein.“ Elisa schüttelte den Kopf. „Das wird jetzt aufhören.“

Dracula lachte schallend. „Und wie willst du mich

hindern?“

„Durch einen Tausch. Du lässt Radu und Mircea gehen und ich bleibe bei dir, und gebe dir, weswegen du hergekommen bist.“

Dracula ließ tatsächlich die Hand sinken. „Was meinst du damit? Woher willst du wissen, was ich von dir will?“

Elisa machte einen Schritt auf ihn zu. Sie versuchte, so schmeichelnd wie möglich zu lächeln und rief bewusst den Teil in ihr herbei, der Dracula verfallen war. „Ich bin die Hüterin der Bilder. Einst war ich sogar viel mehr – ich weiß, warum du hierher kamst, und ich weiß, dass du mich brauchst. Als freiwilliges Opfer. Also, warum zögerst du?“

Dracula knurrte leise und stierte auf die beiden Männer. Mircea lehnte an der Wand und hielt sich die Wunden, Radu lag still und geschlagen auf dem Boden. Elisa wollte sich zu Mircea umdrehen und sehen, ob es ihm gutging, aber sie wagte nicht, den Blickkontakt zu Dracula zu unterbrechen. Jeder Beweis an Zuneigung zu Mircea konnte Dracula dazu bringen, ihn doch noch zu töten.

Langsam, quälend langsam, nickte er. „Radu kann gehen. Mircea bleibt hier. Als … Unterpfand.“

Nun wagte Elisa es doch, über die Schulter zu sehen – Mircea wollte widersprechen, aber er war zu schwach. Nur in seinen Augen, die blutrot funkelten, erkannte sie die Wut über seine Schwäche und die Bitte, diesen Handel nicht einzugehen. Aber sie konnte ihm nicht nachgeben.

„Einverstanden“, sagte Elisa und Dracula lachte auf.

Von einem Moment zum anderen veränderte sich die Welt um sie herum. Sie waren noch tiefer in die Gänge des Dornenhorts eingedrungen, so kam es ihr vor. Sie befanden sich in einer kargen Zelle. Mircea stand an der Wand. Dort, wo seine Wunden gewesen waren, sah sie jetzt nur noch hell verblassende Narben. Er trug nur die einfache schwarze Stoffhose, die er schon während des Kampfes getragen hatte und war ansonsten nackt. Um seinen Hals wand sich ein Band aus Eisen, an dessen Rückseite eine Kette herausführte, die in der Wand verschwand. Seine Hände waren mit ähnlichen Eisenringen und Ketten vor ihm zusammengebunden.

Elisa wurde blass und stürzte zu ihm hin, aber Mircea wandte den Blick ab, noch ehe sie ihn berühren konnte. Dracula trat aus der Ecke der Zelle – seine Wunden waren ebenfalls verheilt, und er trug die reich ausgestattete Kleidung seiner Zeit. Er berührte erstaunlich behutsam ihren Arm und zog sie von Mircea weg. „Mein Bruder schmollt", sagte er amüsiert. „Kein Wunder, immerhin hast du ihn zum Sklaven gemacht. Aber auch das wird sich legen, nach den ersten hundert Jahren oder so, die er hier unten zugebracht hat."

Elisa schluckte. Mircea sah sie noch immer nicht an, aber unter Draculas Worten ballte er seine Hände zu Fäusten und funkelte seinen Bruder unter den wirren Haarsträhnen hervor an. „Ich werde bald wieder hier herauskommen – und dann wirst du für uns beide bezahlen, Bruder." Er spie das letzte Wort aus, aber Dracula schnaubte nur amüsiert. Abermals fasste er Elisa unter und führte sie aus der Zelle.

„Muss er wirklich für immer dort bleiben?", fragte Elisa, während sie Dracula eine schmierige Steintreppe hinauffolgte.

„Wenn du dich gut verhältst, können wir vielleicht darüber reden, es ihm ein wenig bequemer zu machen." Spott troff aus jedem Wort und Elisa schauderte. Sie wagte aber nicht, zu widersprechen.

„Und was hast du nun mit mir vor?"

„Hattest du nicht eben gesagt, du wüsstest es?"

Elisa räusperte sich. „Ich weiß, dass du deine Visionen

und Bilder wahr machen willst. Aber wie genau, das weiß ich nicht."

„Wie schade." Dracula legte seine Hand vertraulich auf ihre Hüfte und führte sie weiter die Treppe hinauf. „Aber wir haben von nun an genug Zeit, es herauszufinden." Seine Lippen streiften ihr Ohr. „Nun … ich habe genug Zeit. Die Blutsbande werden noch früh genug dafür sorgen, dass du mehr Verständnis für meine Sache aufbringen wirst. Und dann wird dir sicherlich wieder einfallen, wie du die Blutbilder lebendig machen kannst."

„Was meinst du damit?"

Dracula blieb stehen und sein Finger malte ein seltsames Muster auf die nackte Haut ihres Dekolletés. „Damit meine ich, dass die Blutsbande deine Sichtweise verändern werden. Du und ich sind miteinander verbunden, und ich bin tiefer, weit, weit tiefer in dir, als mein Bruder es jemals sein könnte." Er beugte sich zu ihr und lächelte an ihren Lippen. „Wir sind eins, meine Schöne."

Valesko saß gemeinsam mit Darius und Naruka in den Trümmern von Dunkelwald. Sie hatten nach Resten von dem gesucht, was von Valeskos großer Bibliothek übrig geblieben war, aber sie hatten wenig Glück gehabt. Die Schriftrollen, Urkunden und Pergamente waren restlos verbrannt, einzig einige der dickeren Bücher hatten nur die Hälfte ihrer Seiten verloren. Während Karad mit den Drachenjägern aufgebrochen war, um nach Spuren des Dornenhortes zu suchen, hatte Valesko sich bereit erklärt, nach Hinweisen zu suchen, wie man den Hort finden konnte. Allerdings hatte er sich mehr von der Suche in den Trümmern versprochen, das erkannte Naruka deutlich an seinem Gesichtsausdruck. Es hatte viel Zeit und Mühe gekostet, den Schutt weit genug fortzuräumen, um überhaupt etwas Brauchbares zu finden.

„So kommen wir nicht weiter", brummte der einäugige Drache und ließ eine Handvoll Schutt fallen.

Naruka klopfte Ruß von einem Buch, das sie aufgelesen hatte. Darius nahm es ihr sanft ab und las den Titel. „Ernährung von Halbstarken und Jungdrachen", las er. „Hast du das damals wirklich gebraucht", fragte er Valesko überrascht.

„Man konnte nie wissen, wann man es mal brauchen würde", erwiderte er brummig und nahm Darius das Buch ab.

„Mir ist nicht wohl bei dem Gedanken, Karad alleine mit diesen Drachenschlächtern gehen zu lassen", mischte Naruka sich ein und blickte in die Richtung, in die die kleine Gruppe von Leuten verschwunden war.

„Du solltest sie nicht so nennen", tadelte Valesko. „Immerhin dienen sie, genau wie wir, der Sache der Familie."

„Sie haben euresgleichen getötet!“

„Sie haben Verräter an unserem Geschlecht und unserer Art getötet“, erwiderte Valesko. „Du bist jung und kein Drache – hast du eine Ahnung davon, wie schlimm der Krieg gewütet hat, als Dracula die Macht erringen wollte?“

Naruka schüttelte den Kopf. Karad sprach niemals über diese Dinge und alles, was sie wusste, kannte sie nur vom Hörensagen und aus kleineren Gesprächsfetzen, die sie hin und wieder aufgeschnappt hatte.

„Wir haben alle unter dieser Zeit gelitten“, fuhr Valesko fort, nachdem Naruka nichts weiter sagte. „Damals wandten sich Freunde gegeneinander. Familien wurden auseinandergerissen, weil sich die einzelnen Mitglieder unterschiedlichen Gruppen anschlossen. Dracula hätte unser legitimer Herrscher sein sollen, weißt du.“

Diesmal nickte Naruka. So viel wusste sie bereits.

Valesko tat es ihr nach und wischte abwesend weiteren Ruß vom Einband des verkohlten Buches. „Aber er wollte … zu viel. Er wusste nichts vom Gleichgewicht zwischen Land und Drachen, oder er ignorierte es einfach. Es war nicht einfach, die Entscheidung zu treffen, aber der damalige Rat wusste sich nicht anders zu helfen. Wir beschlossen, Mircea zum nächsten Herrscher zu machen. Er achtete und ehrte die Traditionen seiner Familie. Aber auf brachiale Weise konnten wir die Thronfolge nicht einfach ändern. Denn die Entscheidung lag noch immer bei Elisabeth – sie wählte ihren Gemahl und damit gleichzeitig auch den neuen Herrscher aus.“

„Wusste Elisabeth davon?“

Valesko nickte. „Sie war sich ebenso wie Mircea der Aufgabe bewusst, die sie übernahm. Sie wusste auch von der Tradition, dass Dracula der rechtmäßige Herrscher war, und sie war gewillt, ihn, wie es die Erbfolge verlangte, zu ihrem Mann zu wählen."

„Was ging schief?"

„Eigentlich nichts – bis zu einem bestimmten Punkt", übernahm Darius die Erzählung. „Wir baten Mircea, Elisabeths Entscheidung in Zweifel zu ziehen und sie für sich zu gewinnen. Es gelang – sie verliebte sich so sehr in ihn, dass sie ihre Pflicht vergaß und Mircea zum Ehemann nahm. Aber dann brachte sie sich um."

„Warum?" Naruka strich sich ungläubig das Haar aus der Stirn.

„Das wissen wir nicht genau. Aber ihr Tod hinterließ eine klaffende Lücke in diesem Land. Sie hatte keinen der beiden Männer offiziell zu ihrem Mann erwählt, und Dracula versuchte, seine Ansprüche durchzusetzen. Mircea bekämpfte ihn, wo immer er konnte, und versuchte gleichzeitig, dem Land Frieden zu schenken, was ihm nicht immer gelang. Türkische Belagerer konnten einfallen und gerieten mitten in den Krieg der Brüder. Es gab zahlreiche Opfer in vielerlei Hinsicht. Darius ist das beste Beispiel."

Naruka schaute ihren Freund überrascht an. „Was haben sie mit dir getan?"

„Ich geriet in Gefangenschaft", erwiderte der schlanke Mann leise und blickte nur flüchtig zu Naruka, ehe er den Blick wieder senkte. „Radu war zum damaligen Zeitpunkt unerlässlich für Mircea – er brauchte ihn an seiner Seite, damit die abtrünnigen Drachen, die sich Dracula angeschlossen hatten, bekämpft werden konnten. Ich wurde von türkischen Abgesandten für Radu gehalten und gefangen genommen. Auch als sie mich in die Türkei verschleppten, klärte ich sie nicht über den Irrtum auf. Solange sie dachten, dass sie eine wertvolle Geisel hatten, ließen sie mit sich verhandeln und gewährten Mircea ein wenig Stabilität, damit er sein

Land verteidigen konnte."

Narukas hatte nicht gewusst, was der stille Drache mitgemacht hatte. Behutsam legte sie ihre Hand auf seine, und diesmal blieb sein Blick auf ihr ruhen. Er lächelte sogar.

„Das war aber nur eine kurze Ruhephase für Mircea", nahm Valesko den Gesprächsfaden auf. „Er musste noch immer damit rechnen, dass Draculas Anhänger ihn einfach überrannten. Die Trauer um Elisabeth und die Tatsache, dass er offiziell den Tod seiner eigenen Art in Kauf nahm, machten es ihm nur schwerer. Schlussendlich trug er aber doch den Sieg davon."

„Nicht durch allzu saubere Methoden", warf Darius ein. „Aber es war eine harte Zeit – wir mussten vieles tun, was uns sonst zuwider gewesen wäre."

„Wir konnten Dracula einsperren. Radus Drachenjäger scheuchten die Drachen in die entlegensten Ecken der Welt, und Mircea sorgte dafür, dass sie sich mehr und mehr aus der menschlichen Welt zurückzogen. So war es für uns alle am besten."

„Bis jetzt zumindest." Darius umfasste Narukas Hand fester. „Die vergangenen Jahrzehnte waren friedlich, aber jetzt steht alles auf dem Spiel. Draculas Machtgier bringt uns wieder in Gefahr. Es war alles umsonst."

„Noch nicht", warf Naruka ein. „Es ist noch nicht alles vergebens. Mircea und Radu sind bei Elisa. Sie werden sie beschützen, und Elisa wird einen Weg finden, wie sie Dracula aufhalten kann."

Darius seufzte nur. Valesko stand ein wenig müde auf. „Dann sollten wir auch weitermachen und hoffen, dass wir unser Quäntchen dazutun können."

Leuchtende Blüten schmückten den Saal. Jede einzelne duftete zart und unaufdringlich, und als Elisa eine berührte, fühlte sie sich wie reinster Samt in ihren

Händen an. Auch wenn Elisa es nicht wollte – der Anblick bezauberte sie. Dracula hatte diese Dekoration mit einem leisen Winken erschaffen und beobachtete nun stumm lächelnd Elisas Entzücken.

Sie wanderte durch dieses Blumenmeer, das im Inneren eines Berges eigentlich nicht existieren durfte, und atmete das ätherische Parfüm ein. Einige Blüten in der Hand, wandte sie sich an Dracula. „Du gibst dir viel Mühe, mich für dich zu gewinnen", sagte sie.

„Ich möchte meiner zukünftigen Braut nur das Beste geben", erwiderte er und kam näher.

Elisa blieb stehen und beobachtete ihn, wie er sich durch die Blüten hindurch auf sie zubewegte. Es waren die Bewegungen eines Raubtieres, das sich an seine Beute heranpirschte, der es sich vollkommen sicher war. Die Bewegungen waren kraftvoll, geschmeidig und doch lag eine unterschwellige Gefahr darin, die Elisa schaudern ließ.

„Wer sagt, dass ich deine Braut werde?"

„Mircea in seiner Zelle sagt es mir." Dracula war nun bei ihr angekommen. Er pflückte ein Blütenblatt aus Elisas offenen Haaren und hielt es unter seine Nase. Mit geschlossenen Augen sog er den Duft tief ein. „Du bist die letzte Hüterin der Bilder und die letzte Frau, die den Herrscher der Karpaten bestimmen kann. Und ich möchte, dass du genau das tust."

„Ich muss es aus freiem Willen tun – wenn du es erzwingst, wirst du niemals legitimer Herrscher", erinnerte Elisa ihn, aber die unterschwellige Warnung entlockte Dracula nicht mehr als ein müdes Lächeln. „Die Zeit und mein Blut arbeiten für mich. Ich muss nur noch ein wenig warten." Er runzelte die Stirn und hob Elisas Gesicht an, um sie zu mustern. „Eigentlich sollte dein Wille längst mir gehören – es ist ungewöhnlich, dass du mir noch immer widerstehen kannst. Aber das wird sich bald ändern. Fühlst du es?“

Elisa wollte ihm den Triumph nicht gönnen, zu sehen, dass er recht hatte, aber sie wusste, dass es nur zu deutlich in ihren Augen stand. Dieser Teil – Draculas Blut in ihr – war stärker geworden und brachte sie dazu, sich an ihn drücken zu wollen. Ihre Lippen prickelten, und sie konnte ihre Augen kaum von seinem Mund nehmen. Wieso hatte sie bisher nicht gesehen, wie fein geschwungen seine Lippen waren, wie sinnlich sie sich öffneten, wenn er sprach? Elisa leckte sich über die Lippen, um sich abzulenken, aber es hatte nur den gegenteiligen Effekt: Das Prickeln verstärkte sich, und sie wollte, nein, sie brauchte Draculas Kuss.

Er beobachtete ihr Mienenspiel deutlich und näherte sich ihr immer weiter, bis es an Elisa lag, die letzten trennenden Millimeter zu überwinden. Sie musste sich nur etwas nach vorne beugen, nur ein winziges bisschen, und ihr Sehnen hatte endlich ein Ende. Ihr Sehnen … nein, nicht ihr Sehnen!

Elisa wich zurück und presste die Lippen aufeinander, als könnte sie so ihren Mund abhalten, Dinge zu tun, die sie bereuen würde.

Dracula brummte etwas, aber er schien ihr das Zurückweichen nicht übel zu nehmen. Stattdessen verbeugte er sich spöttisch. „Wenn du lieber allein sein willst, ist dir das natürlich gestattet. Du kannst dich im Dornenhort frei bewegen – fort kommst du ohnehin nicht, außer du lernst plötzlich fliegen.“

Er wandte sich ab und verließ den Saal. Und mit jedem Schritt hinaus verdorrten die Blüten um Elisa herum mehr.

Als es Nacht wurde, suchte Elisa automatisch das Schlafzimmer auf, das sie bisher mit Mircea geteilt hatte. Die Einrichtung hatte sich verändert – sie kannte das Zimmer. Es war der Raum aus ihrer ersten Vision, in der sie mit Dracula und Mircea das Bett geteilt hatte. Die Erinnerung trieb ihr die Röte ins Gesicht, aber sie ignorierte sie und zog sich aus. Das Kleid war ein weiterer Eingriff Draculas gewesen – es bestand aus roter Seide und schmiegte sich bei jedem Schritt eng an ihre Kurven. Darunter war sie nackt, und genau so glitt sie unter die Decke. Die Tür knarrte und Dracula trat ein. Er sagte nichts, als er Elisa dort liegen sah, aber sein Blick sprach Bände. Stumm zog er sich neben dem Bett aus und legte sich zu ihr.

Elisa versteifte sich, als sie seinen warmen Körper neben sich spürte, aber Dracula machte keine Anstalten, sie zu berühren. Er löschte mit einem kurzen Winken seiner Hand alle Kerzen und lag in der Dunkelheit einfach neben ihr. Als Elisa sich sicher sein konnte, dass er nichts tat, was sie nicht wollte, schloss sie die Augen und schlief tatsächlich kurz darauf ein.

Am nächsten Tag war sie wieder allein. Es war seltsam, in einem zerwühlten Bett aufzuwachen, das nicht nach Mircea roch, sondern nach einem fremden Mann – Dracula.

Elisa drehte sich auf den Bauch und schmiegte sich sehnsüchtig in das Laken, noch bevor sie wirklich verstand, was sie da tat. Als es ihr bewusst wurde, rutschte sie so schnell zum äußersten Rand des Bettes, als hätte sie sich verbrannt. Noch ein wenig matt setzte sie sich auf und fuhr sich durch die wirren Haare. Draculas Einfluss auf sie verstärkte sich von Tag zu Tag. Langsam kamen ihr Zweifel, dass sie es lange genug aufhalten konnte. Sie hatte eine Ahnung, wie Dracula einzusperren sei, aber allein konnte sie es nicht tun. Elisa brauchte die Hilfe von Mircea. Aber der befand sich gefesselt in einer Zelle, zu der sie sicherlich keinen Zugang hatte. Sie musste irgendwie zu ihm, solange sie noch bei klarem Verstand war.

Elisa stand auf und streifte sich das seidene Kleid über. Ihr Blick blieb an einem kleinen Tisch in der Ecke hängen, auf dem sie Obst, gepökeltes Fleisch und frisches Brot fand. Eine Karaffe stand daneben, gefüllt mit einer roten Flüssigkeit. Erst befürchtete Elisa, dass es sich um Blut handeln könnte, aber als sie daran schnupperte, erkannte sie Wein. Sie setzte sich an den Tisch und ließ sich die einfache Mahlzeit schmecken. Mit jedem Bissen stieg ihre Energie, und sie fühlte sich besser gegen die Herausforderungen des Tages gewappnet.

Elisa trat aus dem Schlafzimmer und ging geradewegs zum runden Raum, bis sie kurz davor innehielt. Es war nicht gut, wenn sie sich hier aufhielt. Draculas Interesse an dem Raum und seinem Inhalt konnte geweckt werden, und genau das wollte Elisa verhindern.

Sie wandte sich ab und ging die Wendeltreppe hinauf. Zu ihrer Überraschung wartete Dracula bereits auf sie. Es war noch früh. Am Horizont zeigte sich gerade erst die dünne Linie des Morgengrauens.

„Du schläfst nicht mehr?“

„Es war kalt“, log Elisa. „Ich fühlte mich allein.“

„Dann ist es gut, dass du zu mir gekommen bist“, erwiderte Dracula und winkte sie näher. Elisa folgte seiner Aufforderung und stand neben ihm, nah am Rand des Berggipfels. „Siehst du die Berge? Die Karpaten und das Land weit dahinter?“

Sie nickte schwach und Dracula tat es ebenso. Diese Geste hatte etwas Befriedigendes an sich. „Dieses Land ist bald unser – so wie es immer bestimmt war. Ich werde die Vergangenheit für uns ändern, und all das Leid, der Krieg und all seine Toten, ist dann niemals geschehen.“

„Krieg? Meinst du den Krieg, in dem du gegen Mircea

gekämpft hast und in dem ihr euch alle gegen einander gewandt habt?", fragte Elisa bissig.

„Ein Fehler. Ein grausamer, blutiger Fehler", erwiderte Dracula leise, und für einen Moment verdunkelte sich sein Blick. „Wir haben dem Land damit vieles angetan, meine Brüder und ich. Aber ich werde diesen Fehler wiedergutmachen. Die Wunden werden heilen."

Elisa schaute auf und war überrascht über das Bedauern und den Schmerz in Draculas Blick. „Du bereust es wirklich, nicht wahr?", entfuhr es ihr überrascht.

Dracula reckte das kantige Kinn vor. „Sie nannten mich den Pfähler", erwiderte er. „Nicht den Schönen, den Klugen, den Stolzen – nur den Pfähler. So ein Herrscher wollte ich für dieses Land nie sein. Aber ich war so wütend, so unermesslich verletzt. Meine Feinde sollten dieses Leid nachempfinden, und ich habe sie leiden lassen."

Elisa schauderte. „Hattest du das auch mit deinen Brüdern vor?", fragte sie bitter.

Dracula schwieg für einen Moment. „Nach dem, was mir Radu und Mircea antaten, habe ich ihnen noch Schlimmeres gewünscht. Aber sie waren Familie. Sie waren meine Brüder."

„Sie mussten dich einsperren", erwiderte Elisa, auch wenn sie wusste, dass sie mit der Gefahr spielte. „Du hast wie ein Wahnsinniger gewütet. Die Geschichtsbücher sind noch immer voll davon."

„Hast du dich nie gefragt, warum ich derart wütete?"

Elisa schwieg.

Dracula knurrte unterdrückt, beruhigte sich aber mühsam wieder. „Meine eigene Familie hatte sich gegen mich gewandt. Ich war der älteste Sohn der Erbfolge und es war an mir, von der Hüterin der Bilder auserwählt und zum Herrscher gekrönt zu werden." Sein Gesicht verdüsterte sich unheilvoll. „Aber Mircea kam mir in den Weg. Er bezirzte Elisabeth, obwohl er sie gar nicht wollte, und Radu nahm mir mit Gewalt alles Weitere, was mir geblieben war. Allein hätten mich die beiden niemals überwältigt, aber gemeinsam …“

Elisa stockte. „Er wollte Elisabeth nicht?“

Dracula schüttelte den Kopf. „Ich war in sie verliebt, und sie hätte sich auch in mich verliebt, wenn Mircea nicht alles getan hätte, um sie mir wegzunehmen. Er lockte sie mit Versprechen, spielte mit ihren Gefühlen, bis sie ihm ihr Herz schenkte. Als sie herausfand, dass seine Gefühle nicht echt waren, ertrug sie es nicht. Sie … nahm sich das Leben.“

Elisa ging in die Knie, als diese sie nicht mehr trugen. Etwas schnürte ihr die Luft ab und drückte schwer auf ihre Brust. Sie rang nach Atem, suchte fahrig nach Halt, und Draculas griff zu, um sie wieder auf die Füße zu ziehen. Er fragte sie etwas, aber Elisa hörte es nicht. Die Erkenntnis traf sie wie ein Schock. Das war es gewesen, was Mircea ihr verheimlicht hatte. Er war es gewesen, der ihre Erinnerung durch die Blutsbande manipuliert hatte, damit sie sich nicht an den Grund für Elisabeths Suizid erinnerte!

Der Schock über diesen Verrat saß tief, und ihr wurde richtiggehend schlecht. Nur langsam nahm sie ihre Umgebung wieder wahr. Dracula stützte sie noch immer.

„Du wusstest es nicht, oder? Er hat es dir nie erzählt.“

Elisa schüttelte fahrig den Kopf. „Nein, nie“, hauchte sie. „Lass mich zu ihm. Ich will ihn selbst fragen.“

Dracula legte den Kopf zur Seite. Er widersprach nicht, sondern führte sie hinunter in die Tiefen des Dornenhortes zu der Zelle, in der Mircea stand. Er wirkte ein wenig erschöpft, aber nicht krank. Als er erkannte, dass nicht nur Dracula hereinkam, sondern auch Elisa, verspannte er sich.

„Rackli, geht es dir gut?“ Seine besorgte Stimme klang in diesem Moment wie der reinste Hohn.

Elisa biss die Zähne zusammen und funkelte Mircea an. „Was sollte dich das interessieren?“

Erschrocken fuhr der Herr von Dunkelwald zurück.

„Als du Elisabeth damals hast springen sehen – was hast du da gefühlt? Mitleid? Sorge? Oder einfach nur Bedauern darüber, dass sie dich nicht mehr als Herrscher einsetzen konnte?“

Mirceas Gesicht erstarrte zu Stein – es schien, als wäre jeder einzelne Muskel eingefroren, während Elisa ihrer Angst und ihren Zweifeln freien Lauf ließ. Sie wünschte sich in der Tiefe ihres Herzens, dass er sich verteidigte, dass er ihr sagte, es sei nicht so gewesen, aber er sah sie nicht einmal an. Sein Blick galt seinem Bruder, der ruhig abseitsstand. Dracula lächelte nicht, sondern beobachtete einfach nur.

„Du hast genossen, ihr das zu sagen, nicht wahr?“, grollte Mircea leise. „Um sie mir ganz zu nehmen.“

„Sieh mich an – er hat nichts damit zu tun“, schrie Elisa, und wie unter einem Peitschenknall wand sich Mircea. Elisa spürte, wie sie wieder weinen musste. Die Tränen nässten ihr Gesicht, aber sie wischte sie nicht weg. „Warum hast du es mir nicht gesagt? Hattest du mit mir Ähnliches vor? Oder wolltest du die Schuld wiedergutmachen, die du auf dich geladen hast?“

„Ich musste damals tun, was ich tun musste“, erwiderte Mircea flach. „Es gab keinen anderen Weg.“

„Du hast sie damit ermordet!“

Mircea sackte in sich zusammen. Er antwortete nicht mehr, sondern lehnte einfach an der Wand, als hätte er jeden Halt im Leben verloren. Elisa wandte sich um und stürmte aus der Zelle. Dracula folgte ihr, aber sie ignorierte ihn und lief hinaus in die Gänge des Dornenhortes. Sie rannte einfach, als könnte sie vor der

Erkenntnis fliehen, dass Mircea sie von Anfang an belogen hatte. Er hatte Elisabeth damals bereits wie ein Werkzeug benutzt, und was sagte ihr, dass es bei ihr diesmal anders war?

Sie lief, bis sie nicht mehr laufen konnte und ihre Beine unter ihr nachgaben. Elisa stolperte und fing sich mühsam ab, als sie einfach zu Boden fiel. Der Teppich unter ihr schrammte ihr die Hände und Knie auf, aber der Schmerz war nichts weiter als eine willkommene Ablenkung. Sie verkroch sich in eine Ecke und schlang die Arme um ihre Beine. Mircea hatte es nicht abgestritten. Er hatte nicht gesagt, dass es sich um eine Lüge Draculas handelte, dass sie ihm nicht glauben sollte. Dracula hatte die Wahrheit gesprochen.

Elisa gab einen dünnen, klagenden Ton von sich. Sie sehnte sich so sehr nach jemandem, an dem sie sich festhalten konnte, mit dem sie über das alles reden konnte und der ihr half, wieder einen klaren Kopf zu bekommen. Sie sehnte sich nach Naruka. Sie hätte ihr bestimmt helfen können – aber Naruka war weit entfernt.

Elisa schloss die Augen und spürte, wie etwas sie rief. Rasch schlug sie die Augen wieder auf, aber dort war niemand. Sie blickte sich hastig um – in diesem Teil des Dornenhortes war sie nie gewesen. Die Gänge sahen hier nicht aus wie im anderen Teil des Hortes – sie hatte sich restlos verlaufen. Also konnte sie genauso gut weitergehen.

Mühsam stand Elisa auf und strich sich die Haarsträhnen aus dem Gesicht. Dann stieß sie sich von der Wand ab.

„Sie haben Radu gefunden!" Der Ruf hallte laut in dem unterirdischen Versteck wider, und Naruka schoss regelrecht aus dem Zimmer hinaus. Valesko und Darius taten es ihr nach. Sie hatten zu dritt weiter nach Hinweisen gesucht, aber nichts gefunden.

In der großen Halle legte Karad gerade Radus Körper auf einen der Tische. Der Drache wirkte schwach – im Hals klaffte eine tiefe Wunde, und seine Kleidung bedeckte getrocknetes Blut. Er war bei Bewusstsein. Die Drachenjäger scharrten sich um ihn, aber seine Frau war schneller – mit einigen gebellten Befehlen brachte sie sie wieder auf Abstand und beugte sich über den verletzten Mann.

Naruka verwandelte sich zur Katze und schlich unter den Tisch.

„Wer war das?“, hörte sie eine weibliche Stimme sagen.

„Dracula“, murmelte Radu so leise, dass wohl nur seine Frau und Naruka mit ihrem feinen Gehör ihn hören konnten. „Einer der Männer ist uns gefolgt … und Dracula folgte seiner Fährte. Er hat uns … überrascht. Mircea …“

Naruka schauderte. Radus Stimme war schwach, er selbst vollkommen entkräftet. Es stand schlimm um den jüngsten Drachensohn.

Valesko kam näher. „Wir helfen ihnen und dir – aber du musst uns sagen, wo sie sind.“

„Dornenhort“, murmelte Radu, ehe seine Stimme erstarb.

Die Tierruferin gab einen erstickten Laut von sich, aber er verebbte rasch. „Bringt ihn in mein Zimmer – ich brauche Faden, eine Nadel und heißes Wasser!“, befahl sie knapp, auch wenn ihre Stimme zitterte.

Naruka rannte zwischen den ganzen Füßen hindurch, bis sie Valesko fand. Sie biss ihn in den Schuh, um seine Aufmerksamkeit zu erlangen. Ein wenig verwundert sah er herunter und nahm Naruka, als er sie erkannte, auf den Arm. „Keine Sorge, er schläft nur“, flüsterte er an ihrem Ohr und streichelte sie beruhigend. Naruka zitterte und maunzte aufgeregt, während sie auf den Tisch hinabblickte. Radu hatte die Augen geschlossen, aber er atmete noch. Es blieb nur die Frage, wie lange er durchhalten würde.

Die Drachenjäger nahmen Radu behutsam auf und trugen seinen Körper hinaus, damit er versorgt werden konnte.

Naruka maunzte abermals, aber Valesko wandte sich ab und trug sie hinaus. „Wir können ihn jetzt nicht drängen“, mahnte der Drache sie streng, während er sie weiter streichelte. „Er muss sich erst erholen.“

Wieder maunzte Naruka. Valesko schüttelte den Kopf. „Ich weiß, dass du dir Sorgen machst, kleine Gestaltwandlerin. Aber wir müssen abwarten. Wenn wir es nun übereilen, wird Radu sterben und nichts ist gewonnen.“

Diesmal maunzte Naruka nicht mehr, sondern rollte sich ein und ließ sich wegtragen.

Mittlerweile hätte Elisa nicht einmal mehr den Weg zurückgefunden, wenn sie ihn sich vorher gemerkt hätte. In diesem Teil des Dornenhortes gab es kein Licht mehr, und Elisa besaß nicht die Fähigkeit der Drachensöhne – sie konnte nicht aus der Luft Fackeln herbeirufen. Blind tastete sie sich weiter. Das Gefühl, gerufen zu werden, kehrte zurück – es waren keine konkreten Rufe, nichts, was ihren Namen rief, aber Elisa war sicher, dass sie an einen bestimmten Ort gezogen wurde. Im Augenblick war das alles, was sie hatte – wenn sie zurückkehrte, würde sie sich entweder Dracula oder Mircea gegenübersehen, und im Augenblick erschien ihr das große Unbekannte wesentlich angenehmer als das.

Die Wände veränderten sich unter ihren tastenden Händen. Wo sie zuvor noch aus glatt behauenem Felsen bestanden hatten, bestanden sie mittlerweile nur noch aus zerklüftetem Gestein. Elisa spürte Feuchtigkeit darauf und glitschiges Moos, aber es war ihre einzige Möglichkeit, den Weg unbeschadet zu überstehen, daher hielt sie sich weiter daran fest.

Auch der Boden unter ihren Füßen veränderte sich – er wurde uneben. Immer wieder stießen Elisas Füße gegen Steinbrocken oder blieben in kleinen Spalten hängen. Umso vorsichtiger tastete Elisa sich weiter, als sie hinunterging. Seit einiger Zeit spürte sie auch den Drachenanhänger wieder auf ihrer Brust glühen. Er leuchtete nicht, erwärmte sich aber und gab Elisa aus irrationalen Gründen ein Gefühl der Sicherheit.

Der Boden senkte sich ein wenig ab und mit einem Mal war er weg. Elisas Fuß trat einfach ins Leere. Sie versuchte, sich an der Wand festzuhalten, glitt aber an der nassen Fläche ab und fiel. Schreiend versuchte Elisa, irgendeinen Halt zu finden, als ihr Sturz plötzlich stoppte. Nicht durch den Aufprall auf dem Boden, sondern durch eine unsichtbare Macht, die sie einfach mitten in der Luft hängen ließ.

Direkt vor ihr leuchtete etwas auf. Erst war es nur ein winziger Punkt, nicht mehr als ein Funke in der Luft. Doch er wuchs rasch heran, breitete sich aus und formte die Umrisse eines roten Drachen, viel größer als die Gestalten der drei Dracul Brüder. Er blickte Elisa an.

Neben ihm erkannte sie etwas, das wie ein Ei aussah, aber als sie genauer hinsah, war es verschwunden.

Der Drache öffnete das Maul und betrachtete Elisa. Sie schwebte noch immer wie eine Puppe vor ihm in der Luft.

„Ähm …", machte sie.

Aus dem riesigen Maul mit den dolchartigen Zähnen erklang ein rollender Laut. Der Drache lachte. „So zurückhaltend, Tochter des Landes?", fragte er deutlich amüsiert.

Elisa verzog das Gesicht. Sie schwebte mitten in der Luft vor einem enormen Drachen und konnte sich kaum bewegen, aber wenigstens bewies die Kreatur Humor.

„Ich weiß nicht, wie ich sonst höflich Hallo sagen sollte", erwiderte sie, was den Drachen zu neuerlichem Lachen reizte.

„Wovor hast du denn Angst?", fragte er. „Immerhin hast du mich gerufen, da solltest du dich nicht fürchten."

„Ich habe dich gerufen? Ich kann mich nicht erinnern, nach einem riesigen Geisterdrachen gerufen zu haben."

„Du hast dir jemanden gewünscht, der dir zuhört", erwiderte der Drache schmunzelnd und bewegte den Kopf. Die Bewegung setzte sich über seinen Körper fort bis in die Schwanzspitze, die sich weit hinter ihm im Dunkel verlor.

„Oh", murmelte Elisa, als sie sich erinnerte. So etwas

in der Art hatte sie sich tatsächlich gewünscht. „Und wer bist du?"

„Ich bin der Erste."

„Der erste was?"

„Der Erste, der den Pakt einging." Er bewegte sich wieder und glitt geschmeidig durch die Luft um Elisa herum. Es schien, als würde er schwimmen.

„Werde ich dir alle Antworten so aus der Nase ziehen müssen?", fragte Elisa und musste gegen ihren Willen lächeln, als der Drache wieder lachte. Sein großer Kopf kam näher.

„Drachen lieben Rätsel und Spiele – bringt man das euch Hüterinnen der Bilder nicht mehr bei?"

„Ich wusste bis vor ein paar Tagen nicht einmal, dass ich überhaupt eine Hüterin bin", erwiderte Elisa.

Der Drache stieß sie leicht an, und nun war es an Elisa, durch die Luft zu wirbeln. Es machte … Spaß. Sie versuchte, sich wie beim Schwimmen fortzubewegen, aber es scheiterte. Wieder machte sich der Drache einen Spaß daraus, sie anzustupsen, und Elisa schwebte, bis sich ein Lachen aus ihrer Kehle löste. Als er sich daran machte, sie ein drittes Mal anzustoßen, hielt sie seine mit Schuppen bedeckte Schnauze sanft auf.

„Ja, ich sehe, dass ihr Spiele liebt."

„Ich habe nicht mehr oft Gesellschaft."

„Was tust du überhaupt hier?"

Der Drache schlug mit den Flügeln und bewegte sich noch einmal um Elisa herum. „Das ist Teil des Paktes, den ich einging. Wie du dich erinnerst …"

„… bist du der Erste. Ja, ich weiß." Elisa schmunzelte.

Der Drache zwinkerte. „Weißt du, wie es zu der Verbindung zwischen den Hüterinnen und den Drachen kam?", fragte er sie, und sein Blick wurde ernster.

Elisa schüttelte den Kopf.

„Damals waren die Hüterinnen die Herrinnen des

Landes. Sie beschützten es durch die Macht der Blutmagie und die Bilder, die sie damit schufen. Aber eines Tages war das nicht mehr genug – es gab eine Macht, die sie mit ihren Bildern nicht aufhalten konnten. Also wandten sie sich an uns Drachen."

„An dich?"

Der Drache lächelte. „Ja, auch an mich. Ihre damalige Anführerin, eine Frau namens Rhiannon, kam zu mir und bat mich um ein Bündnis. Ich war damals schon alt und spürte, dass ich sterben würde. Ich schlug ihr einen Handel vor: Wenn sie bei mir bliebe und mir einen Nachkommen schenkte, würden die Drachen persönlich das Land schützen."

„Moment", fuhr Elisa dazwischen. „Einen Nachkommen? Ich meine, als Hüterin war sie ein Mensch und …"

Die Form des geisterhaften Drachen verschwand, wandelte sich, und Elisa sah sich plötzlich einem attraktiven Mann mit schwarzen Haaren gegenüber. Um seine sinnlichen Lippen zeigten sich feine Lachfältchen. Auch jetzt schmunzelte er angesichts Elisas überraschtem Gesichtsausdruck.

„Natürlich, wieso habe ich überhaupt gefragt", sagte sie schließlich und lachte leise.

Der Mann erwiderte es. „Rhiannon willigte ein und gebar mir einen Sohn. Er herrschte gemeinsam mit einer der jüngeren Hüterinnen über das Land, während ich mich zurückzog. Ich fertigte für meine Schwiegertochter ein Amulett aus meinem Blut an, das ihr half, das Land zu schützen, indem es ihre Bilder stärker machte. Außerdem sollte es ihre Nachkommen immer an den Pakt erinnern."

Unbewusst tasteten Elisas Finger zu dem Amulett an ihrem Hals. „Was wurde aus Rhiannon?", fragte sie.

Der Blick des Drachen wurde schmerzlich. „Sie blieb

bei mir, noch über die vereinbarte Zeit hinaus. Auch wenn ich bereits alt war, überlebte ich sie doch. Menschliche Leben sind sehr zerbrechlich, selbst das von euch Hüterinnen."

Anscheinend war zwischen dem Drachen und Rhiannon mehr gewesen als ein bloßer Pakt – selbst jetzt noch schien ihr Tod ihn zu schmerzen. Sie spürte einen quälenden Stich in der Brust, als sie an ihre eigene Situation erinnert wurde.

„Du bist auch gestorben, nicht wahr?"

Der Drache nickte. „Nicht lange nach ihr. Es gab keinen Sinn mehr, weiter am Leben festzuhalten. Unser gemeinsames Kind hatte den Weg für die Zukunft bereitet, und ich entschied mich, zu gehen. Ich war viele Jahre tot, aber dann wurde ich für eine neue Aufgabe zurückgeholt."

„Und welche ist das?", hakte Elisa neugierig nach.

Lachend schüttelte der Drache den Kopf. „Das hat mit deiner Sorge nichts zu tun. Du bist verwirrt, Kind, sonst wäre dein Wunsch nach Trost nicht so übermächtig gewesen, dass er dich zu mir geführt hat."

Elisa atmete tief ein. Wieder berührten ihre Finger den Anhänger und spielten nervös damit. „Alles, was du und Rhiannon dort draußen aufgebaut habt, gerät ins Wanken. Es gab eine Tragödie, und die damalige Hüterin verstarb aus eigenem Willen. Einer der Dracul brachte sie dazu."

Der Drache nickte leise. „Mircea – ich weiß. Die Erschütterungen dieses Ungleichgewichts haben mich selbst hier unten erreicht. Der Krieg hat den Dornenhort sehr geschwächt."

„Es ist schlimmer geworden", erwiderte Elisa. „Dracula hat sich aus seiner Gefangenschaft befreit und will nun alles umkehren. Er will meine Macht nutzen, um die Vergangenheit umzuschreiben. Aber damit reißt er ein Loch in unsere Welt."

Der Drache gab ein beruhigendes Geräusch von sich. „Er will im Guten handeln, aber die Jahre der Einsamkeit und der Verrat haben seinen Geist getrübt", sagte er. „Ich kann ihn nicht aufhalten, aber du kannst es."

„Nein." Elisa schüttelte den Kopf. „Er hat sich durch Blutsbande mit mir verknüpft. Ich verliere mehr und mehr die Kontrolle über mich, und bald hat er sie ganz. Dann kann er mit mir tun, was er will."

Der Drache schnupperte leicht an Elisas Bauch und hob den Kopf. „Er ist nicht der Einzige, der Blutsbande mit dir geknüpft hat."

Elisa senkte den Kopf. Mirceas Blutsbande versuchte sie, so gut es ging, zu verdrängen. Eine schuppige Schnauze stupste sie sanft an der Wange an.

„Dein Herz ist gebrochen, Kind. Du musst es wieder heilen, damit du das zweite Band zu Hilfe rufen kannst."

Müde rieb sie sich über das Gesicht. „Ich weiß nicht, ob ich es heilen kann. Diesen Verrat kann ich ihm nicht verzeihen."

Lächelnd blickte der Drache ihr in die Augen. „Hat mein Nachkomme an dir oder an Elisabeth Verrat begangen?"

Unbehaglich knetete Elisa ihre Hände. „Elisabeth", gestand sie schließlich ein.

„Und du, als Hüterin der Bilder, als Nachfahrin Elisabeths – spürst du ihren Groll, den sie auf dich und alle nachkommenden Generationen gelegt hat?"

Elisa horchte in sich hinein, aber da war nichts. Sie schüttelte den Kopf.

„Glaubst du nicht, dass eine machtvolle Frau wie Elisabeth ihren Zorn noch weit über das Grab hinaus tragen könnte? Es lag einzig und allein an ihr, ihren Frieden mit Mircea zu schließen. Und wenn du mich fragst, hat sie das getan."

„Denkst du wirklich?" Noch während sie die Frage stellte, wusste Elisa, wie überflüssig sie war. Die Antwort hatte sie bereits selbst erlebt – sie hatte wirklich und leibhaftig mit Elisabeth reden können, und aus jedem Wort hatte sie nur die Liebe gespürt, die zwischen ihr und Mircea geherrscht hatte. Auch in den Visionen gab es nicht einen Moment, in dem Elisabeth Mircea gehasst hätte. Selbst als sie sprang, war da nur Trauer.

„Manchmal beginnen wir Dinge aus den falschen Gründen – aber wir beenden sie, weil es das Richtige ist."

Elisa schaute den Drachen an. Er schmunzelte noch immer, und sie erkannte den lächelnden Mann darin, den sie Minuten zuvor gesehen hatte. „Ich danke dir", flüsterte sie und strich über die lange Schnauze.

Der Drache nickte leise. „Das ist gut, denn dann kannst du wieder erwachen."

Und mit einem Mal fand Elisa sich in dem runden Raum wieder.

Elisa schob langsam die Tür auf – dahinter verbarg sich ihr Schlafzimmer. Das Bett war noch zerwühlt vom Morgen, aber es war nicht mehr leer. Dracula lag darin, ein Laken nachlässig über seinen nackten Körper gelegt. Er schlief.

Langsam trat Elisa näher. Sie beobachtete Dracula genau. Er bewegte sich kaum im Schlaf, nur seine Brust bewegte sich unter seinen Atemzügen. Elisa betrachtete sein Gesicht. Nicht nur an Mircea hatten die Jahre ihre Spuren hinterlassen. Der Dracula, den Elisa aus ihren Visionen kannte, war anders gewesen … er hatte mehr Menschliches an sich gehabt. Dracula hatte sich auf seine Art um das Land bemüht und es zu schützen versucht, aber, anders als Mircea, hatte er den Drachen in sich gewählt, um diesen Schutz zu gewähren. Bis er den Drachen nicht mehr kontrollieren konnte.

Elisa wandte sich um und ging hinaus. Sie empfand Mitleid mit dem Drachensohn und auch mit Mircea. Beide Drachen wollten dasselbe. Sie hatten sich ihrer Aufgabe stellen wollen, den alten Pakt zu erfüllen und für ihre Verantwortung einzustehen, aber es war an ihnen selbst gescheitert. Beide Männer hatten alles verloren.

Das Amulett lag plötzlich wie ein schweres Gewicht auf ihrer Brust. Elisa hob es an und betrachtete es auf dem Gang vor dem Schlafzimmer. Es fühlte sich warm an, tröstlich. Elisa betrachtete es nachdenklich und hob die andere Hand. Wie hypnotisiert führte sie die Spitze, die die Drachenschnauze des Amuletts bildete, an ihren Finger und stieß zu. Der Schmerz fühlte sich dumpf an, und augenblicklich quoll Blut hervor.

Sie war also eine Hüterin der Bilder? Dann wurde es Zeit, dass sie diese Gabe auch einsetzte. Beide Brüder hatten von ihrem Blut getrunken und beide waren in diesem Moment in ihr – sie musste diesen Umstand nutzen.

Elisa handelte instinktiv. Sie malte mit dem blutigen Finger einfach an die felsige Wand, und die Bilder entstanden ohne ihr Zutun. Als sie fertig war, starrte sie auf das rote Bild, das sie erschaffen hatte. Es schien von innen heraus zu glühen. Elisa zögerte nicht mehr. Sie hob die Hand und berührte es.

Mircea kniete am Rand des Turms. Er war nass, aber es schien ihn nicht zu kümmern. Er wiegte ein lebloses Bündel in seinen Armen, eingehüllt in ebenso vor Nässe triefendem Stoff. Der Drache hatte den Kopf in den Nacken gelegt und schrie seine Verzweiflung in den Nachthimmel.

Das Rauschen von Flügeln wurde laut. Es dauerte nicht lang und Dracula landete mit menschlichen Füßen auf dem Balkon des Turms. „Elisabeth!"

Mircea wurde aus seinem Schmerz gerissen und blickte seinen Bruder an, der fassungslos auf den toten Körper in Mirceas Armen herabsah. „Warum hast du es nicht akzeptieren können?", knurrte Mircea. „Warum konntest du es nicht einfach so belassen, wie es war?"

„Weil du sie benutzt hast." Draculas Stimme war so kalt wie Elisabeths Haut.

Mircea musterte Elisabeths bleiches Gesicht. „Es war für einen größeren Zweck. Und was hat es noch ausgemacht? Sie wollte mich, und ich … ich wollte nichts anderes mehr als sie. Verdammt, ich hätte dir sogar diese Macht überlassen, wenn du mir nur Elisabeth gelassen hättest!"

„Das ist eine Lüge!"

Mircea schaute nicht einmal auf. „Was hat es dich zu kümmern? Sie ist tot. Sie wird nicht mehr zu mir zurückkommen."

Dracula biss die Zähne zusammen. „Sie hätte nicht sterben müssen."

Nun hob Mircea doch den Blick, und der Ausdruck von Kälte und Hass in seinem Blick war beängstigend. „Nein, Bruder. Das hätte sie nicht." Mit einem lauten Knall ließ Mircea seinen Drachenschwanz hervorschnellen und stieß Dracula von der Brüstung.

Die Vision verblasste und Elisa taumelte zurück. Sie wischte fahrig über das Blut und zerstörte das Bild an der Wand. Dracula mochte es später sehen oder nicht, es würde keinen Unterschied mehr machen. Aber sie wollte ihm keine Möglichkeit geben, die Vision nachzuerleben.

Ein wenig zittrig machte sie sich auf den Weg zurück in den runden Raum. Die Vision hatte die Worte des Geisterdrachen gefestigt, aber auch der Zweifel war lauter geworden. Dracula hatte falsch gehandelt, aber so, wie er es für das Beste hielt. Er war von denen verraten worden, die er liebte, und hatte sich ganz allein gesehen. Die Jahre der Gefangenschaft hatten es nur verschlimmert. War es wirklich richtig, Dracula wieder einsperren zu wollen? Konnte er nicht anders aufgehalten werden?

„Nein!", schrie es gleich darauf in ihren Gedanken auf. „Dracula muss fortfahren können. Er muss die Welt wieder in Ordnung bringen!"

Der Gedanke klang vertraut und gleichzeitig so fremd, dass Elisa aufstöhnte. Das war nicht ihr Wille, sondern Draculas, der sie beeinflusste. Und sie konnte ihn nicht mehr aufhalten. Zweifel waren fehl am Platz – sie schwächten sie zusätzlich und ließen Dracula freie Hand. Sie brauchte Hilfe.

Ihre Hand glitt über ihr Dekolleté. Es gab Hilfe, aber dafür musste sie ihr Herz heilen, wie der Drache es genannt hatte. Elisa schaute den Gang hinunter. Sie musste zu Mircea.

In der Stille hallten die Schritte ihrer bloßen Füße laut wider, und Elisa beeilte sich, die Treppe hinter sich zu bringen. Schließlich stand sie vor der Zellentür. Der Kerzenständer in ihrer Hand zitterte. Elisa gab sich einen Ruck und schob die Tür auf. Vlad hatte sie unterschätzt: Wahrscheinlich hatte er in seiner Arroganz nicht damit gerechnet, dass sie das Bedürfnis verspüren könnte, Mircea in seinem kalten Gefängnis aufzusuchen. Aber genau das tat Elisa jetzt – und sie würde noch mehr tun.

Mircea hob den Kopf, als sie eintrat. Er war noch immer gefesselt und kniete an der Wand. An den Stellen, an denen die Ketten lagen, war die Haut rot und aufgeschürft. Sein schwarzes Haar hing ihm wirr ins Gesicht und verdeckte seine Augen. Elisa konnte nicht sagen, ob er schlief oder ohnmächtig war. Ihr Herz zog sich zusammen, und sie schloss die Zellentür hinter sich. „Was willst du noch, Bruder?“, fragte Mircea mit rauer Stimme. „Du hast sie bereits, was willst du noch von mir?“

„Noch mehr“, sagte Elisa leise.

Mit einem Ruck riss Mircea den Kopf hoch und starrte sie an. „Elisa“, sagte er ebenso leise, und sie ging zu ihm. Die Ketten klirrten, als er sich aufrichtete und ihr die gefesselten Hände entgegenstreckte. Elisa stellte den Kerzenständer ab. Ihre Bewegungen kamen ihr viel zu langsam vor, sie kämpfte sich durch Luft so zäh wie Melasse. Aber endlich, endlich konnte sie seine Hände ergreifen und an ihre Wange drücken. Mircea war das nicht genug – er entzog ihr seine Hände, hob sie hinter ihren Rücken und fing sie zwischen seinen Armen ein. Elisa war ihm mit einem Mal so nah, dass sie sich nicht rühren konnte. Sie starrte ihn gebannt an. In ihrem Blick lagen mit Sicherheit Verwirrung und Überraschung, aber in Mirceas las sie eine seltsame Ruhe und Hunger.

„Du bist zu mir gekommen“, sagte er an ihren Lippen. „Er hat dich mir noch nicht weggenommen.“ Plötzlich löste sich etwas in ihm. Elisa konnte es deutlich sehen – die Ruhe verschwand, und er schien erst jetzt wirklich zu realisieren, dass sie vor ihm stand. Elisa wurde an ihn gepresst, und er vergrub sein Gesicht in ihrem offenen Haar. „Bei Gott, er hat dich mir nicht weggenommen!“, stieß er aus, und Elisa schluckte hart.

„Das kann er nicht“, flüsterte sie. „Das konnte er niemals.“

Sie bemühte sich, ihn zu beruhigen, auch wenn sie selbst mit ihren Gefühlen kämpfte. Nach einigen Augenblicken schmiegte sie ihre Wange an seine und küsste seine Schläfe. Mircea reichte das nicht, er wandte sich ihr zu und küsste sie. Elisa hatte kaum Zeit, ihre Lippen für ihn zu öffnen. Er drang in ihren Mund ein und ließ sie den Hunger spüren, den sie bereits zuvor gesehen hatte.

„Mircea“, flüsterte sie wieder und wieder. „Mircea, oh, Mircea.“

Er schob seine Hände tiefer und umfasste ihren Po. Ihre Hüften drückten sich an seine, und Elisa spürte, was ihre Nähe mit ihm anstellte. Sie seufzte in seinen Mund, dafür war sie hergekommen. Unruhig fuhren ihre Hände über seinen nackten Oberkörper, stoppten an seinem Hosenbund und nestelten an dem Verschluss. In ihrer Gier konnte sie ihn nicht gleich öffnen, und daher zerrte sie seine Hose auf. Der Knopf riss ab und fiel auf den Boden, aber weder Elisa noch Mircea hatten Augen dafür.

Mircea ging auf die Knie und Elisa folgte ihm. In stummem Einklang hob sie den Saum ihres Nachthemdes an und hockte sich mit gespreizten Beinen auf seinen Schoß. Durch die Ketten konnte Mircea nicht viel mehr tun, als ihren Po zu dirigieren, aber es reichte. Elisa umfasste seine Erektion und führte sie in sich. An seinen Schultern fand sie Halt und begann, sich zu bewegen. Mirceas Härte füllte sie aus, und sie genoss die Hitze, die nur ein Drachensohn schenken konnte.

„Elisa“, keuchte er und bewegte ihre Hüften auf sich. Seine Erregung steigerte sich – er biss in ihren Hals, ritzte die Haut mit den Zähnen an und ließ seine Zunge das dünne Blutrinnsal auflecken. Elisa legte den Kopf zurück, und die scharfen Zähne wanderten über den Stoff ihres Nachthemdes, suchten die steif aufragenden Brustwarzen darunter.

Mircea wurde unruhiger. Er hielt ihren Hintern in seinen großen Händen und beugte sich vor. Elisa gab seiner Bewegung nach und stützte sich ab, bis sie sich auf dem Rücken auf dem kühlen Boden wiederfand. Aber diesmal spürte sie die Kälte nicht. Mircea nahm alle ihre Sinne für sich ein – sie roch den herben Duft seines Haares, spürte seine harten Muskeln, als er sich bewegte, um den begonnenen Rhythmus wieder aufzunehmen, schmeckte seine Küsse und hörte sein Keuchen, gemischt in das Klirren der Ketten.

Elisa gab sich ihm vollkommen hin, nicht nur körperlich, sondern mit ganzem Herz und ihrer Seele. Ihre Schenkel hatte sie über seinem Rücken gekreuzt und holte ihn noch tiefer, noch näher zu sich. Die Lust breitete sich von ihrem Schoss durch ihren Körper aus, erfüllte sie bis zu den Fingerspitzen und forderte einen Höhepunkt.

„Mircea“, stöhnte sie an seinem Mund. „Ich kann nicht mehr warten … aber du sollst wissen …“

Er verschloss ihre Lippen mit einem Kuss. „Nein“, keuchte er, während seine Erektion in ihr noch härter zu werden schien. „Ich weiß es schon. Ich weiß es, Liebste.“

Elisa starrte ihn an. Er log nicht – schon als sie den Raum betreten hatte, hatte er gewusst, warum sie gekommen war. Und er wusste auch noch in diesem Moment, was sie taten.

Mircea lächelte zittrig, hörte aber nicht auf. Die Erregung nahm seine Züge in Besitz. Sie konnte sich nicht mehr zügeln. Mirceas Körper an ihrem, seine Hitze, seine Wildheit ließen sie aufschreien. Der Orgasmus erfasste ihren Körper, schüttelte ihn, brachte sie zum Zittern. Elisa hörte jemanden vor Glück aufschreien und bemerkte, dass sie es selbst war. Ein heiseres Brüllen antwortete ihr. Jegliche Kraft wich aus ihrem Körper, als Mircea aus ihr glitt. Er bettete die Stirn gegen ihre Brust und kam langsam zu Atem, während Elisa versuchte, sich zu sammeln.

Mirceas Nähe umgab sie noch immer und für einige wenige, glückliche Minuten ließ sie einfach den Frieden zu, der sie erfüllte.

„Er wacht nicht auf." Die Worte standen zwischen ihnen im Raum, und die Bedeutung war furchtbar. Selbst nach einem Tag erwachte Radu einfach nicht aus seinem Koma, und es gab keine Chance, irgendeinen Hinweis auf die Lage des Drachenhortes zu finden.

Naruka schüttelte heftig den Kopf. „Wir können nicht einfach tatenlos hier herumsitzen und warten", sagte sie laut zu den versammelten Drachen. „Dracula hat Mircea und Elisa in seiner Gewalt und niemand weiß, was er ihnen antut. Dass die Welt noch existiert, wie wir sie kennen, ist reines Glück. Wir müssen irgendetwas tun!"

„Das Gebirge ist riesig, Naruka", unterbrach Karad sie. „Wir können nicht jeden einzelnen Berg absuchen – es würde Jahrhunderte dauern."

„Also wartet ihr das Ende einfach gemütlich ab?"

Karad antwortete nicht. Naruka fauchte gereizt auf. Sie verwandelte sich und rannte hinaus. Diese Höhle und ihre engstirnigen Bewohner wurden ihr zu viel, und wenn sie ehrlich zu sich war, wurde ihr auch ihre eigene Unwissenheit zu viel. Aber Karad ließ sie nicht. Vor dem Eingang der Höhle hatte er sie eingeholt und fing sie am Nackenfell ein. Naruka fauchte und drohte ihm mit ihren Zähnen und Krallen, aber er wusste genau, dass sie ihn niemals ernsthaft verletzen würde, egal, wie wütend sie auf ihn war.

„Mein Kätzchen", sagte er sanft und drückte sie an seine breite Brust. „Glaub mir, uns geht es nicht besser als dir. Aber wir müssen Ruhe bewahren und uns genau überlegen, wie wir weiter vorgehen."

Naruka verließ ihre Katzengestalt und schmiegte sich an Karad. Sie weinte. „Was sollen wir denn nur tun? Was bleibt uns noch?" Sie sah ihn mit verheultem Gesicht an.

„Ich ertrage es nicht, zu wissen, dass es Elisa und Mircea schlecht geht."

Karad lächelte matt und küsste die Tränen fort. „Mein weichherziges Kätzchen, wenn es dich so sehr quält, können wir suchen gehen. Bis zum Einbrechen der Nacht, einverstanden?"

Naruka strahlte Karad an. „Wirklich? Ich danke dir, Liebster!" Sie umarmte ihn fest und ließ sich absetzen. „Vorher will ich aber noch einmal zu Draculas Gefängnis. Wenn die Hüterinnen es wieder geöffnet haben, finden wir dort vielleicht einen Hinweis."

Karad nickte und umfasste ihre Hand. Ungeduldig lief Naruka vor, durch den Wald hindurch, bis die Steinwand in Sicht kam. Valesko hatte nicht gelogen – die Hüterinnen hatten einige der Steine freigeräumt. Der Durchgang war nicht groß, reichte vielleicht gerade für die schmale Gestalt einer schlanken Frau, und das Gebilde wirkte, als könnte es jeden Augenblick wieder zusammenbrechen, aber es war ein Durchgang. Naruka schätzte die Größe ab.

Karad bemerkte das und schüttelte den Kopf. „Du gehst da nicht allein rein – du könntest unter dem Schutt begraben werden."

„Für wie langsam hältst du mich?", fragte sie und ging näher an den Haufen aus Geröll und Steinen heran.

„Naruka!" Karad hielt ihren Arm fest. „Bleib hier, es ist zu gefährlich!"

Sie lachte und entwand sich Karad. Bevor er sie einfangen konnte, hatte sie sich verwandelt und war durch das Loch in das Innere der Höhle geschlüpft. Karad brüllte draußen ihren Namen, aber sie ignorierte ihn. Für eine Katze war der Durchgang ein regelrechtes Tor, aber für einen breitschultrigen Mann wie Karad stellte die schmale Öffnung ein unüberwindliches Hindernis dar.

Der Weg durch die Höhle ließ sich auf vier Pfoten leicht bewältigen, und es dauerte nicht lang, bis sie sich in Draculas Gefangenenzelle wiederfand. Das Licht des Eingangs reichte kaum bis hierhin, aber für Narukas Katzenaugen genügte es. Sie strich an den Wänden entlang, und als sie die oberen Bilder nicht erreichen konnte, verwandelte sie sich zurück und begutachtete die Zeichnungen aus Farbe und getrocknetem Blut. Einige der Bilder konnte sie entziffern, andere wiederum sagten ihr nichts. Sie hob den Kopf und schauderte, als sie die Klauenspuren im Stein erkannte. Dracula hatte versucht, sich hier herauszugraben, aber es hatte nichts geholfen.

„Die Wände sind getränkt von seinem Wahnsinn“, sagte eine Stimme hinter ihr, und Naruka wirbelte herum. Im schwachen Licht erkannte sie eine alte Frau mit bemerkenswert intelligenten Augen.

„Was meinen Sie?“

Die Frau kam näher und stellte sich neben Naruka.

„Er war hier eingesperrt und alles, was er hatte, waren sein Zorn und sein Wahnsinn. Er konnte nirgendwo hin.“

„Er war ein Monster!“, stieß Naruka aus.

„Er war ein Mann“, erwiderte die alte Frau und wiegte nachdenklich den Kopf hin und her. „Ein Mann, der den falschen Weg gewählt und dafür bezahlt hat. Es steckt noch so viel von ihm in diesen Wänden. Er hat mehr zurückgelassen, als er ahnt.“

Naruka verschränkte die Arme vor der Brust und musterte die Frau sehr genau. „Wer sind sie? Und woher wissen Sie das alles?“

„Ich gehöre zu den Hüterinnen. Wir sind die Nachfahren der ersten Frau, die einen Pakt mit den Drachen einging.“

„Hüterinnen?“, fragte Naruka. „So wie Elisa? Sie können auch die Bilder lesen?“

„Nicht so gut, aber ein wenig." Die Alte schmunzelte und betrachtete eine einfache Zeichnung, die einen Turm zeigte.

„Elisa ist in Gefahr."

Die alte Frau schien darüber nicht sonderlich erschrocken zu sein. Sie nickte nur wieder. „Du brauchst meine Hilfe?", fragte sie Naruka.

„Ja."

Die alte Frau seufzte. „Wie?"

„Wir müssen Dracula finden. Er ist verschwunden, und wir wissen nicht, wohin."

„Hm, dabei kann ich helfen. Aber es würde Zeit brauchen."

„Wie viel Zeit?"

„Ich weiß es nicht – aber ich werde meine Töchter und Enkel holen. Sein Blut klebt an diesen Wänden, und damit auch sein Leben, seine Seele und, am Wichtigsten, sein Leib. Wir werden ihn finden."

Naruka atmete tief ein.

Elisa saß neben Mircea. Es schnitt ihr ins Herz, ihn so gedemütigt und in Ketten zu sehen, aber sie konnte an diesem Zustand im Augenblick nichts ändern. Alles, was ihr blieb, war, ihm ihre Nähe und Wärme zu geben. Er bebte unter ihrer Umarmung, klagte aber nicht.

„Wir müssen dich so schnell wie möglich hier herausbringen", murmelte Elisa und vergrub ihr Gesicht an Mirceas Halsbeuge.

Er schloss die Augen. „Es ist unmöglich – so kann ich Dracula nicht bekämpfen, und du bist kein Drache."

Elisa schnaubte abfällig. „Stimmt, ich bin viel mehr – ich bin die Hüterin der Bilder, und ich kann Dinge tun, von denen du nicht einmal zu träumen wagst", flüsterte sie spöttisch, aber es lag mehr Ernst darin, als sie zugeben mochte. Dennoch brachte sie Mircea zum

Lächeln.

„Und was willst du tun, Hüterin der Bilder?“, fragte er, und sein Atem strich über ihren Scheitel.

Elisa atmete tief ein und hob den Kopf. „Ich brauche mehr Macht über ihn. Wenn ich recht habe, weiß ich, wie ich ihn bannen kann, aber ich brauche deine Hilfe.“

Mircea runzelte die Stirn. „Und was soll ich tun?“

„Gib mir von deinem Blut.“

Mircea kniff die Augen leicht zusammen. „Was willst du damit?“

„Das kann ich dir jetzt nicht sagen, aber vertrau mir. Bitte.“

Der Drache legte leicht den Kopf schief. Es dauerte einen Moment, bis Elisa verstand, dass er ihr mit der Geste seinen Hals anbot. Sie küsste die verletzliche Haut dankbar, ehe sie den Anhänger hervornahm. Die Haut ließ sich erstaunlich leicht anritzen, und das Metall rötete sich vom Blut. Als es genug war, nahm Elisa den Anhänger wieder fort. Die Wunde war noch immer offen – Mirceas Hand legte sich um ihren Hinterkopf und führte sie an den Schnitt. Das Blut roch süß und gleichzeitig wie Kupfer. Elisa fuhr sich abwesend mit der Zunge über die Lippen. Sie zögerte, sein Blut zu trinken, aber gleichzeitig wollte sie es. Und dem Druck nach zu urteilen, mit dem Mircea sie zu sich führte, ging es ihm genauso.

Elisa stützte sich an seiner Schulter ab und legte die Lippen über die Wunde. Tropfen der heißen Flüssigkeit rannen in ihren Mund, legten sich schwer auf ihre Zunge und flossen ihre Kehle hinab. Elisa schluckte und stöhnte leise auf.

Nach einer Ewigkeit, wie es schien, schob Mircea sie wieder fort. Die Wunde hatte aufgehört zu bluten, und er wirkte erschöpft. „Vielleicht hilft es dir“, murmelte er und sah sie mit verschleiertem Blick an.

Elisa fing die letzten verirrten Tropfen aus ihrem Mundwinkel auf und schluckte. „Danke, Liebster."

Sie küsste ihn, warm und sehnsüchtig, und Mircea erwiderte den Kuss. Es wurde Zeit, sich zu trennen, bevor Dracula bemerkte, dass Elisa hier war, aber es dauerte, bis sie wirklich die Kraft fand, sich abzuwenden. Mit einem letzten Blick auf den gefesselten Mircea verließ sie die Zelle.

Dracula lag noch immer im Bett. Er war wach und las konzentriert einen Stoß Blätter. Elisa bemerkte wenig überrascht, dass es sich um das Stoker-Manuskript handelte.

„Mein Bruder hatte dich dafür hierhergeholt, nicht wahr?", fragte er Elisa, als er sie hereinkommen sah.

Sie nickte. „Er wollte, dass ich einen Weg finde, dich wieder einzusperren."

Der Gedanke schien ihn zu amüsieren. „Und? Hast du einen Weg gefunden?"

Elisa kniete sich an das Fußende des Bettes. Dracula hatte die einfachen Baumwolllaken durch rote Seidenlaken ersetzt und viel mehr kleine Kerzen im Raum erscheinen lassen. Der goldene Schein lag überall – auch auf Draculas nackter Haut. Elisa spürte, wie ihr wärmer wurde, und bekämpfte den Drang, vor Dracula einfach auf die Knie zu sinken.

Auf seine Frage schüttelte sie den Kopf.

„Und du wirst es mir sicher nicht verraten, oder?"

Dracula lächelte und es war verführerisch, zu sehen, wie seine Augen funkelten. „Selbst wenn du es wüsstest – würdest du den Weg gehen und mich wieder einsperren?"

Elisa stockte. „Ich weiß es nicht", sagte sie nach einer Weile, und zu ihrer eigenen Bestürzung war das die Wahrheit.

Dracula winkte sie näher, und Elisa kroch über das Bett auf ihn zu. Die Seide raschelte unter ihren Schenkeln und den Handflächen, mit denen sie Halt suchte. Ihr Blick lag auf Dracula, der feinen Wölbung seiner Brustmuskeln, dem flachen Bauch und dem dünnen Weg aus hellem Haar, der unter seinem Bauchnabel begann und irgendwo unter dem Laken verschwand.

„Ich weiß es wirklich nicht", bekräftigte sie und beugte sich über Dracula, der ihren Blick festhielt. Sie beugte sich tiefer und ließ ihre Lippen flüchtig über seine streifen. Dracula hob den Kopf, wollte ihr entgegenkommen, aber Elisa entzog sich ihm. Sie schwang eines ihrer Beine über seine Hüfte und kniete nun rittlings auf ihm. Ein weiteres Mal beugte sie sich tiefer und ließ ihre Zungenspitze über seine Lippen gleiten, entzog sich ihm erneut, als er den Kuss intensivieren wollte. Dracula knurrte unterdrückt, blieb aber gehorsam und ließ Elisa ihren Willen. Sie lächelte und rutschte tiefer, um eine Spur aus Küssen über seine Kehle, seine Brust und den Bauch wandern zu lassen.

Draculas Haut war wärmer als die anderer Männer und schmeckte anregend und ungezähmt. Elisa ließ sich in diesem Geschmack treiben, genoss es und ließ ihrem Wunsch, Dracula zu kosten, zu berühren und zu schmecken, einfach Bahn.

Freiwillig schob er die Beine auseinander, damit Elisa sich dazwischenknien konnte. Sie schob das Laken beiseite und entdeckte golden aussehendes Schamhaar und Draculas Erektion. Eine Ader pochte an der Seite, und die Vorhaut hatte die Eichel bereits ganz entblößt. Die Spitze glänzte feucht im Kerzenlicht, verführerisch, wie das Glied einer wunderschön gemeißelten Statue. Elisa gab ihrem Drang, diese Stelle zu küssen nach. Als ihre Lippen sich um die Eichel schlossen, stöhnte

Dracula laut auf. Er stieß mit den Hüften höher, aber das ging Elisa zu schnell. Sie drückte seine Lenden tiefer und entzog ihm zur Strafe ihren Mund.

„Was tust du da?“

„Ich koste dich“, gab sie zurück und war erstaunt, wie rauchig ihre Stimme klang. Sie hatte Dracula mit der Hand umfasst und rieb ihn in trägen Bewegungen, während sie seinen Blick bannte. Er wand sich unter ihren Liebkosungen. „Halt einfach still und lass mich tun, was ich will“, flüsterte Elisa und beugte sich wieder tiefer. Sie hörte, wie Dracula sich in die Laken krallte, aber als sie über die Vertiefung der Eichel leckte, hielt er sich zurück und stieß nicht tiefer in ihren Mund.

Zufrieden öffnete Elisa ihre Lippen weiter und nahm die Eichel ganz auf. Ihre Hand war nicht untätig – sie krallte über die prallen Hoden, streichelte und knetete sie sanft, während Elisa ausprobierte, wie tief sie Dracula aufnehmen konnte. Es gefiel ihr, ihn so in der Hand zu haben. Sie saugte an ihm, während sie fast seinen gesamten Schaft in ihre weiche Mundhöhle aufgenommen hatte, nur um ihn Sekunden später wieder zu entlassen. Sie wiederholte das Spiel und spürte, wie Dracula sich unter ihr wand.

„Gut so“, murmelte sie und leckte über das Häutchen zwischen Schaft und Eichel. Dracula schien es zu gefallen, denn er stöhnte rau. Wieder nahm Elisa ihn tief in ihrem Mund auf, saugte und leckte an ihm, bis er kurz vor seinem Höhepunkt zu stehen schien. Dann ließ sie von ihm ab und kroch wieder höher.

Als Dracula merkte, dass sie von ihm abließ, packte er ihre Hüften und schob sie über seinen Schoss, aber Elisa hielt ihn zurück. „Erfüllst du mir einen Wunsch?“

„Und welchen?“, keuchte er.

„Lass mich von dir trinken. Du hast mein Blut getrunken, da ist es nur fair, dass ich auch deines trinken darf."

Trotz seiner Lust hielt Dracula inne. „Du willst mein Blut trinken?"

Elisa nickte. Sie legte sich ganz auf Dracula und rieb ihre Scham über seinen angeschwollenen Penis.

Dracula stöhnte erstickt. „Du verdammte Hexe."

Leise lachend hielt Elisa inne. „Ich nehme das als ein Ja", sagte sie und beugte sich vor. Rasch brachte sie Dracula mit dem Amulett einen Schnitt bei und trank von der Wunde, bevor er protestieren konnte. Er stöhnte jedoch nur und presste ihren Kopf fest auf die Wunde.

Elisa schauderte. Beinahe instinktiv saugte sie und trank das heiße Blut.

Diesmal war sie diejenige, die sich mühsam zurückriss. Dracula ließ ihr keine Zeit, Luft zu holen, er zog sie zu sich und erstickte sein lustvolles Aufstöhnen in ihrem Mund. Elisas Liebkosungen und das Trinken von seinem Hals hatten ausgereicht – er zuckte unter ihr, und sie spürte seinen Samen heiß gegen den Stoff ihres Kleides spritzen.

„Nun sieh dir das an", murmelte sie gegen seine Lippen und deutete auf ihr Kleid.

„Ich besorge dir ein neues", murmelte Dracula zufrieden und sackte zurück.

Elisa lächelte. Unauffällig ließ sie die letzten Tropfen aus Draculas Wunde auf den Anhänger fallen und richtete sich auf. Als sie sich umsah, lag auf einem Stuhl in der Ecke bereits ein neues Kleid – ähnlich wie das, das sie trug. Während Dracula liegen blieb, stand Elisa auf und zog sich um. Dass sie nackt vor Dracula war, erfüllte sie nicht mit Scham. Dennoch spürte sie seinen Blick sehr genau auf sich und zog sich ein wenig schneller um. Als sie fertig war, setzte sie sich wieder an das Bett. Dracula schwieg, aber sein Blick lag noch immer aufmerksam auf ihr. Sie hatte dieses kurze Zwischenspiel genossen, mehr als alles andere, und das machte ihr umso deutlicher, dass sie keine Zeit mehr hatte. Noch hatte sie die Fäden ziehen können, aber sie spürte, dass, wenn Dracula ihr nun befahl, zu ihr zu kommen, sie es blind tun würde. Die Blutsbande hatten sie fast vollkommen eingenommen, und sie wusste, dass es nur Mirceas Blut war, das die Bande davon abhielt, sie ganz einzunehmen.

„Denkst du wirklich, es wird der Welt helfen, wenn wir die Vergangenheit ändern?", fragte sie und strich mit der flachen Hand über Draculas nackten Bauch.

„Es wird uns allen helfen. Wir können die Fehler, die wir begangen haben, wiedergutmachen." Er setzte sich auf und umfasste Elisas Hände. Die Handflächen nach oben gedreht, deutete er mit einem Nicken darauf. „Sieh dir nur an, wie zerbrechlich deine Hände aussehen, wie zart. Aber sie tragen die Macht in sich, die Welt zu verändern. Du, meine Schöne, bist, worauf ich so lange gewartet habe. Ich habe all meine Kraft gesammelt und gewartet, bis du geboren wurdest, damit wir wieder zusammen sein können und all die Fehler korrigieren, die wir einst begangen haben."

„Und wenn die Vergangenheit verändert ist – wie wird die Zukunft aussehen?"

Dracula hob ihre Hände an seine Lippen und küsste die Innenseiten der Handgelenke. „Unsere Zukunft wird perfekt sein. Mircea und Radu werden akzeptieren, dass ich der rechtmäßige Herrscher des Landes bin, und sie werden unser Glück anerkennen. Du wirst an meiner Seite sein, und wir werden das Land so regieren, wie es vorbestimmt war. Es wird keinen Bruderkrieg gegeben haben, und all die Toten und die Qualen werden vergessen sein, nicht mehr als die schwache Erinnerung an einen Albtraum, den es nie gegeben hat."

Elisa seufzte leise. „Das wäre wundervoll."

„Ja, das wäre es." Er blickte auf. Das Sonnenlicht war dem Mond gewichen, und durch das Gitter in der Decke erspähte Elisa die Nacht. „Wir können es wahr machen, du und ich, Elisa, wenn du nur einwilligst."

Elisa schluckte und sah unsicher zum Gitter und dann wieder zu Dracula. „Es wäre das Beste für alle, oder?", fragte sie noch einmal, wie, um sich zu vergewissern.

„Das wäre es", sagte er ernst.

Elisa atmete tief ein – und nickte.

Dracula zog Mircea wie einen Hund an der Kette hinter sich her und stieß ihn in die Mitte des runden Raumes. Der Herrscher von Dunkelwald strauchelte, blieb aber stehen und atmete harsch ein. Elisa presste die Lippen zusammen, als sie ihn so sah, gab aber keinen Laut von sich.

„In einigen Minuten wirst du mir für all das dankbar sein, Bruder. Und dein Verrat wird dann auch verziehen sein.“

„In ein paar Minuten wird diese Welt aufhören, zu existieren, weil du deinen Wahnsinn nicht aufhalten kannst“, erwiderte Mircea und funkelte seinen Bruder düster an. „Vlad, ich beschwöre dich im Namen unserer Ahnen: Tu das nicht!“

„Neid“, schleuderte Dracula ihm entgegen. „Das war schon immer dein Problem! Warum konntest du es nicht einfach ertragen, dass es mir bestimmt war, die Erbfolge zu übernehmen?“

„Weil du uns alle ins Unglück gestürzt hättest. Valesko hat die Prophezeiungen gesehen, und wir wussten schon früh, dass dein Machthunger grenzenlos sein würde.“

„Das hat für euch gereicht, um mich zu verraten?“

„Wir wussten uns nicht anders zu helfen.“ Mircea hob Dracula die Hände entgegen. „Hätte es einen anderen Weg gegeben, wäre ich ihn gegangen. Aber ich war jung und wusste nicht weiter. Ich wollte dich so oft um Vergebung bitten, Bruder, aber als der Wahnsinn dich vollkommen übernahm, war es nutzlos geworden. Du warst taub.“

Dracula schien ein wenig in sich zusammenzusacken. „Es wurden Fehler gemacht“, wiederholte er die Worte, die Elisa nun schon oft von ihm gehört hatte. „Schwere, unverzeihliche Fehler. Aber sie werden ausgemerzt werden."

Er wandte sich an Elisa und winkte sie näher. „Mit deiner Hilfe werden wir wieder alles ins rechte Lot bringen. Alles wird so sein, wie es hätte sein sollen."

Elisa schauderte leicht, aber sie blieb an Draculas Seite. Er zog sie näher und küsste sie auf das linke Ohr. „Fang an, meine Schöne. Zeichne unsere Zukunft und verleih meinen Träumen durch deine Macht Leben."

Vorsichtig machte Elisa sich von Dracula los und schritt in die Mitte des Raumes. Die Fläche unter ihren Füßen war ausgetreten durch die Füße vieler Generationen von Drachen. Aber es würde gehen. Sie nahm den Anhänger und schnitt sich in die Fingerkuppe. Ihre nächsten Bewegungen waren wie ein Traum – Elisa erkannte sich selbst, wie sie auf dem Boden kniete und mit ihrem Finger begann, ein großes, kompliziertes Bild zu malen. Das Blut schien nicht zu versiegen, aber Elisa fühlte keinen Augenblick lang Schwäche oder Schwindel. Sie malte einfach weiter an dem riesigen Bild auf dem Boden.

Es war wie ein Mosaik, zusammengesetzt aus vielen kleineren Bildern, in die Elisa alles einwob, was die Vergangenheit beinhaltete. Vlad, Mircea, Radu, Elisabeth. Die Kriege. Den Streit. Die Trauer und das Leid. Alles erschien wie von Geisterhand vor ihrem inneren Auge, und sie hielt es mit ihrem Blut fest.

Die Zeit verging, und Elisa malte weiter, bis das Bild sich wie ein Kreis über den Boden erstreckte. Es fehlte nur noch ein letztes Teilstück zur Vollendung.

Die beiden Drachen hatten stumm zugesehen. Als Elisa nun aufstand, runzelte Dracula die Stirn. „Warum hörst du auf?"

„Ich will es nicht allein beenden. Dies ist dein Werk, ebenso wie meines – wir sollten es zusammen zu Ende bringen." Verführerisch lächelnd lehnte sie an der Wand und wartete, dass Dracula näher kam. Er umrundete das noch feucht glänzende Bildnis und trat zu ihr. „Wie du wünschst", lächelte er und kniete sich zu Elisas Füßen. Er achtete nicht mehr auf sie – und Elisa nutzte den Moment. Sie riss sich die Kette mit dem Anhänger vom Hals und hob den Arm. Das Amulett, verkrustet von Blut, wurde durch die Luft gerissen, und Elisa versenkte es tief in das Porträt Draculas, das über ihr hing. Sie wollte den Arm tiefer reißen und das Bildnis in die Leinwand ritzen, aber Dracula kam ihr zuvor. Er packte ihr Handgelenk und drückte sie hart gegen die Wand. Elisa schrie auf, als er schmerzhaft zudrückte und sie das Amulett verlor.

„Habe ich es doch geahnt, du kleine Hexe", knurrte er, und seine Augen nahmen eine unmenschliche Farbe an. „Du hast den Weg doch gefunden. Eigentlich war es schon zu einfach, oder? Dieser kleine Hinweis auf das Porträt?"

„Bilder und Blut – das ist alles, worum es hier ging. Ich hätte gleich darauf kommen können, aber ich war zu sehr auf eine andere Art von Hinweis fixiert", erwiderte Elisa und versuchte, sich zu befreien, aber Dracula hielt sie unerbittlich fest.

„Und wie genau hattest du es geplant? Wolltest du mir einfach nur das Gesicht zerkratzen?"

„Ich wollte dein Bild neu zeichnen – ich wollte dir helfen, diesen Wahnsinn loszuwerden", sagte sie leiser, und es war ihr voller Ernst. „Die Jäger haben damals ein Bild von dir benutzt, um dich zu schwächen und dich einzuschläfern, damit sie dich gefangen nehmen konnten, aber ich wollte dies für dich tun."

„Lüge!"

„Nein!" Elisa hielt Draculas Blick fest und hob die freie Hand, um seine Wange zu berühren. „Ich wollte, dass du frei bist. Dass du Ruhe findest."

Dracula umfasste hart ihren Arm und zwang sie auf die Knie. Sein Griff verlor nichts von seiner Brutalität, und abermals schrie Elisa auf. Ketten rasselten, als Mircea sich loszumachen versuchte, aber es gelang nicht. Dracula hatte die Kette mit dem Boden verschmelzen lassen.

„Lass sie in Ruhe!"

„Schweigt, alle beide", knurrte Dracula und die Luft um ihn herum schien regelrecht zu knistern vor Hitze. „Du wirst es nun zu Ende führen, Hüterin", knurrte er in Elisas Richtung und deutete auf das Bild vor ihr.

„Vlad, ich bitte dich …", versuchte sie, ihn zu besänftigen, aber es misslang.

„Ich hatte geglaubt, dass es wenigstens eine unter all diesen Verrätern gab, die ehrlich war. Eine, der ich vertrauen konnte. Aber ich habe mich einmal mehr geirrt", sagte er verbissen. Dennoch hörte Elisa daraus, wie getroffen Dracula wirklich war. Sie hatte ihn verletzt, und aus irgendeinem Grund zerriss es ihr das Herz. Zeit für Bedauern blieb ihr jedoch nicht – Dracula hatte seine Finger zu Klauen geschärft und das Bild wieder umrundet. Die spitzen Krallen lagen an Mirceas Kehle.

„Tu es endlich."

„Elisa, nein!" Mircea wand sich, aber die Pranken gruben sich in seine Haut und ließen sie bluten.

Elisa wusste nicht weiter. Sie blickte auf das ungleiche Brüderpaar und auf das Bild vor sich. Sie schluckte. Dann öffnete sie die Wunde an ihrem Finger erneut und setzte das Bild fort.

Ein lautes Brüllen drang durch den Raum. Elisa riss den Kopf hoch, und auch die beiden Drachen sahen auf. Das Brüllen wurde lauter, vielstimmiger und es kam näher. Elisa sprang auf und hechtete in die andere Richtung, als die Wand neben ihr explodierte. Gesteinsbrocken flogen überall umher und mehrere

Splitter trafen Elisa. Sie hielt den Kopf zwischen ihren Armen verborgen, bis der Steinregen aufhörte. Staub und Schutt lagen in der Luft, und Elisa musste mehrmals blinzeln, bis sie wieder etwas sehen konnte.

Das Brüllen hatte nicht aufgehört, aber jetzt wurde es schriller, geprägt von Schmerz. Im Nebel aus Staub und Schutt erkannte sie Gestalten, die miteinander kämpften. Rechts von ihr klaffte ein riesiges Loch in der Wand, und dort hindurch zwängte sich Naruka. Sie ging schrill aufschreiend in Deckung, als ein dorniger Drachenschwanz aus dem Nebel auftauchte und krachend gegen die Reste der Wand schlug. Sie landete auf Elisa. Ihr entfuhr ein Keuchen.

„Elisa? Bei allen Geistern, bist du in Ordnung?“, fragte Naruka, als sie erkannte, auf wem sie da lag.

„Alles okay, aber geh runter von mir.“

Naruka krabbelte rasch hinunter und zuckte zusammen, als das Brüllen wieder anschwoll.

„Was ist hier los?“, schrie Elisa gegen den Lärm an.

„Valesko, Darius und Karad sind hierhergekommen, um euch zu retten. Die Frauen aus dem Dorf haben uns geholfen, den Dornenhort zu finden.“

„Und wie habt ihr diese verdammte Mauer gesprengt?“

„Sondermixtur von Radus Leuten“, grinste Naruka.

Sie mussten sich ducken, als Valesko in menschlicher Gestalt über sie hinweggeschleudert wurde und an der Wand liegen blieb.

„Mircea“, keuchte Elisa, als sie sah, wie leicht Dracula die Drachen, die ihn angriffen, in Schach hielt. Sie hob den Kopf. Durch die langsam verschwindenden Schwaden erkannte sie Mircea, der zum Loch in der Wand rannte. Etwas oder jemand hatte seine Ketten zerbrochen, und er hielt geradewegs auf das Loch zu. Sein Blick kreuzte Elisas, kurz bevor er in die Nacht hinaussprang. Dracula, der bemerkte, dass sein ältester

Bruder verschwunden war, folgte ihm, ohne zu zögern. Als Mensch sprang er ihm hinterher, nur um ihm in Drachengestalt zu folgen.

Elisa starrte beiden hinterher – sie wusste, was Mirceas Blick ihr gesagt hatte. „Bring es zu Ende. Was auch immer es kostet, bring es zu Ende."

Naruka war zu Valesko gelaufen, der noch immer dort lag, wo Dracula ihn achtlos hingeworfen hatte. Karad hatte sich wieder zum Menschen verwandelt und stützte Darius, der als weißer Drache einfach auf dem Boden zusammengesackt war. Dracula hatte ihn übel getroffen, und er rang nach Atem.

Elisa lief zu der Stelle, an der ihr Amulett lag. Draculas Porträt war durch die Explosion von der Wand geflogen. Rasch zog Elisa es zu sich und lief zu dem klaffenden Loch. Draußen am Nachthimmel waren Dracula und Mircea ineinander verbissen. Sie schlugen wild mit den Flügeln, und auch wenn Dracula bisher überlegen war, hielt Mircea ihm diesmal stand. Er wehrte sich und hielt seinen Bruder mit seinem Körper gefangen, um zu verhindern, dass dieser in den Drachenhort zurückkehrte und seinem Clan oder Elisa etwas antat.

Elisa umklammerte das Bild und ihr Amulett. Sie begann, in die Farbschichten hineinzuritzen, aber ein lautes Aufheulen ließ sie innehalten. Dracula hatte seine Zähne in Mirceas Hals gegraben und riss an dessen Kehle. Das Heulen wurde leiser. Mircea röchelte durch das Blut der Wunde hindurch.

„Mircea, nein!" Elisa zitterte – der Drache hatte sie gehört, denn er hob mühsam den Kopf und blickte in ihre Richtung. Er nickte nur wieder und klammerte sich fester an seinen Bruder. Dessen Zähne gruben sich immer tiefer in die schuppige Haut und das Fleisch darunter – Elisa konnte förmlich sehen, wie das Leben aus ihrem Liebhaber wich.

Sie hatte keine Zeit mehr, um das Bild auf dem Gemälde zu vollenden. Es blieb ihr nur eine Möglichkeit: Das Amulett sank tief in die trockene Farbe, als sie damit über Draculas Augen fuhr. Es war ein tiefer, harter Schnitt. Kaum hatte sie das getan, folgte ein weiteres Aufheulen, aber diesmal war es Dracula. Sein Kopf zuckte panisch hin und her. Er brüllte und sank noch in der Luft in sich zusammen. Mit letzter Kraft umklammerte er Mircea, ehe seine Flügel aufhörten zu schlagen. Mircea versuchte, sich zu lösen, aber er war zu schwach. Hilflos in Draculas Klauen gefangen, riss sein Bruder ihn mit sich in die Tiefe, bis beide Elisas Blicken entschwunden waren.

Elisa wusste nicht, was als Nächstes geschah. Sie schrie und das Bild mit dem Amulett fiel ihr aus der Hand. Sie wollte hinterherspringen, sie wollte Mircea retten, aber große Hände hielten sie zurück. Hinter ihr hörte sie aufgeregte Stimmen, und ein Schemen sprang an ihr vorbei, entfaltete noch im Sturz mächtige Flügel, aber Elisa kümmerte es nicht. Sie wollte selbst hinterher, sie musste einfach!

Schließlich brachten sie sie fort. Fast schon mit Gewalt legten sie Elisa in ihr Bett und hielten sie daraufgedrückt, bis sie sich zumindest nicht mehr wehrte und aus dem Raum stürmen wollte. Elisa beruhigte sich nur langsam. Wie unter Schock lag sie da. Irgendwann ließen die anderen sie allein, nur Naruka blieb. Sie hielt Elisas Hand, aber es zählte nicht mehr. Sie hatte Dracula diesmal wirklich verraten, und als Preis ihren Liebsten Mircea verloren. Nichts war jetzt noch wichtig.

Irgendwann erhellte sich der Raum. Licht drang durch das Gitter. Elisa setzte sich auf, und sofort war Naruka bei ihr. „Geht es? Willst du etwas trinken?"

„Nein." Elisa fuhr sich über den Hals – ihre Kehle

fühlte sich trocken an, aber sie wollte nicht darüber nachdenken. „Gibt es schon Neuigkeiten?"

„Nun, Neuigkeiten gibt es schon. Aber ich weiß nicht, ob du sie hören willst. "

„Sag sie mir – wisst ihr Genaueres von Mircea?"

„Karad und Darius haben die gesamte Schlucht abgesucht, aber sie haben keine Körper gefunden. Allerdings ist die Schlucht derart zerklüftet … sie könnten irgendwo in einer Spalte liegen."

Elisa stand auf. Naruka wollte sie zurückhalten, aber Elisa schüttelte nur den Kopf und machte sich los. „Ich muss … ich brauche Ruhe. Bitte." Naruka ließ von ihr ab und ließ sie gehen. Elisa konnte in diesem Augenblick einfach keine Rücksicht auf die Gefühle der Freundin nehmen. Sie musste hier raus.

Fast blind fand sie den Weg die Treppe hinauf. Dort, auf dem Berggipfel, hatte sie das Gefühl, ein wenig freier atmen zu können. Auch wenn der Wind an ihr zerrte und sie ob der Kälte zitterte, ging sie nah an den Rand des Gipfels und schaute hinab. Vor ihr breitete sich die Dunkelheit der Schluchten und Täler zwischen den Berggipfeln aus. Die Sterne und der abnehmende Mond gaben nicht genug Licht, um alles zu beleuchten, und so schmolzen die Täler zu tiefen, grundlosen, schwarzen Seen. Und irgendwo dort …

Elisa fiel auf die Knie und schlang die Arme um sich. Sie wiegte sich vor und zurück, während die Tränen haltlos über ihre Wangen liefen. Sie hatte Dracula in den Tod geschickt und Mircea geopfert. Er selbst hatte es ihr angewiesen, aber es änderte nichts daran. Die Schuld drohte, Elisa zu erdrücken, und der Verlust zerriss ihr das Herz. Sie hatte Mircea gerade erst wiedergefunden – und nun musste sie damit leben, ihn wieder verloren zu haben. Kraftlos sank sie nach vorn, als sie etwas hörte, das wie das Rauschen ledriger Flügel klang. Hastig riss

Elisa das verweinte Gesicht in die Höhe und lauschte, aber alles, was sie hörte, war der heulende Wind, der mit klammen Fingern an ihren Kleidern und Haaren riss.

Sie schloss die Augen, und plötzlich war es wieder da: das Schlagen von großen Schwingen. Elisa wischte sich die Tränen aus den Augen und erkannte einen Schemen, schwärzer als die Nacht, auf sich zufliegen.

Ihr Herz setzte einen Schlag aus, aber noch wagte sie nicht, zu hoffen. Konnte das sein? Konnte es wirklich wahr sein?

Der Schemen hatte Mühe, sich in der Luft zu halten. Er taumelte immer wieder und näherte sich nur langsam dem Berggipfel. Als er näher kam, erkannte Elisa mehr und mehr von ihm: Es war ein Mann mit Flügeln, die ihn die letzten Meter zu ihr trugen. Entkräftet fiel er aus der Luft herab, direkt vor Elisa.

Sie schlug die Hand vor den Mund, um nicht laut zu schreien: Vor ihr lag Mircea. Blutüberströmt, entkräftet und bleich, aber er lebte. Und er war zu ihr zurückgekehrt.

Naruka hatte es sich auf Karads Schoss bequem gemacht und schnurrte die ganze Zeit behaglich, während Elisa sich neben Mircea auf das Bett setzte. Der Herr von Dunkelwald hatte lange gebraucht, bis er sich erholt hatte. Durch seine Verletzungen hatte er nicht sprechen können, aber es war wie mit allen Dingen, die durch Draculas Eingreifen zerstört worden waren: Es würde neu aufgebaut werden. Nichts war von Dauer – und alles konnte neu geschaffen werden.

Radu hatte sich fast ebenso langsam erholt wie sein Bruder, aber er saß nun ebenfalls im unterirdischen Versteck der Drachen, im Kreise der letzten Mitglieder des Dracul Clans. Sie waren gekommen, um von Mircea zu erfahren, was mit Dracula geschehen war, und er hatte sich bereit erklärt, Rede und Antwort zu stehen.

Elisa war anfänglich dagegen gewesen, dass Mircea sich schon so einer Anstrengung aussetzte, hatte sich aber schlussendlich überreden lassen. Naruka musste unwillkürlich schnurren, als sie an Mircea und Elisa dachte – die junge Deutsche hatte sich während Mirceas gesamter Genesungsphase um ihn gekümmert und war kaum eine Sekunde von seiner Seite gewichen. Es war auch in großen Teilen ihr zuzuschreiben, dass Mircea schon wieder so weit genesen war, dass er nun von seinem letzten Kampf berichten konnte.

„Also“, fragte Valesko, als sich alle im Zimmer versammelt hatten, „was ist genau passiert?“

Mircea schien sich einen Moment lang zu sammeln, ehe er begann. „Nachdem ihr in den Hort gekommen wart, hatte ich Angst, Dracula würde euch einfach alle töten. Ich konnte Elisa nicht mehr sehen und wusste, dass es nicht lange dauern würde, bis mein Bruder sich von seiner Überraschung erholt und uns alle getötet hätte. Also lockte ich ihn aus dem Dornenhort, um Elisa genug Zeit zu geben, zu tun, was auch immer sie tun musste.“

„Eigentlich hatte ich vor, Dracula von seinem Wahnsinn und Hass zu befreien“, setzte in dem Moment Elisa ein. „Mircea hatte mir gesagt, dass ich in Bram Stokers Buch Hinweise finden konnte, wie man Dracula einsperren konnte. Es dauerte, aber schließlich kam ich darauf: In Stokers Roman wird ein Bild von Dracula erwähnt, dass eine Verbindung zwischen ihm und seinem alten Leben darstellt. Genau so ein Bild gab es auch im Dornenhort. Anscheinend wussten Stoker und auch seine Vorfahren von der Kraft, die die Hüterinnen der Bilder innehaben. Sie haben damals eine der Hüterinnen dazu gebracht, ein Bild von Dracula anzufertigen. Darüber hatte sie mit einem unsichtbaren Stift einen Bindezauber gezeichnet, der Dracula festhielt.

Während des Kampfes blieb mir aber keine Zeit, den Bindezauber zu zeichnen und Draculas Wahnsinn von ihm zu nehmen. Er hatte sich in Mirceas Hals verbissen, und ich wusste mir nicht anders zu helfen, als ihn für einen kurzen Moment einschlafen zu lassen. Er fiel und riss Mircea mit sich.“

Elisa verstummte und blickte auf ihre Knie. Sie fühlte sich noch immer schuldig, aber Mircea nahm seine Hand in ihre.

„Es war die richtige Entscheidung“, fuhr er mit ruhiger Stimme fort. „Es war mir wichtiger, dass Dracula aufgehalten wurde, als zu überleben. Als wir hinunterstürzten, versuchte ich dennoch, mich zu befreien. Dracula hielt mich fest, selbst noch ohne Bewusstsein. Ich dachte wirklich, ich müsste sterben, aber kurz vor dem Aufprall erlangte mein Bruder sein Bewusstsein wieder. Ich konnte mich befreien und den

Sturz bremsen. Dracula verlor ich aus den Augen – ich war damit beschäftigt, mich in eine Felsspalte zu schleppen, um Kraft zu schöpfen."

„Du weißt also nicht, ob Dracula noch lebt?", fragte Radu.

„Nein – entweder hat ihn der Aufprall zerschmettert, oder er hat wie ich überlebt und versteckt sich irgendwo."

Elisa sah grimmig aus, als sie sagte: „Wenn er noch lebt, sollte er nicht noch einmal versuchen, die Vergangenheit zu ändern. Aber selbst wenn – diesmal sind wir besser vorbereitet."

Naruka sprang auf das Bett und schmiegte sich an Elisas Arm. Die strich der Katze über den Rücken. „Du siehst das anscheinend genauso", lächelte sie, und Naruka maunzte.

Mircea gab einen seufzenden Laut von sich, und sofort hob Elisa alarmiert den Kopf. „Ich denke, es ist genug für heute", sagte sie, nachdem sie Mirceas Verband kontrolliert hatte. „Lassen wir ihm etwas Ruhe."

Radu, Valesko und Darius gingen gehorsam, nur Karad blieb noch kurz im Raum, um Naruka auf den Arm zu nehmen und fortzutragen. Er zwinkerte Elisa zu, und eine leichte Röte erschien auf ihren Wangen.

„Gute Erholung", grinste er leise, ehe er Naruka hinaustrug und das Pärchen aus ihren Blicken verschwand.

„Geht es dir wirklich so schlecht?", fragte Elisa und musterte ihren Liebhaber besorgt. Mircea setzte sich weiter auf und zog Elisa mit erstaunlicher Kraft auf sich. Sie schrie erschrocken auf und schlug ihm gegen die Schulter. „Überanstreng dich nicht!"

„Das tue ich schon nicht, keine Sorge", lachte er und küsste ihren Hals. Elisa schauderte wohlig. Unter der

Decke drückte sich etwas heiß gegen ihren Bauch, und die Röte auf ihren Wangen vertiefte sich.

„Bist du wirklich gewappnet, wenn Dracula zurückkommt?“

Ernst nickte Elisa. „Ich habe das Bild und das Amulett mitgenommen. Wenn er wiederkommt, bin ich vorbereitet.“

„Und seine Blutsbande?“ Dieser Punkt schien Mircea wirklich Sorgen zu bereiten. Elisa küsste ihn, um den düsteren Gesichtsausdruck zu vertreiben.

„Cesina und die anderen Hüterinnen haben mir geholfen, mich von allen Dracheneinflüssen zu befreien.“ Die Prozedur war schmerzhaft, aber notwendig gewesen, davon war Elisa überzeugt. Aber das war etwas, von dem Mircea nichts wissen musste.

„Alle Dracheneinflüsse?“

„Alle.“

„Schade – das heißt, ich muss die Blutsbande neu knüpfen.“

Elisa strich ihm über die Wange und schaute ihm in die Augen. Sein Blick war sanft und warm. „Und warum solltest du das tun?“, fragte sie.

„Damit du bei mir bleibst. Für immer.“

Elisa starrte ihn groß an. „Für immer? Meinst du damit etwa …“

„Ich will den gleichen Fehler nicht noch einmal machen. Dracula hatte in Teilen recht: Wir können unsere Fehler wiedergutmachen, wenn auch nicht so, wie er es sich gedacht hatte. Wir müssen aus ihnen lernen, und es beim nächsten Mal besser machen.“

„Was soll das heißen?“

Mircea lachte leise und umfasste Elisas Hand, die auf seiner Wange lag. Er drehte den Kopf und küsste die Innenfläche. „Das soll heißen, dass ich dich hier und jetzt bitte, meine Frau zu werden und bei mir zu bleiben.

Nicht als Hüterin der Bilder, sondern nur als du selbst."

Elisa schluckte. Dann umarmte sie Mircea plötzlich so fest, dass diesem für einen Moment die Luft wegblieb. „Mircea", lachte sie und blickte in sein ebenso lachendes Gesicht.

„Ist das ein Ja?", fragte er schmunzelnd an ihren Lippen. „Willst du meine Frau werden?"

Elisa lächelte. „Natürlich will ich das", antwortete sie. „Ich gehöre zu dir und in dieses Land."

Mircea küsste sie, und Elisa erwiderte den Kuss mit all der Gewissheit und dem Glück, das sie empfand. Dies war der Platz, an den sie gehörte. In die Karpaten und in Mirceas Arme. Jetzt und für immer.

## Ende Teil 1